THE
CATASTROPHE
MANIA

MASAHIKO SHIMADA

SHINCHOSHA

カタストロフ・マニア　目次

カタストロフ・マニア

1　冬眠への誘い

実際、頭痛を堪えながら、文明を滅ぼす以外に何もやることはなかった。シマダミロク（26）はここ二週間あまりのあいだに、十二の小国と三つの帝国を滅亡させ、四つの文明を消滅させた。植民地ではしょっちゅう反乱が起きるし、都市の人口が増えると、疫病が発生するし、天災に見舞われると、飢饉が起きる。財政問題が一番厄介だ。数字に弱いミロクはどんぶり勘定で軍隊を派遣し、福祉を充実させるのだが、どちらもすぐに追加予算を捻出しなければならなくなる。自分のカネではないので、気前よく使ってやるのだが、どの時代でも同じ顔の役人が帳簿片手に、「財政が破綻しました」と報告しにきたら、また最初からやり直しだ。

ゲームの目標は国家や文明を繁栄に導くことなのだが、各方面にバランスよく、繊細な配慮を施してやらなければならないし、煩雑かつ退屈な作業を忍耐強く続けなければならない。賭博的な戦争やハッタリの外交、大盤振る舞いの経済政策はことごとく裏目に出る。綻びを放置すれば、傷口はたちまち広がる。そのうち、ミロクは繁栄につながる煩雑な改革よりも滅亡を加速させる愚策の方に楽しみを覚えるようになった。しょせん他人が築き上げた国家や文明だ。破壊は創造の神だというし、そもそもゲームのタイトルが「カタストロフ・マニア」というくらいだから、プレイヤーに破滅をそそのかしているとしか思えない。

三週間前、ミロクは他人以上友達未満の二階堂に「健康になれる仕事があるけど、やらないか」と誘われた。

――三食付きで、何もしなくていい。漫画ライブラリーも充実しているし、ゲームもやり放題で、希望すれば、個室もあてがってもらえる。要するに、暇を売って稼ぐ仕事だから、お前がやらなくて、誰がやる。たった一週間で十五万もくれるところなんて絶対ほかにないぜ。

うまい話には裏があるに決まっている。どうせ誰かの身代わりに刑務所に入れとかいう話だろうと疑うと、「刑務所じゃなく、病院だ」といった。やけに熱心に薦めるくせに、二階堂自身はそのバイトをやったことがない。簡単な健康診断と問診があるらしいのだが、二階堂はそれではねられてしまったらしい。

――とりあえず、ネットで仮登録をして、説明会に参加してみてくれ。怪しいと思ったら、断ってもいいから。

ミロクには二階堂からカネを借りている弱みがあった。二階堂は、一週間で十五万稼げる仕事にミロクをぶち込めば、貸した金は確実に戻ってくると計算したのだ。

それは治験モニターと呼ばれる、新薬の効果や安全性などを最終確認するために自分の体を提供する仕事だった。正式には有償ボランティアで、もらうのは賃金ではなく、謝礼。だから、税金も取られない。決められた日数、入院し、規則正しい日課を送りながら、投薬と採血を繰り返すのだが、すでに海外で治験済みの薬を試すので、安全性に問題はないということだった。ミロクに投与されるのは免疫力を著しく高める薬で、製薬業界では夢の新薬と期待されているという説明も受けた。二十一日間の拘束で五十万円もらえるという最も条件のいいコースに申し込むと、すぐに心電図を取られ、血液検査、尿検査の後、医師の問診を受けた。二日後に電話で合格通知が来て、緑豊かな丘陵地帯の病院に出向いた。二十名の合格者と十名の補欠要員が集められ、治験中の諸注意の説明があった。ミロクは補欠要員だったのだが、合格者の一人が身内に不幸があり、辞退したため、治験に正式参加することになった。

治験者は眠りヶ丘病院の別棟にある今は使用されていない小児科病棟に集められ、四人ずつ五つの病室に分けられ、カーテンで仕切られたベッドを与えられた。その日から全員が番号で呼ばれることになり、ミロクには「36」の番号が割り振られた。これは最初の説明会の時に渡された受付番号と同じだった。

リュックに入れて持ってきた私物をベッドサイドのロッカーにしまうと、持参したスリッパを滑らせながら、ロビーに集合。検査に従事する医師や看護師、スーツ姿の製薬会社社員らに面通しされ、さっそく、第一回目の投薬が行われた。鼻にチューブを差し込まれ、ゲル状の液剤を注入される。鼻水をすする要領で液剤を吸い込み、粘膜から成分を摂取するのだ。勢い余って、液剤が口の中に入ってきたら、痰のように呑み込む。冷蔵庫に保管されているため、ひんやりとした刺激が鼻を突き抜け、思わず、くしゃみをする治験者もいる。慣れれば、案外、気持ちがいい。その後、二十分おきの採血が計六回あり、以降は二時間に一回のペースになる。十人ずつ二列に並ばされ、秒読みの声とともに定量の血液を抜き取られる光景はカルト教団の儀式めいている。眉間に皺を寄せる奴、チックが出る奴、覚醒剤を打たれたみたいに目尻を下げ、鼻の下を伸ばす奴、抜かれる側の微妙な表情は抜く側の無表情といいコントラストをなす。これを一日十二回、繰り返す。そして、三時間後と就寝前に尿検査。以上が一日のノルマで、残りの時間は思い思いの暇つぶしに充てられる。とはいえ、治験者のコンディションを均一に保つために、入院中の生活は規律に合わせるよう指導される。

タバコや酒、カフェインは基本、控えなければならないが、あらかじめ申告しておけば、夕食時のビール一缶、コーヒー一杯は許された。食事は三食とも定時に食堂に集められ、全員同じメニューを、決められた分量だけ食べる。お代わりもお残しもなしで、調味料を足すことも許されない。しかも、持ち込み禁止、間食禁止。一人、摂食障害の男がいて、病室で夜中にこっそりスニッカーズ三本とポテトチップス二袋を暴食していたのがばれ、帰宅させられた。給食は肉、魚、野菜のバランスがよく、カレーやハンバーグ、カツ丼、麺類など日頃から食べ馴れているものも多く、偏食気味のミロクでも苦にならなかった。あまり体を動かすことが好きではない面々が集っているせいもあり、食間に空腹を感じることもなく、むしろ、腹回りがだぶついてくる自覚があった。

ここには看護師以外の女性はいない。服装は自前だが、自分の見栄えを気にする人などおらず、皆、パジャマやジャージ姿のままだった。自宅にいるときの癖で、つい股間に手が伸びそうになるが、そちらの営みは排便時か、シャワータイム限定ということになっていた。

「尿検査の際、タンパク質が混じっていますと、再検査になってしまいますので、ご配慮をお願いします」と看護師の癒し系の声でアナウンスされた時には、廊下に乾いた笑いが響いた。だが、それ以外はほとんど治験者同士、談笑するようなことはなく、自分に割り振られた番号のように抽象的な存在でいようとし、自己主張を放棄していた。このボランティアには引き寄せの法則が働いていて、仮想世界の住人ばかりが集まってきたのだろう。話が合わなくもないはずなのだが、モルモット同士仲良くしようと思う者は一人もおらず、隣のベッドにいる人に自己紹介もせず、持ち込んだ端末を通じて、もっぱら別世界とつながり、「心ここに在らず」だった。互いにどれくらい無関心でいられるかを競っていて、先に話しかけた方の負けという暗黙の了解すらできていた。

ライブラリーには漫画や小説、ベストセラー本、新聞、雑誌が揃っているし、ゲームソフトやＤＶＤの貸し出しも行っている。病棟内は自由に歩き回ることができるが、外来患者や入院患者のいる本病棟にはなるべく行かないようにいわれていた。外出はできないが、希望者を集めて、近隣の里山の散歩、ショッピング・モール・ツアーや屋上でのバドミントンなどの気晴らしイベントも催された。参加者は毎回、十人くらいで、残り十人は自分のベッドから離れなかった。針を刺した腕のアザが思いのほか痛むし、薬の副作用なのか、度重なる採血のせいか、偏頭痛や吐き気に悩まされる治験者も少なくなく、なかなかリクリエーション気分にはなれなかった。ミロクもその一人だ。

二十二時になると、小児病棟は消灯となる。ロビーとライブラリーには読書灯があるので、起きていたい人はそこで読書やゲームを続けることができる。タンパク質を放出したい人はシャワー室やトイレに籠もるか、真っ暗な自分のベッドで二次元アイドルと添い寝する。

一週間が経過すると、二十人いた治験者は半分になった。一日百二十ccほど血を抜かれているから、一週間の累積では八百四十cc抜かれたことになる。吸血鬼の幻覚を見た人もいるだろう。離脱者が出るのは当然だ。最初から一週間の契約だった人が六人、間食を見咎められ、帰された人が一人、頭痛と吐き気に堪え兼ねた脱落者が三人、補充された人が三人いたが、別の三人が「針を刺す場所がない」、「性欲の捌け口がない」、「みんなぼくを嫌っている」といった理由で、離脱した。彼らは一週間分の謝礼を現金で受け取っていたから、この製薬会社は良心的といえる。

ミロクは日中の自由時間のほとんどを「カタストロフ・マニア」をプレイして過ごした。無意識に独り言を呟く癖が同室の人の迷惑になるといけないので、閲覧室の仕切り付きの机やロビーのソファー、屋上庭園のベンチにいることが多かった。時々、採血の副作用で頭の中で落石が起きたような頭痛に襲われたが、深呼吸をすると、楽になることを発見した。

正直、墓の下のように波乱のないこの日常にさらに二週間耐える自信はなかった。離脱する連中を一人、二人と無言で見送るたびに、「逃げ遅れた」とか「取り残された」という思いを抱いた。製薬会社も最初から歩留まりを計算して、多めに採用しているから、離脱者を引き止めないのだろう。

もう一回、文明を滅亡させたら、オレもここを出て行こう。

十日目にミロクはシャワーを浴びながら、離脱のタイミングを決めた。


十二日目の深夜、ミロクは大英帝国を滅亡させることができたので、翌朝の投薬の時、看護師に「相談したいことがあるんですが」と切り出した。眼鏡をかけ、髪もひっつめていて地味な印象なのだが、肉厚の唇やくびれた腰に色気がある隠れ美人で、タンパク質のアナウンスをしたその声にもすでに隠れファンがついているだろう。医師に国枝さんと呼ばれていることをミロクは知っている。

採血が一段落ついたら、ナースセンターに来るようにいわれたが、その日の投薬前にまた三人が私物をまとめて、去ってゆく背中を見て、「またしても先を越された」と思った。

——さすがに血を抜かれ過ぎて、貧血気味で、これ以上は無理そうなんですが。

離脱の理由としてはごくありふれていたが、実際、ここ二日はめまいや立ちくらみがあった。ナースセンターには製薬会社の社員もいて、コーヒーを飲みながら、ミロクの相談事を脇で聞いていた。

――さっき、出て行った41番さんは「自殺の誘惑に駆られる」といってました。それくらいインパクトのある理由じゃないと、離脱は認められませんよ。36番さん、あなたは二十一日コースでの申し込みですから、残りは今日を入れて九日間です。もう少しの辛抱です。

――いや、この顔色見てくださいよ。蠟燭みたいになってますよ。立っているのもやっとなんです。

ミロクは社員にそう訴えながら、壁に手をかけ、息を荒らげてみせると、看護師は「ではベッドで安静にしていてください」と愛想笑いを添えていった。

――ほかの人の離脱は認めてるのに、なぜぼくのは認めてくれないんですか？

製薬会社社員はミロクをナースセンター奥の応接室に入るよう促し、国枝看護師にも同室を求めると、改まった口調でこういった。

――ではこうしましょう。血液検査は予定を切り上げて、今日限りでやめにします。充分、データは取れましたから。血を抜かなければ、二、三日で体調は戻るでしょう。いや、あなたの場合はほかの治験者より健康になっているはずです。これは免疫力を高める薬の治験ですから。

――ほかの人にも同じ薬を飲ませているんだから、条件は同じでしょ。

――いや、実は三分の一の治験者にはプラシーボ効果を見るためにビタミン剤を投与しているんです。治験はすでに第二の段階に入っていますが、予想以上に多くの入れ替わりがあったので、あなたには残ってもらいたいんです。残った七人の治験者のうち、新薬投与組はあなたを含め四人しかいない。ほか三人はプラシーボ組で、彼らは二週間コースなので、明日ここを去ります。——ぼくが抜けても、まだ三人いるじゃないですか。

——最低でも四人には残ってもらわないと、この薬の安全性や効果を証明するデータが取れないんですよ。だから、お願いします。人が減ってきたので、個室を用意しますし、飲み過ぎないと約束してくれれば、お酒も飲んでいいですから。

ミロクはもう一つ条件を追加した。遠くへは行かないし、決められた時間に戻ってくるので、自由に外出させて欲しい、と。謝礼をもらわずに逃亡するほどバカではないし、飲んだくれたくても、近くに酒屋はない。ただこの監禁されている気分からひととき解放されたいだけだ、と説明すると、「信用しましょう」といってくれた。

十三日目、採血を免除されたミロクは早速、外出の自由を行使した。雲一つなく晴れ渡った午前、丘陵地帯の遊歩道を自らの歩みを確かめるように歩いた。貧血のせいで、浮遊しているようではあったが、枝葉のあいだを吹き抜けて、かすかに森の香りをまとった冷涼な風に頰を撫でられながら、ミロクは謝礼の五十万円の使い道に思いを巡らせていた。

二階堂に借りた十万と消費者金融から借りた十万を金利込みで返しても、二十七万は手元に残る。実家に生活費を入れ、母に何かプレゼントして、自分にも借金完済の褒美を買い、まだ財布に金のあるうちにまともな仕事を探したい。

そんな殊勝な誓いなら、毎月のように立ててきたものの、自分は常に搾取される側に置かれている。今回も、ふと気づけば、血を搾取されるモルモットに甘んじている。これもひとえに自分が不器用で、受け身に回ってばかりいるからだ、とわかっている。だが、昨日はほんの少しだが、待遇の改善を勝ち取ることができ、嬉しかった。里山を歩けば、自ずと邪気を吐き出し、代わりにフィトンチッドを吸い込むことになり、気分も上向く。ミロクは丘陵地帯の一番高いところに上り、下界を見下ろした。近くには蛇行する川、その背後には無数の電子基板を敷き詰めたような都心の光景が広がっていた。ここに来るのは初めてのはずだが、幼い頃に父と一緒に同じ風景を見た記憶がある。確か、ここに来る途中、地下水が湧き出ている場所があり、そこで喉の渇きを癒した。あるいは何処か別の場所と勘違いしているのか、しばらく周辺を歩き回ってみたが、湧き水は見つからなかった。

小一時間の散歩から戻る途中、自動販売機でドクターペッパーを買い、飲みながら、病院に戻ってきた。バスを待つ列に並んでいる女性がミロクに会釈したので、二度見すると私服に着替え、髪を下ろした国枝看護師だった。「おでかけですか?」と声をかけると、治験者は四人だけになり、人手がいらなくなったので帰宅するということだった。毎日、顔を合わせながら、ほとんど話す機会もないまま、すれ違ってゆく。それがここでの流儀なのだろうが、あの癒し声が聞けなくなるのは名残り惜しい。たぶん、これっきり会うこともないだろうが、「お住まいはどちらですか?」と訊ねてみると、「KB寺です」という。意外にもミロクが生まれ育ったKG町の隣駅だった。再会の確率が幾分か高まったような気がして、思わず爽やかな笑顔を浮かべてしまった。「お元気で。国枝さん」と会釈を返し、小児科病棟に戻ろうとすると、「あの」と呼び止められ、「最後の一人になっても、頑張ってくださいね」と予想外の励ましのコトバをかけられた。「ありがとうございます」とスマイルを返したものの、サバイバルゲームじゃあるまいし、「最後の一人になっても」というコトバは微妙にズレていると思った。彼女はミロクが「カタストロフ・マニア」のゲーマーであることを知っていたのだろうか?

軽い運動の後のランチは三割増のおいしさだった。いなり寿司と天ぷらうどんの組み合わせもミロク好みだった。食後、残った四人の治験者が応接室に集められ、今後の治験の進め方について、医師からブリーフィングを受けた。

——今まではもっぱら薬剤の経鼻投与と採血を行ってきましたが、今後は睡眠状態での薬効を調べるため、就寝後に検査を行います。日中は自由時間にしますので、思い思いにお過ごし下さい。門限を守り、暴飲暴食を慎んでいただければ、外出も認めます。二十二時になったら、個室のベッドに就いていただき、睡眠中に脳波や心電図を取らせてもらいます。

——眠れない時はどうするんですか？

——睡眠薬は試験中の薬と併用できませんので、みなさんに安眠いただくために睡眠導入マシーンを用意してあります。これはいつもみなさんにしてもらっているように、鼻にチューブを差し込み、冷気を送るというシンプルなものですが、深く眠ることができます。皆さんにぜひお試しいただきたいと思います。

もう採血されずに済むことへの安堵のせいか、四人とも疑問や好奇心を抱くこともなく、医師の説明を聞き流していた。実際、そのマシーンを見せてもらったが、アタッシュケース程度の大きさで、いくつかボタンとダイヤルが付いているだけ。見た目のチャチさに先ずは安心した。本体からは長いチューブが出ていて、二叉に別れた先端には小さな穴が四つずつ開いていて、そこから冷気が出るのだという。なぜ冷気を鼻に送ると、眠くなるのか、ミロクが質問すると、医師はこう説明した。

——人は体温が上がると、活動的になり、逆に下がると、眠くなります。冷たい空気を吸い込むと、脳が冷え、活動が低下し、冬眠状態になるわけです。しかし、心配はご無用。チューブを外し、マシーンのスイッチを切れば、自然に冷気が抜け、目覚めます。常時、係の者が皆さんの脳波や心電図をチェックしていますから、大丈夫ですよ。

——それは何のための実験でしょうか？

——皆さんにご協力いただいているのは免疫力を高める薬の治験ですが、代謝が落ちている状態では作用に違いが出るか、そのデータを取らせていただきたいのです。

——なぜこの四人が選ばれたんですか？

——本当は八人にお願いしたかったんですが、今回は離脱が多くて。でも血液型の異なる四人が残ってくれたのは、よかったです。

——睡眠時間はどれくらいですか？

——いい質問です。普段より長く眠っていただきます。最初の睡眠治験では、十二時間眠っていただきます。二回目は中一日置いて、二十四時間、眠っていただきます。この二十四時間睡眠を三回行えば、三週間のプログラムは終了ですので、今日からの一週間はとても短く感じられるでしょう。

十二時間眠ったことはあっても、二十四時間、眠り続けた経験は誰にもない。四人とも、その点にひるんだものの、退屈極まるこのボランティアを頭痛なしで早く切り上げ、娑婆に戻り、もらった現金で酒を飲んだり、女を抱いたりしたい。その思いを全員が共有していたため、医師の説明も好意的に受け止めていたのだが、最後の殺し文句に四人とも目を輝かせた。

——実はこの冬眠マシーン、ＮＡＳＡの火星有人飛行用に開発されたんですよ。代謝を落とせば、食料や水も大幅に節約できますからね。

宇宙飛行士気分を味わえる……これはモルモットたちの自尊心を大いにくすぐった。

ミロクはほかの三人ともまだ一言も交わしたことがなかった。同室の人が一人いて、会釈くらいは交わしたが、ほかの二人の印象はほとんどない。あまりにも他人に無関心な彼らを見かねてか、医師が「自己紹介でもしますか」と促すので、番号の若い順から、明かしてもいい個人情報を口にした。

——11番、アカシタツヤです。大学三年生です。

——29番、スギモトシンイチです。居酒屋で働いてました。

——36番、シマダミロクです。ゲーマーです。

——44番、タカナシアユムです。大学院生です。

自己紹介をすると、にわかにモルモットは人間らしくなったが、今夜から個室で冬眠を試みるので、これを機会に親しくなることもなかった。

チューブを差し込まれること、冷たい鼻水をすすることには慣れていたが、鼻腔から送られた冷気が頭の芯を冷やしてゆく感じは心地いいとはいえなかった。のぼせた時に冷たいタオルで頭を冷やすのと違って、中から頭を冷やされると、頭痛が鋭角的になり、「ズキズキ」が「キーン」になる。かき氷を食べた後の感覚に近い。三年前、冬の旭川に行った時、気温がマイナス二十五度まで下がり、帽子なしで外を歩いていた時にも同じ痛みを感じた。しかし、冷たいのは頭だけで、体の方は寒いとは感じない。医師の説明によれば、四時間くらいかけて体温を三十四度から三十三度くらいまで下げるのだが、その間に夢見心地になるという。

——雪山で遭難した人が睡魔に襲われるのに似ていますが、ここは雪山ではないので、どうぞ安心して、睡魔と仲良くしてください。起床の二時間前には冷却剤の循環を止めるので、徐々に平熱に戻り、普段と同じように目覚めます。それではいい夢を。

確かに普段と同じように目覚めた。壁の時計を見ると、正午を十分過ぎていた。鼻のチューブと頭の冷えに馴染めず、悶々としていた二時間を差し引いて、きっかり十二時間眠っていた計算になる。この間にほとんど寝返りを打たなかったせいか、背中全体が凝っていた。首や腕を回し、上体を反らすと、バキバキと音が鳴った。やや遅れて、隣の病室でも同じような音がした。

ロビーに出ると、看護師が「気分はどうですか？」と声をかけてきたので、「雪山から生還した気分です」と答えた。

——食事ですが、四食分の食券を配りますので、メイン病棟の食堂で好きなものを召し上がってください。明日の夕食時まではオフですので、自由にお過ごし下さい。

そうはいわれたものの、外出の気力も湧かず、ゲームをする気にもなれず、むろんベッドに横になるのもごめん被りたかった。国枝さんがいてくれたら、もっと話がしたかったし、あわよくば、散歩に誘い出すこともできたのに、と思ったが、仮に彼女がいたとしても、チラ見するだけに終わっていただろう。

ミロクは食堂でカレーを食べると、一度も脚を運んでいなかったフィットネス・ジムを覗いてみた。四度目の冬眠から目覚めたら、過酷な現実に復帰しなければならない。ミロクが向かう先は何処でもアウェイである。すっかり鈍った体のリハビリが必要だと、今さらながら思い立ち、上腕二頭筋や胸筋、腹筋に活を入れようとマシンのグリップを握ったものの、首の筋を違えてしまい、十五分で退出した。新しい仕事を探すには歩き回らなければならない。そのために鍛えるべきは脚だ。ミロクは方針を変え、ここから徒歩二十分のショッピング・モールまで歩き出した。どんよりとした雨雲が垂れ下がる空を見上げると、不意に忘れていたはずの想念が脳裏をよぎった。

自分は何をやっても人に遅れをとる。

電車やバスに乗り遅れるのは毎度のこと、流行にうまく乗れた例しもない。持久走では周回遅れになり、スイミングスクールの進級もいつも最後だった。一度だけ、徒競走で一位になったことがあるが、トップランナーがこけ、続く三人が巻き込まれて転んだからだった。それ以来、誰かに先を譲られた経験はない。

小学生の頃に取った遅れなど、簡単に挽回できる、と三月生まれの人はいうが、ミロクは七月生まれで、彼らに追い越されたのだった。地道に努力すれば、やがて自分も生存競争慣れして、資本主義の荒波を渡って行けたのかもしれないが、大学受験の失敗、単位の計算間違いによる留年、肺炎の長患いによる就職の断念が重なり、さらに三年の遅れを取ると、自分にできるのは「落ち穂拾い」だけだと思うようになった。

大学三年の時、ミロクは生物学の授業で「適者生存」という概念を習ったが、自然界というのは全く情け容赦がないものだと思い知った。何しろ、地球上に出現した生物の九十九パーセントはすでに絶滅し、今日まで生き延びているのはわずか一パーセントに過ぎないのだから。まさに「生物は淘汰されんがために生まれけり」なのだ。どうやら自分は適者ではなさそうなので、淘汰されても文句はいえない、とにわかに悟ってしまい、それが怠惰を正当化する理由にもなった。どうせ、滅びるんだから、あくせくしてもしょうがない……この無力感は爽快でもあった。人類に平等なカタストロフなら大歓迎である。そんな思いを満たしてくれるゲーム「カタストロフ・

マニア」との出会いはまさに僥倖だった。ミロクほどこのゲームのことを知り尽くしたプレイヤーはいない。このニッチにおいて、彼はネットで第一人者と認められるまでに至った。

最後の一人になっても、頑張ってくださいね……

ふと、昨日、国枝さんが呟いたコトバを思い出したが、一日経ってから、このコトバは生存競争から離脱しようとしているミロクへの皮肉と受け止めるべきだったと気づいた。

そんなことを考えながら、ミロクは郊外の住民たちが集う午後のショッピング・モールの家電売り場を通りがかると、大画面のテレビでは深刻な表情のアナウンサーが「各地でテロ活動激化」のニュースを伝えていた。爆破されたスタジアム、脱線した電車、倒壊した高層ビル、負傷して路上に横たわる人々の映像が次々と映し出される。パリ、ロンドン、ニューヨークで連続テロが起き、いよいよ東京にもその波が押し寄せ、軽トラックの荷台に積まれた爆弾が新宿駅南口で爆発し、死傷者が十名にも及んだらしい。

ジリ貧に追い込まれた人々が捨て身の行動に打って出る。これも生存競争の一種なのか？　大抵のニュースは自分には無関係だし、関係がありそうなら、自分を不愉快にさせるだけなので、ミロクはいつものようにテレビの前を素通りし、コーヒーを飲みに行った。

体温が下がり、深い眠りに落ちれば、代謝が落ち、カロリーの消費を抑えることができる。だから、冬眠中の熊は絶食をしていても、死なない。往復で半年以上かかる火星への有人飛行では、母船に積み込む水と食料が膨大な量になるが、冬眠すれば、その量は三分の一で済む。ヒトも熊に倣って、交代で冬眠すれば、かなりの食料とエネルギーを節約できる。そのうち、差別主義者がいい出すに違いない。今後は生活保護を受けている市民を優先的に冬眠させるサービスを行政は提供すべきだ、とか。

今回に限り、ミロクは近未来を先取りしていることになるだろう。

十四日目の昼から十五日目の夕食前までのオフを漫然と過ごし、多少の疲労とカロリーを蓄積させ、ミロクは小児病棟に戻ってきた。四人の中から離脱者は出なかった。ここまで我慢してきたのだから、最後まで付き合ってやろうじゃないかという意気だけは共通していたのだろう。

鼻に長いノズルを差し込まれる時の異物感が不快だが、胃カメラを呑み込むよりはずっと楽だ。夕食時にビールを一本飲んだせいもあり、最初の時よりはリラックスできた。国枝さんの眼鏡付きの笑顔を思い浮かべたら、こめかみにくすぐったさがこみ上げてきた。


ミロクは冷たい沼の底で泥に埋もれていた。胴体も手脚も固められ、全く身動きが取れなかったが、目と鼻先、左手の人差し指と中指だけが泥の表面に出ていて、淀んだ水に幾筋かの光が差し込んでいるのが見えた。何かヌルっとした生き物がミロクの鼻の穴に潜り込んでくるので、鼻を鳴らして追い出そうとするが、なかなか出て行かない。鼻から出た気泡が膨張しながら、水面に上ってゆく。ミロクはこのままあと一万年ほど眠り、化石になるつもりだったが、泥鰌に眠りを妨げられ、目覚めてしまった。なおも眠りに押しとどめようとする泥に逆らって、左腕を上げることに成功すると、泥鰌を追い払い、顔や胴体の回りの泥を払い落とそうとした。

今はエチオピアと呼ばれる高原地帯で、身長一一〇センチ、体重二九キロの少女が沼に落ち、泥に埋もれて死んだのは、確か三二〇万年ほど前のことだった。直立歩行を始め、長い距離を移動できるようになったアウストラロピテクス・アファレンシスの少女は何か食べるものを探して、沼地周辺を歩き回っている時、うっかり足を滑らせたのだろう。彼女の遺体は泥の中で永久保存され、化石になり、二〇世紀の半ば過ぎになって発掘されると、ルーシーという名前で呼ばれるようになり、一躍人類のアイドルになった。ところで、ミロクは自分がなぜ沼の底にいるのかは思い出せなかったが、この眠りから覚めたら、自分も彼女と同じように未来の世界に凱旋できるに違いない、と思った。

ミロクが重い瞼をこじ開けると、いつの間にか沼の底から引き揚げられ、病院のベッドに仰向けに横たえられていた。まだ、体が泥に埋まっているみたいで、起き上がることも、寝返りを打つこともできなかった。ただ、指先は動いたので、キーボードを叩くように、自分の太腿の上で踊らせてみた。息を深く吸い込むと、背中と尻に通電されたような痛みが走った。

金縛り状態がその後、二十分くらい続いたが、血流が戻ってくると、肉の強ばりが徐々に解けてきて、何とか体を横向きにすることができた。その直後、猛烈なくすぐったさが襲ってきた。それに五分ほど耐えたのち、静かに上体を起こし、立ち上がろうと試みたが、立ちくらみがし、床にへたり込んでしまった。「すいません」と人を呼ぼうとするが、口腔が乾き切っていて、声にならない。

生まれたての子馬のように重力と格闘し、もう一度、立ち上がると、ウォーターサーバーに歩み寄り、喉を鳴らし、水をがぶ飲みした。干物のように乾いていた体が潤ってゆくのがわかった。ただ眠っていただけなのに、なぜこんなに疲れるのか？　しかも、背中と尻がヒリつく。

廊下に出たが、明かりが消えていて、人の気配もない。すでに消灯になっているということか？　だが、窓からは外の光が差し込んでいる。ロビーの時計を見ると、二時半を差していた。二十四時間の予定で、擬似的な冬眠に就いたはずだが、その前に目覚めてしまったようだった。

ナースセンターにも、オフィスにも誰もおらず、電気は全て消えていて、非常灯の緑色の光が寒々と灯っているだけだ。「誰かいませんか？」と叫んでみるが、自分の声が廊下に響くだけ。ミロクは渡り廊下を通り、メインの病棟に行ってみたが、自動ドアが作動しない。わずかな隙間に指を差し込み、手動でこじ開け、中に踏み込んで、愕然とした。電気が完全に落ち、あらゆるものが停止している。動いているものを探そうと視線を蠅のように飛ばしても、患者や看護師の影すらなく、文字通りの抜け殻になっている。唯一、動いているのは時計だけだった。病院が不意に廃墟に変わるなんてことがあり得るのか？　きっとまだ夢の続きを見ているのだ。さもなければ、ミロクは巧妙な詐欺の被害者になったということなのか？　それにしては、仕掛けが大掛かりすぎやしないか？

ミロクはにわかに尿意を催し、薄暗いトイレに駆け込む。小窓から差し込んでくる明かりを頼りに用を足す。老廃物がたっぷり溶け込んだ濃い煎茶色の小便が出た。まぶたに残る眠気を完全に振り払うために顔を洗った。鏡にはやけにやつれた自分の顔が映っていた。ミロクは背中の痛みが気になって、Ｔシャツの裾をまくり上げ、鏡に映る背中を見てみたが、床擦れと思しき赤い斑点が出ていた。

受付横の大きな振り子時計の文字盤に日付表示があるのに気づいた。十月二十七日と出ているので、時計まで自分を欺こうとしていると思った。ミロクが眠りについたのは十月十二日の夜である。

再び、小児科病棟に戻ったミロクはほか三人の治験者の病室を覗いてみたが、全員消えていた。誰かに連絡しようと電話を手に取ったが、バッテリーが切れていた。充電のためにコンセントを差し込んだが、反応がなかった。病院には非常用電源が備えられているから、停電しても電気の供給は途絶えないはずだ。あるいは非常用電源はすでに作動していて、ミロクが目覚める二時間前まで鼻から冷気を送る機械を動かしていたのかもしれない。いずれにせよ、病院が抜け殻になるような危急の事態が生じたことは確かだが、なぜミロクだけが置き去りにされなければならなかったのか？　遺体だってもっと手厚く扱われるはずだ。怒りが沸々とこみ上げてきたが、それをぶつける相手はおらず、かすれ声で「バカヤロー」と呟くしかなかった。

ミロクはもう一度、病棟内をくまなく見て回ったが、この理不尽な事態を説明してくれる手掛かりは得られなかった。せめて、食べ物くらいは残してくれたのではないかと期待し、厨房の冷蔵庫を覗いてみたが、略奪後のようにからっぽだった。食堂のテーブルにへたり込み、放心していると、壁掛け時計の秒針が進む音が聞こえた。唯一、親愛の情を示してくれる時計にすがるように歩み寄ると、その日付表示を確かめた。やはり二十七日を示していた。天地創造が二回もできてしまうほど、ミロクは長く眠らされていたという事実を受け容れざるを得なくなった。

自分の部屋に戻り、物入れの中を調べてみると、私物の着替えに紛れて、分厚い封筒が出てきた。中にはミロクがもらえることになっていた謝礼の五十万円と、ヴォイスレコーダーが入っていた。声の主はミロクにブリーフィングを行った医師だった。この理不尽な放置プレイに対して、どんないいわけを繰り出してくるか？

災厄は冬眠でやり過ごすのが一番です。どうするのが、あなたの生存に最も有利かを考えた結果です。どうかあなただけでも生き延びてください。以上。

ほかにいうことはないのか？　この素っ気ない説明で全てを察しろというのか？　どんな災厄が起きたのか、ちゃんと説明しろ。

ミロクは舌打ちをし、地団駄を踏み、仕上げにため息をつく。この先、どんな逆境が自分を待ち構えているのか、いかなる想像も働かなかったが、ミロクは謝礼の金一封を胸ポケットにしまうと、身支度を整え、誰もいなくなった病院を完全に空っぽにした。

空っぽなのは病院だけではなかった。

とりあえず、散歩で立ち寄ったショッピング・モールを目指して、歩き始めたのだが、誰一人すれ違う人はおらず、走る車も見なかった。道も空っぽ、町も空っぽ、ミロクの胃袋も空っぽだった。信号機も自動販売機も死んでいた。途中、「そば、うどん」ののぼり旗を見つけ、店を覗き込んだが、もぬけの殻、コンビニもショッピング・モールも冬眠中のように、明かりが落ち、自分とその影以外に人のかたちをしたものはいなかった。実はミロク一人を鬼にして、住民全員参加のかくれんぼでもしているのではないか？ 住民たちは息を潜めて、家に籠り、双眼鏡でミロクの行動を監視しているのだと考えてもみた。だとしたら、一体、何のために？ 明け方や昼下がりの郊外では、車や人通りが完全に途絶え、時間が停止してしまったかに見える瞬間がある。ミロクが見ているのもそんな偶然の光景だと思いたかったが、いっこうに時間が流れる気配がない。

ミロクは最寄りの駅の様子も確かめたが、自動改札は閉じられ、券売機の電源も落ち、プラットホームに通じる階段は暗かった。むろん、線路を走る電車もなければ、駅員も不在。本来、動いているべきもの全てが麻痺していた。だが、風は町を吹き抜け、雲は形を変え、川は流れていた。

この住み心地がよさそうな町を捨てて、人々が逃げ出すには相応の理由がなければならないが、表面上は破滅的な出来事が起きた痕跡が見当たらなかった。洪水や火災が起きたのなら、その爪痕が残っているはずだし、虐殺やテロが起きたのなら、血まみれの死体が転がっていてもよさそうなものだが、町は何事もなかったかのように平静を装っている。それとも、無色透明な惨劇はすでに起きていて、ミロクが見ているのは全てが終わった後の光景なのか？　ミロクも否気にこのゴーストタウンを散歩している場合ではなく、一刻も早くここを立ち去るべきなのかもしれない。移動の手段は今のところ、この二本の脚しかないが、冬眠で鈍った脚はこれ以上、歩くことを拒否していた。

何か食べれば、歩く気力も湧いてくるだろうと、いつもの癖でコンビニに立ち寄ろうと考えた。駅のそばに店はあったが、入口も従業員出入口にも鍵がかかっていた。こちらは購買意欲満々なのだが、コンビニの方は冷淡にミロクを拒んでいた。入口のガラスに顔を寄せ、手で囲いを作り、中を覗いてみると、品薄にはなっているものの、棚にはまだ商品が残っていた。即座に三つの選択肢が頭に浮かんだ。このまま黙って通り過ぎるか、入口のガラスを割って、侵入し、略奪するか、ここを無人販売店と見做し、持ち出した分の代金を置いてくるか？

逡巡しながら、駐車場をうろうろしていると、モップが壁に立てかけてあるのが目についた。ミロクはモップをバットのように握りしめ、三回ほど素振りをしてみる。これから人生初のコンビニ強盗を実行する気分はどんなものか、自分に問いかけてみた。もちろん、気は進まないが、どうせ誰もいないし、監視カメラも動いていない。ガラスを割ったとたん、誰かが咎めにやってくるかもしれないが、それはむしろ歓迎だ。モップの一振りがこの逆境からの突破口になるに違いない。

そんな正当化をしたうえで、ミロクは金属部分をハンマーの打面になるようにモップを構え、ガラスに渾身の一撃を加えた。だが、ガラスは割れなかった。もっと重くて、固いものを探したが、手頃な石は見つからず、代わりにワインの空き瓶の首を手に取り、五メートルほど離れたところから投げつけた。乾いた破裂音が無人の町の静寂に亀裂を走らせた。その瞬間、ミロクの神経の糸はキュンと張りつめ、こめかみあたりにまとわりついていた冬眠の名残は完全に消え去った。

雹のように粉々に砕けたガラスを踏み越えると、店の中はすえたニオイのする生温い空気に満たされていた。ミロクは買い物かごを手に取ると、棚の商品の物色を始めた。ペットボトルの水、お茶、チョコレート、どん兵衛きつねうどん、豚骨煮干しラーメン、レトルトカレー、切り餅、白桃の缶詰、ウエットティッシュ、携帯の充電器など、目についた物を次々とかごに入れたが、ふと思い直し、ひとまずここに腰を据えて、この先どうするか考えることにした。携帯に充電器をセットし、蘇生を図るかたわら、胃に優しくて、すぐに食べられるものを口にしておこうと、かっぱえびせんと魚肉ソーセージに手を伸ばした。おにぎりやサンドイッチ、パン、クリーム系のデザートも並んでいたが、冷蔵庫が停止し、二週間以上放置されていても、食品サンプルのように往年の姿をとどめているのが不気味だった。カップ麺に入れる湯が欲しかったが、電気の供給がないここでは諦めざるをえず、メインにビーフジャーキー、デザートに桃缶を胃袋に収めた。

いつも店員がいるカウンターの中に入り、折り畳み椅子に腰かけると、何となく、このコンビニを買収したような気になれた。端末が再び起動し始めると、ここ二週間に何が起きたのか知るためにニュース・サイトに接続を試みたが、電波状態が悪いのか、通信会社の問題なのか、画面には「接続できません」の文字しか現れない。何処にアクセスしても、何度繰り返しても結果は同じだ。ミロクは先ずは両親の家、次いで数少ない友人たちに片っ端から電話をかけてみる。金を借りている二階堂、大学時代の同級生新町、三ヶ月間だけ恋人だった都、そして、小中学校が一緒だった幼馴染みの栗原……どの番号にかけてみても、呼び出し音すら鳴らない。たぶん、電話そのものが不通になっているのだ。これで何が起きたのか、誰かに聞く道も閉ざされた。

ミロクは雑誌売り場に置いてある週刊誌を片っ端からめくってみる。住民が一斉避難する事態に至るまでに、何かしらの予兆が現れていたはずで、そのヒントの一つくらいは見つかると期待した。だが、「老人ホームで集団自殺」とか、「総理の誇大妄想と虚言癖はさらに進化している」とか、「全米各地の大都市で内戦激化」とか、「ヨーロッパ各国のイスラム勢力が集結して、ムスリム・ヨーロッパ共同体を作ろうとしている」といった記事から何を読み取れば、ミロクが直面しているこの状況の説明になるだろうか？　唯一、「東京郊外のスラム化が進行している」という記事は、町から人が消えたことの伏線なのかと思って、精読してみたが、人口減と税法の改定によって、所有権を放棄される家が増えているという話で、直接は関係がなさそうだった。

西日が差し込むコンビニで、ミロクは途方に暮れていた。その後も電話をかけ続け、またインターネットへのアクセスを試みたが、孤立感は深まるばかりだった。自分を励ますつもりで、携帯にダウンロードしてある音楽を再生し、生温いビールをあおりながら、エロ本からスカウトした裸の女たちを一人ずつカウンターに並べてみた。コンビニを占有し、したい放題をすることへの憧れは確かにあった。だが、いざ実現してみると、さほど楽しくもなかった。

地球の人口はこのあいだ、八十五億人を突破したはずだった。ミロクが生まれた頃は七十億くらいだったから、わずか二十五年で十五億も増えた計算になる。自分の周囲にはもっとたくさん人がいてしかるべきなのだが、この人口密度の低さは何だ。いつの間にか大淘汰は始まっていた、とか？　しかし、ヒトは蒸気ではないのだから、蒸発するなんてことはありえない。大量死が生じたのなら、あちこちに死体の山が築かれ、町には腐臭が漂っているはずなのだが、鼻を利かせてみても、洗いざらしのシーツのニオイくらいしかしない。別の場所へ行けば、人々が楊枝みたいにぎっしり詰め込まれているのだろうか?

日が暮れると、町は真っ暗になった。地球が太陽に背を向けると、これほど暗くなるものなのか、と改めて認識すると同時に、月の眩しさを知った。ミロクは懐中電灯を携え、夜の町の探索に出かけた。人がいる家からは蠟燭の明かりが漏れてくるだろう。一人か二人くらいは避難を拒んだ臍曲がりがいるはずだ。ミロクはマンションや一戸建ての窓を注視しながら、駅周辺、ショッピング・モール界隈を探索し、川沿いの道を辿り、病院に戻る坂道を上った。人工的な明かりがちらつく家を何軒か発見するたびに、「こんばんは」、「ごめんください」と声をかけたが、返答は一切なかった。それらの明かりは日中、日差しを浴びた分だけ夜の庭先を照らすソーラー電池内蔵のガーデンライトだった。防犯のためなのか、家主が派手好きなのか、庭木をクリスマスツリーのようにライトアップしている家もあった。中で仮装パーティでも行われていそうな雰囲気に誘われ、ミロクは玄関ドアをノックしてみる。返答はないので、ノブを回してみると、ドアが開いた。室内にもほんのりと明かりがついていて、奥の部屋で誰かが待ち構えている気配すら漂っていた。

念のため「こんばんは」と挨拶をし、玄関で待っていたが、家主の出迎えはないようなので、靴を脱ぎ、礼儀正しく不法侵入を試みる。この家は屋根にソーラーパネルを設置しているらしく、夜になると、自動的に常夜灯が灯る仕組みになっているようだ。床のカーペットに加齢臭が染み付き、部屋はほのかにカビ臭かったが、部屋は片付いており、生活の痕跡が残されていた。ここには老夫婦と猫二匹が暮らしていたのだろう。餌用のトレイと猫用のトイレが二つずつ残されていた。作り付けの書架には哲学や科学技術関係の本がぎっしり収められ、至るところに度の強い老眼鏡が置いてあった。壁には誰の作品か知らないが、油彩の抽象画が懸かっていた。泥棒が放ってはおかない金目の物、高級腕時計や宝石、古伊万里焼の器、掛け軸などもそのまま残されていた。必要最小限の物を抱えて、逃げたものの、近いうちにまた戻ってくるつもりだったのだろう。本棚の前面にいくつかの写真立てがあり、そこには幼い子どもの写真が飾られていた。この家で育った娘に違いないが、ミロクよりはずっと年上であることは、写真の色褪せ具合でわかる。

誰もいなくなったこの町で、ミロクはどの家で食事しようが、休息しようが、勝手気ままであるが、その役得もさしてありがたいとは思えなかった。なまじ、他人の家に上がり込んだりすると、薄い義理みたいなものが生じ、この家の人たちは今何処で何をしているのかの方が気になってしまう。無事に逃げられたとして、ほかに行くところはあったのか？　それはミロクの今後の身の振り方にも関わる。自分は何処を目指すべきなのか？　自分のアパートは入院前に引き払ってしまったので、帰る場所は両親が暮らす家しかない。二人の安否を確かめにひとまず目黒の実家を目指そうと思うが、郊外の町がこのありさまなのだから、都心が平穏無事である保証はない。

ミロクは丘陵を散歩した際、都心を一望できる場所があったことを思い出し、懐中電灯の明かりを頼りにそこに向かった。縦横に走る木の根に躓きながら、息を弾ませ、高台までやってくると、ミロクは頭を抱え、その場にうずくまった。真夜中も煌めいているはずの都心は闇に抱かれ、深い眠りの中にあった。

それでも夜は明けた。ミロクは老夫婦の家に戻ると、ずっとラジオのチューニングダイヤルを回し続けていた。完全な停電状態で、ネットも電話も断絶している中、頼みの綱は電池で動くラジオだけだった。危急時にはラジオを通じた呼びかけがあるはずだ。首都が空襲によって壊滅状態の時だって、天皇陛下御自ら国民に向けて、終戦を告げたではないか。どんな声で、何を告げられてもいい、ともかく、誰かに語りかけてもらいたかった。だが、どの周波数に合わせても、ラジオは怠惰に鼾をかくばかりだった。

もしかして、自分はすでに死んでいて、あの世に来ているのではないか？

ミロクが知っているこの世はもっと騒々しく、面倒くさく、生々しい。だが、ミロクが今いるところは表面的にはこの世そっくりだが、いかなる活動も通信も停止している。かつて、本で読んだり、人から聞いたりした臨死体験とは様相がだいぶ違うようだが、この世だって人によって見え方は異なる。未だ夢を見ているという仮説はもう成り立たない。コンビニで物を食べたし、そのケミカルな後味もしっかり舌に残っている。だが、あの世にいるのなら、空腹も疲労も感じないし、重力からも解放されていてしかるべきなのだが、腹は鳴るし、自分の体の重さを持て余してもいる。むろん、ミロクは死んだ経験がないので、死者の気分など理解できるはずもなく、体が軽くなり、痛みからも解放され、腹も減らなくなると勝手に思い込んでいるだけなのかもしれない。そういえば、脚を切断した人は、ないはずの脚に痛みや痒みを感じるというが、ミロクの空腹感や疲労感もまたファントム・ペインと同じ類だとしたら、この体はまだ死んだことを認識していないだけということになる。

このやけにリアルな肉の感触を信ずるなら、ミロクはまだこの世にいる。そして、この世はあの世も同然となり果てた。さもなければ、ミロクはすでにあの世に渡ってしまったのだが、まだ死んだわけではない⁉　アンケートの「どちらともいえない」みたいな状況にあっても、確かなことが一つある。自分が生きているのか、死んでいるのか、一人ぼっちでいる限り、確かめようがないということだ。「ここはあの世だよね」と語りかけ、「その通り」とか、「まさか」とか、「もう一回死ねば、戻れるぜ」などと返してくれる相手がいなければ、自分の主張は単なる思い込みに留まる。

もう一度、冬眠をして、目覚めれば、全て元通りになっているのではないか、とあえて楽観してみるが、それも望み薄だ。ともあれ、首都がどうなっているのか、この目で確かめに行くために、ミロクはまた駅に向かった。

駐輪場で、状態のいい自転車を物色し、次々と解錠を試みる。番号ダイヤルを少しずらしただけで鍵が外れたものがあり、ミロクはそれにまたがり、無人の道路を試走してみた。タイヤの空気も充分、ブレーキの効きも問題なし。一度「襲撃」したコンビニに戻り、当座の食料や飲料、ライター、蠟燭、ラジオ、懐中電灯、予備の電池、替えの下着、靴下、ウエットティッシュなどをリュックに詰め込むと、何一つ進路を妨害するもののない道を都心目指して、走り出した。

2　狩猟採集時代

頬をかすめる風にはかすかだが、マッチを擦った時のニオイがついていた。これは硫黄のニオイか？　生ゴミの腐敗臭を薄めると、こんなニオイになる。そのニオイは自転車を止めると、より強くなり、また都心に近づくほどに生々しくなってきたが、やがて、酢の刺激臭が勝ってきた。視界に映る光景は表面的には平穏に見えるが、何かをひた隠しにしているかのような疚しさをミロクは漠然と感じ取っていた。すぐにボロを出すだろうと、静寂に耳を澄ませ、息を止めて、周囲を見回してみるのだが、風景の方もそれに合わせて、息を潜める。その時、誰かに見られているような気がした。

多摩川を渡る時、橋の上から目を凝らし、川の流れを追いかけ、中州や河川敷を眺めてみた。中州では助けを求める人の形をした木が風に揺れていた。その時、視界を動くものの影が横切った。ミロクを見つめる相手の正体は三羽の鴉だった。

不意に姿を現した鴉にミロクは思わず、手を振った。友人にさえこれほど親しみを込めて、手を振ったことはなかった。相手が鴉だろうと、生き物の存在には励まされる。果てしない大西洋を航行し、この先に陸地はないかもしれないと不安を募らせていたコロンブス一行は、サンタマリア号のマストにカモメがとまっているのを見て、どれほど嬉しかったか、ミロクは初めてよく理解できた。

人がいなくなったのは郊外のあの町だけだ、都心に出れば、誰もがハンカチを振ってミロクを歓迎してくれるだろう。根拠はないが、わずかばかりの希望を取り戻し、ミロクは両親が住む目黒を目指して、ペダルを漕いだ。

都心が近づくにつれ、路上に放置された車の数が増えてきた。都心から逃走を図る車で渋滞する様子が目に浮かぶようだった。ちっとも前に進まないのに業を煮やしたドライバーたちは続々と車を乗り捨て、別の逃走経路を辿ることにしたに違いない。中には後続の車の通行の妨害を意図してか、道の真ん中に車を置いて行った奴もいたようだ。ミロクはその車に乗り換えようかと、運転席を覗いてみたが、キーはついていないし、この先、どんな障害に行く手を阻まれるかわからないので、自転車に固執した。案の定、甲州街道の下高井戸を過ぎたあたりから、四台の車で二叉の片方の進路を塞いでいたり、脇道に抜けられないようにコンクリート・ブロックが置かれていたり、随所にバリケードが築かれていた。「閑静な住宅街」ではしばしば、外部の人間が抜け道に利用できないように、意図的に一方通行の道や行き止まりを作るが、これはよそ者を締め出す防波堤のつもりなのか、あるいは住民を外に逃がさないための封鎖なのか？

試しにバリケードをまたぎ、封鎖の内側の住宅街や商店街を走ってみると、ところどころに非日常が露呈していた。最初にミロクの目に飛び込んできたのは、パトカーが頭から交番に突っ込み、その後部トランクの上にタクシーがおおいかぶさっている光景だった。やや離れて見ると、二台の車はじゃれ合う犬のようだった。何が悲しくて、パトカーは交番に突撃したのだろうか？しかも、事故現場が放置されているところを見ると、事故処理をする余裕もなかったのか？

その商店街では火事も起きていた。通りの左側の店は五軒が完全に焼け落ち、両隣の二軒も半焼していた。焼け残った柱はいっせいに、天に向かって黒い中指を突き立てているようにも見えた。この商店街はあからさまに怒っているとミロクは思った。火事を免れた商店の多くはガラスが割られ、シャッターがこじ開けられ、略奪の生々しい痕跡が残っている。当面、生き延びるのに必要なものを奪い、町を捨て、何処かへ逃げたのだろう。自分が住んでいる町で略奪行為に走ったのだとすれば、ここには二度と戻らないつもりだったに違いない。商店街の荒み具合には迫り来る理不尽な事態に対する狼狽ぶりが刻まれているようだった。町全体が酢漬けにされているかのようなニオイに満ちており、その刺激臭には顔をしかめっ放しだったが、やがて嗅覚も麻痺し、何のニオイも感じなくなっていた。

どんなカタストロフが生じたのか、何処に向かえばいいのか、ヒントが全くない。せめて「涅槃で待つ」くらいのメッセージを残しておいてくれてもよさそうなものなのに。中にはこの町を出て行くことを拒んだ臍曲りもいるはずだ。二十一世紀初頭よりも人口は減っているとはいえ、東京二十三区内だけで八百万、世田谷区だけでも七十万もの人が住んでいるのに、その彼らが半月のあいだに消えるなんて物理的に不可能だ。もし、多くの犠牲者が出たならば、その遺体はどこに行ったのだろう?

幼い頃、母から聞いた話を不意に思い出した。震災の時、被害が大きかった地域では火葬場も被災したので、遺体を荼毘に付すことができず、二千もの遺体が丘の中腹や空き地に仮埋葬されたのだという。母の従弟もその一人で、三ヶ月後、火葬場が復旧すると、すでに梅雨を迎えて腐乱していた遺体を掘り返し、新しい棺に納め、改めて火葬を行ったのだそうだ。

ミロクは胸騒ぎを抑えながら、自転車のペダルをやみくもに漕いだ。やがて、T字路にぶつかると、塀の向こうが墓地だった。この目で累々と重なる死体の山など確認したくはなかったが、目の前の現実を受け容れる以外に今の自分に何ができるというのだろう。

墓地は普段と変わらない佇まいを呈しているようだったが、奥に拡張された区域があり、まだ墓石は立っていないものの、地面を掘り返した跡があった。さらに、自転車で通りがかった住宅街の空き地には土を耕した後のようにこんもりと土が盛り上がっていた。よくよく注意して眺めれば、民家の庭先や家庭菜園にも、公園や神社の境内、小学校のグラウンドなど至るところに、形も大きさもばらばらの土饅頭があるではないか。しかも、その上には枯れた花や石やクッキーの缶が置かれていたり、卒塔婆代わりの板が埋め込まれていて、おそらくはそこに埋められた人の名前が記してあった。それらは紛れもなく、大量死の証だった。用もないのに足しげく通った代々木公園にも、花見に出かけた上野公園や隅田公園にも、ミロクが通った小中学校の校庭にも無数の土饅頭が築かれているに違いない。

だが、今回仮埋葬された死者たちは改めて火葬にされることはないだろう。彼らは葬ってくれる人に恵まれただけでも幸いと思わなければならない。都心はアスファルトやコンクリートに覆い尽くされ、穴を掘れる場所が少なく、全ての死者たちを葬る余地がない。また、死者が増えれば、葬る人の数も自動的に減る。ほとんどの死者たちは自宅やホテルの一室をそのまま自らの墓にするほかなかったに違いない。それを悟ったからには、もう不用意に他人の家に侵入することはできない。

大地震も大津波も起きなかった。原爆が投下された形跡もない。それなのになぜ人が死ななければならなかったのか？　市民同士の殺戮？　未曾有の規模の集団自殺？　疫病の発生？　「カタストロフ・マニア」の名人なら、人類滅亡の原因に詳しいはずだ。ローマ帝国やインカ帝国はなぜ滅んだのだ？　ミロクは自問するが、頭蓋骨に真綿を詰め込まれたみたいに何も考えられなかった。

両親が暮らす目黒のマンションに到着したのは午後二時過ぎだった。滅亡後の里帰りになってしまったことが悔やまれる。親孝行の一つもしてやれなかった息子がこの期に及んでできることは限られている。もし生きていたら、寄り添い、死んでいたら、手厚く葬るだけだ。

エントランスの自動ドアにはこじ開けられた跡があった。当然、エレベーターは動いていないので、九階まで階段を上らなければならない。冬眠で筋力が落ちていたせいもあるが、土饅頭を見たショックも加わり、疲労が全身に重くのしかかっていた。９０９号室の前に立つと、ミロクは深呼吸をし、動悸を抑え、ドアノブに手をかけた。すでに最悪の事態は起きてしまっているのだから、たとえ、ドアの向こうで受け容れ難い仕打ちが待ち構えていても、黙って受け容れるしかないとあらかじめ自分を説得しておいた。

ドアの鍵はかかっていなかった。「ただいま」と声をかけながら、靴を脱ぎ、廊下を進むと、線香のニオイがした。こめかみが熱くなり、動悸が高まった。リビング・ルーム、寝室、父の書斎を次々と見て回ったが、幸い両親の遺体との対面は避けることができ、ひとまず安堵のため息をついた。腋の下が冷や汗で濡れていた。

ミロクはソファにへたり込み、しばらく放心状態で部屋の壁や家具を見つめていた。やがて、空腹を満たすことを思い立った。水道もガスも止まっていたので、カセットコンロを探し出し、鍋にペットボトルの水を注ぎ、湯を沸かした。どん兵衛きつねうどんをすすりながら、普段食べ慣れている味に少しだけ冷静さを取り戻すことができた。ライフラインが断ち切られ、全ての活動を停止してしまった都心で、これから本格的に非日常を生き抜かなければならない。当面はこういう食事ばかりが続くだろうが、このような非常食を日頃から食べ馴れている分、サバイバルには多少有利に働くかもしれないと楽観した。悲観は終わりを早めるだけだが、楽観は何かを始める原動力になる。いつだったか、誰かにそんなことをいわれたような気がする。どん兵衛を食べ終えたところで、その格言を呟いたのが父親だったことを思い出した。今回も父は自分に何かメッセージを残してくれているかもしれないと思い、もう一度、部屋の隅々を探してみると、案の定、父の書斎の机に「ミロクへ」と表書きのある封筒が置かれているのに気づいた。

ミロクへ
これを読んでいるということは何とか生き延びているのだな。両親の安否を確かめに里帰りしてくれたのだろう。互いの無事を確かめようにも一切の通信手段が使えなくなった。結局、書き置きという古典的な方法を取っている。少なくともこれを書いている十月二十日の段階ではオレも母さんも無事だ。
東京上空にオーロラが発生した時は驚いた。実に美しい天変地異だったが、その後、電力網が完全に破壊されてしまい、都市は全面的に麻痺してしまった。文明というのがこれほどまでに脆弱だったとは知る由もなかった。真っ先に通信、放送が遮断され、一切の情報が回ってこなくなった。接続ポイントが破壊されても、核攻撃を受けても、インターネットはすぐに復旧できるというのはガセだったな。ガスも水道も止まり、流通も止まると、食品が腐り始めた。各地の原子力発電所もやばいことになっていて、非常用電源はみんなそっちに持って行かれた。東京が一番安全だという奴もいるが、それもデマだろう。過疎化とは無縁と思われた東京から続々人が消えてゆく。我々は食料の備蓄を奪い合う生存競争を勝ち抜く自信もないし、またゼロからやり直す気力もない。とりあえず、都知事の避難指示に従って、母さんの故郷の秋田に逃げることにした。無事に辿り着けるかどうかはわからない。生きてここに戻ってこられる保証もない。

おまえに残してやれる物は何もない。すでに破局を迎えてしまったのだから、遺産を残したところで意味もない。だが、納戸にいい物が入っている。おまえの祖父さんの形見で、オレが小学生の頃に譲り受けた無線機だ。短波放送も聞ける優れもので、九ボルトの角形電池があれば動くはずだ。

しばらくのあいだは都心に残された保存食や日用品を持ち出しての狩猟採集生活で凌いで行けるかもしれないが、その備蓄が尽きたら、本格的な淘汰が始まる。おまえは生活能力が低いから、誰かを頼るほかない。そんな相手に恵まれるかどうかはこの無線機に懸かっている。秋田はここから距離にして、約五百四十キロだ。自転車なら一週間、徒歩なら二週間足らずで来れるから、感動の親子再会もあり得ない話ではない。だが、今後の行き先はおまえが決めろ。ユダヤ人が今も滅びていないのを見る限り、できるだけ遠くへ、そしてバラバラの方向に逃げた方が生き残りの確率は高まるのではないかとオレは思う。

追伸

母です。そばの実を残してゆきます。これは食べることもできますが、栽培すれば、三ヶ月でそばを収穫することができます。私の実家には「非常事態が起き、食べるのに困ったら、そばを育てろ」という家訓があり、それをあんたに伝えるのを忘れていました。それから、お祖母ちゃんの形見の龍笛《りゅうてき》を置いてゆきます。練習すればすぐに音が出るようになります。困った時にこれを吹けば、きっと誰かが助けに来てくれるはずです。龍笛はそういう笛なのです。吹き口の裏には蟬の形の装飾があるでしょう？　蟬は土中で七年暮らし、パートナーを探して七日間飛び回って死ぬという儚い生き物ですが、中国では再生と復活のシンボルです。この笛はきっとあなたの身を守ってくれます。

皮肉屋で現実主義者の父らしい、また迷信深く古風な母らしいメッセージを三回精読した。ひとまず、カタストロフの原因の一つは明らかになった。

だが、それだけではミロクがその目で見た無数の土饅頭の説明にはならない。コロナ質量放出は人工衛星はもちろん、電力、電波に関わるあらゆるインフラを破壊するが、人を即死させるような事態は引き起こさないはずだった。父の書き置きには「原子力発電所もやばい」ともある。確かに原発は電力供給が途絶え、冷却水の循環が滞ったとたんに深刻な事態に陥る。二十五年前のフクシマの教訓を忘れたのか、太陽のしゃっくりやゲップは想定外だったのか、東京はすでに放射能汚染地帯になっているのかもしれない。だとしても、すぐに死者が出るとは思えない。おそらく、両親がここを離れてから、新たな致命的災厄が首都を襲ったと考えた方がよさそうだった。

二人はミロクに形見を残していった。これは今生の別れになるという意味と受け取らなければならないのだろうか？　納戸を探すと、確かに二十世紀の遺物である無線機と絹の袋の中に入った竹製の横笛が、キッチンの戸棚には真空パック入りの五百グラムのそばの実が残されていた。この三点セットで、淘汰の時代を生き抜け、と？

ミロクはテーブルの上に、リュックに詰めて持って来た物のほか、この家にあるもので、当面の生存を支えてくれそうなグッズを並べてみた。食料はせいぜい四日分くらいで、ペットボトルの水は二リットルしかない。燃料もカセットボンベが二本あるだけ。単三電池は六個あるが、九ボルト電池はない。今、自分が置かれているのは、土の中から這い出て脱皮した蟬のように七日間飛び回ったら、死ななければならないという状況だ。郊外のコンビニは最初の略奪者がミロクだったが、人口過密の都心では大半のコンビニやスーパーがすでに略奪された後だろう。それでも、多少のおこぼれにはありつけるだろうと楽観し、ミロクは暗くなる前にまた「狩り」に出かけることにした。

スーパーもコンビニも薄暗闇の中で微睡んでいた。「今頃何しに来た」と空の棚に笑われている気分だった。缶詰やインスタント食品、ペットボトルの水は完全に姿を消していたが、なぜか片栗粉やごま油、味噌、干し椎茸、煮干し、飲み物の方は紙パック入りの日本酒と安焼酎だけが置いてきぼりにされていた。

駅周辺はコンクリート・ブロックで封鎖され、立ち入り禁止の看板が出ていた。もっとも、警官が見張っているわけでもないので、ミロクはバリケードを乗り越えて、駅のショッピング・モールへの侵入を試みた。正面入口も従業員通路もシャッターに閉ざされていたが、商品搬入口脇の鉄の扉にこじ開けられた跡があった。

ここは略奪を免れたのか、秩序の維持に成功したのか、売り場は整然としていた。おそらく早々に商品を店外に運び出し、穏便に店じまいしたのだろう。電化製品の売り場がほとんど手つかずの状態で、冷蔵庫も洗濯機もテレビもエアコンも値札がついたまま放置されていたのには笑った。ミリタリー・ユーズの強力ペンライトを頼りに九ボルトの角形電池を探したが、電池だけはあらかた持ち去られていて、警報器などに内蔵されているものをかき集めるしかなかった。

この期に及んで、ブランド物のスーツやコートを略奪する者もいなかったと見え、紳士服、婦人服の売り場にも荒らされた跡はなかった。偶然、カネが手に入ったら、自分への褒美に買おうと思っていたレザー・ジャケットを見つけたので、それを今まで着ていたナイロンジャンパーと交換し、ついでに今まで履いていたスニーカーをヴィブラム底の丈夫そうなブーツに履き替えた。多少、見栄えはよくなったが、肝心の飲み水は手に入らなかった。二リットルでたかだか百円程度のペットボトルの水の価値は途轍もなく跳ね上がっている。それこそ一万円出しても欲しいが、貨幣そのものが意味をなしていない世界では誰も取引に応じてくれないし、そもそも取引相手もいない。風呂に入りたいなんて贅沢をいっていた数時間前の自分に舌打ちしながら、苦肉の策で、生活雑貨の売り場で水のいらないシャンプーをゲットしておいた。

蛇口をひねれば、水が出るという考えも捨てきれず、実際、ショッピング・モールの洗面所の蛇口を片っ端から試してみたが、全滅だった。町中には無数の自動販売機があり、機械は動いていなくても、まだストックは残っているはずだった。最後の手段はそれをこじ開けるしかないが、その前にホームセンターでバールを手に入れる必要がある。都心でも地下水をくみ上げている地域があるし、井戸も見たことがある。最悪、目黒には目黒川があるではないか。むろん、汚染されていないという保証はないが、濾過したり、殺菌消毒したり、煮沸したりすれば、何とかなるはずだ。

水の確保は翌日以降の課題となった。

誰もいない町にしばらく身を置いていると、動くものに対する反応が過敏になる。風に揺れる木の枝やアンテナ、看板、太陽と雲が織りなす光と影のニュアンスの変化にも、人の気配を感じ取ろうとしてしまう。やがて、その過敏さに疲れ、誰かと遭遇する期待は恐怖に変わってゆく。誰もいない町のことをゴーストタウンというが、そこを彷徨う人の感覚が研ぎ澄まされるあまり、壁の染みさえも幽霊と錯視してしまうからなのだ。そう思いつつも、やはりミロクは物陰から誰かに行動を監視されている感じを拭い去れなかった。略奪に加担している罪悪感のせいもあるだろうが、都心にはまだミロクのような居残り組がいるに違いないという確信に近い感覚があった。

夜の闇から逃げるようにマンション九階の部屋に戻って来たミロクはヴェランダから真っ暗な下界に目を凝らしてみた。徐々に目が闇に馴れてゆくのを待っていると、不意に蛍と見紛う光が点滅し始める。その光はゆっくりとランダムに揺れ動いているのである。家にあった双眼鏡で、その光源を追いかけてみると、懐中電灯の明かりであることがわかる。もっと遠く、高い場所からも二等星くらいのほのかな光が瞬いている。こちらの光源は揺れているが、同じ場所に留まっている。おそらく、この光は高層マンションの窓から漏れてくる灯火だ。ソーラー発電装置を備えた家ならば、ＬＥＤの明かりをつけることもできる。向こうのヴェランダからもこちらの蠟燭の明かりを確認しているかもしれない。

ミロクは母が残していった龍笛を手に取り、歌口に息を吹き込んでみる。寒々しくかすれた音しか出なかったが、唇の形と位置を変えると、名無し鳥の鳴き声が夜の闇に溶け出した。息がすぐに上がってしまうが、何度か試すうちにいい勘所が見つかって、ロングトーンが出せるようになった。七つ開いている指孔を適当に押えたり、開けたりすると、メロディらしきものが響いたが、何となく「ぱあぺちゅあるぴーす」と子どもが呟いているようにも聞こえた。「これを吹けば、きっと誰かが助けに来てくれる」という迷信を母は素朴に押し付けてくるが、この煤けた竹にそんな力が籠っているとも思えない。それでも、笛を吹けば、死んだ人々の供養にはなるかもしれない。

ミロクはわずかなお湯でタオルを湿らせ、体を拭き、ドライシャンプーで髪を洗うと、今度は父が残して行った前世紀の遺物に電池を入れ、蘇生を試みた。この無線機は玩具のトランシーバーよりはかなり広域の電波を送受信できるタイプのものだった。通信が行われているチャンネルを探し出し、そこに割り込み、救いを求めるなり、何処で何をしたらいいかを示唆してもらうつもりだった。

ヘッドフォンをつけ、ヴォリュームを最大にし、電波のさざ波や風音に耳を澄まし、何処かから発信されるメッセージを丹念に聞き分ける。その作業を五分ほど続けていると、中学校の朝のホームルームで女性教師が生徒に向けて話しているような声が聞こえて来た。

……感染者とその家族の方は外出禁止です。市内各所のバリケードで封鎖された地域は立ち入り禁止です。監視員は隔離地区の外に出ようとする者、また隔離地区に進入しようとする者を阻止してください。医師は随時、各地域を巡回しており、順番に診察を行っています。診察の結果、感染の疑いのない方は保健所の健康証明書を発行しますので、それを持参し、速やかに安全地帯に避難してください。健康証明書を持っていない方は移動が禁じられています。安全地帯への移動は専用バスでお願いします。自家用車や自転車、徒歩での移動は許可がなければできません。

監視員に届け出のあった死者は感染、非感染を問わず、指定の場所で仮埋葬を行います。火葬場は現在、電気の供給と燃料供給が途絶えているため稼働できず、全員が仮埋葬となることをご了承下さい。また死亡者の出た家屋への弔問はお控え下さい。

水や食料は配給制になっています。巡回車が各地域に届けますので、スーパーやコンビニ等の商店での略奪行為は慎んでください。東京は無法地帯ではありません。秩序を守り、街路や町を清潔に保ちましょう。

感染、隔離というコトバにミロクの手は震えた。やはり、大量死の原因は伝染病だったことがこの事務的なアナウンスによってあきらかになった。たびたびミロクの行く手を阻んだあのバリケードは感染の広がりを防ぐための封鎖であり、町に立ち込めていた酢漬けの豚足のようなニオイは過酢酸による消毒だったのだ。何も知らなかったとはいえ、不用意に町を走り回ってしまったことを後悔したが、まだ誰とも接触していないのだから、感染は免れていると思うしかない。監視員とか巡回車というコトバも聞こえたが、そんな人も車も見なかった。みんな息を潜めて家に籠っているのか?

引き続き、無線によるアナウンスを一語も聞き漏らさないようにヘッドフォンを耳に押し当てていた。PTTボタンを押して、自分の声も相手に届けようとも試みたが、区役所からの一方通行で録音音声を流しているに過ぎないことがわかった。ミロクは無線機に内蔵されたラジオで何か受信できないか確かめてみた。AMもFMも沈黙を守る中、短波の周波数に切り替えると、「ザザー」という周期的な潮騒が聞こえた。注意深く周波数が大きい方へダイヤルを回してゆくと、7000キロヘルツ台と12000キロヘルツ台のところで音声が聞き取れたが、日本語ではなかった。その先、18900キロヘルツあたりでは日本語を話していることはわかったが、潮騒に邪魔をされ、内容は把握できなかった。この非常時に政府が沈黙しているとはどういうことか? 空爆と内戦で無政府状態に陥ったかつてのシリアやイラクと同じではないか。いや、文明発祥の地メソポタミアに位置するそれらの国でもラジオの放送はあった。政府機関の連中は真っ先に日本を捨てやがったな、と背中からじわじわ怒りがこみ上げて来た。

いよいよ、ダイヤルが振り切れる寸前、２５８８０キロヘルツに合わせると、古めかしい音色の音楽が聞こえて来た。ロッシーニのオペラ『セビリアの理髪師』のロジーナのアリア『今の歌声は』だった。ノイズの混じり具合から蓄音機で再生されていることがわかった。

曲が終わると、ミロクが治験中に癒されていた国枝看護師にそっくりのアニメ声で、アナウンサーがこのように囁きかけてくる。

もうやってられないですよね。みんな同じ気持ちだと思います。この世の終わりとか、人類の滅亡とか、大量絶滅とか、ここ十年くらいのあいだに百万回くらい聞いたし、自分でも最低一万回は呟いたりして、覚悟はしていたつもりなんですけど、いざその日が来てみると、自分が死んでからにして欲しかったなんて思います。これからの苦しみを思うと、先に死んだ人の方が幸せなのかなと正直、思っちゃいます。だって、冥福を祈ってくれる人がいるんだもん。最後まで生き延びるのはどういう人なのか、想像もつかない。諦めを知らない根性の塊、それこそアメリカン・ヒーローみたいな人なのか、冷静に状況を見極める学者タイプの人なのか、それとも案外、穴蔵に引き籠っていたもぐらみたいな人が有利なのかも。誰が生き延びてもいいけど、祝福してくれる人が一人もいないっていうのも寂しいものですね。

このＤＪは一体何者で、この電波は何処から飛んでくるのだろう？　耳に抵抗なく浸透してくる囁き声の魅力もさることながら、悲惨な現状をやけに明るく、達観してやがる。ミロクはたちまち謎のＤＪの語り口に魅せられ、無線機を抱きかかえるようにして、今しばらく、その話に耳を傾けていた。

さて、ここで私たちが直面している深刻な事態について、おさらいしておきましょう。何しろ、太陽のプラズマ攻撃で、電気関係、電波関係は完全に破壊されちゃいましたから、情報が行き届いていないんですよね。短波の中でも一番波長の短い十一メーターバンドは太陽の活動が活発な時に利用されることになっている周波数帯なので、こうして、放送をお届けできるわけなんです。

東京でオーロラが見えたのは皆さんご存知ですよね。オリーブ色の光のカーテンが綺麗でしたね。あのオーロラは超高エネルギーのプラズマの嵐が東京に襲いかかった証でした。太陽がしゃっくりをすると、地球は麻痺してしまいます。

一九八九年にカナダのケベックで起きた大停電もオーロラ・エレクトロ・ジェットが送電線や変圧器を破壊したのが原因でしたが、今回の太陽のしゃっくりは従来の規模を遥かに上回るレベルで、観測史上最大でした。大破局の二日前、フレア爆発に伴い、太陽から強い磁場を帯びたプラズマの塊が宇宙空間に噴出しました。このコロナ質量放出自体も未曾有の規模だったのですが、それが地球へ到達するまでのあいだに、前方で渦巻き状に渋滞していた高密度の太陽風の領域にぶつかり、さらにコロナホールから吹き出した高速の太陽風が追い風となり、磁気嵐の威力がこれまでの五倍になるまでに巨大化したのです。強い南向きの磁場に地球が長時間包まれることによって磁気嵐が発生します。この先のことは皆さんも経験済みですね。

電気の供給が途絶えると、都市ほど生活しづらい場所はありません。自家発電の設備があるところはしばらくは保《も》ったと思いますし、ソーラー発電設備のあるビルや家庭も一週間くらいは生活に不自由しなかったかもしれませんが、インフラは水道もガスも交通網も通信網も全てコンピューター制御ですから、電気が来なければ、全く機能しません。でも、深刻だったのは原子力発電所です。もともと、海辺の原発は外部からの攻撃を受けやすいし、電源が使えなくなったら、すぐに危機的状況になることはわかっていました。なのに、政府は原子力利権を守ることを優先するあまり、危機管理を後回しにし続けました。安全保障を充実させるなら、真っ先に原発の運転停止と廃炉に取り組むべきでしたが、国防軍を増強し、海外派兵なんかに踏み切る愚策を取り、結果的にテロリストたちの格好の標的にされ、ますます日本を危機的な状況に追い込みました。責任を取るべき首相始め、多くの無能な政治家、官僚たちは雲隠れし、安全地帯で悠々自適の晩年を過ごしていると思います。皆さん、彼らの姿を見つけたら、袋だたきにしてあげましょう。

日本の滅亡に核兵器は不要でした。原発をメルトダウンさせれば、じわじわと放射能が国土と人体を蝕んでゆきます。しかも、それはテロリストの攻撃ではなく、恵み深い太陽のしゃっくりによってもたらされたのです。むろん、太陽は日本だけを狙ったわけではありません。日本と同程度の緯度にある地域は何処も磁気嵐の犠牲になっています。いうまでもなく原発の所在地は今世紀中は立ち入りができないでしょう。東京やその衛星都市、地方都市もしばらくのあいだ復興は見込めないでしょう。そもそも、何をもって、復興というのかが問題です。昔のように電気、水道、ガスをふんだんに使えて、交通網や通信網を駆使し、コンピューターであらゆる用事を済ませるような生活に戻ることを目指しているなら、それは二十二世紀以降のことになるでしょう。

恐ろしいことに、この文明の危機に追い討ちをかけるようなゆゆしき事態も進行しております。まるで、中世の時代に逆戻りしたかのように、新種の伝染病が蔓延しています。皆さんもご存知の通り、人類は疫病との戦いを繰り返してきました。紀元前の昔からエジプトやギリシャ、ローマ帝国で流行し、後にアメリカ先住民たちに大量死をもたらした天然痘、十四世紀に一億人もの死者を出し、黒死病と恐れられたペスト、感染力が強く、二十一世紀に入っても、局地的に流行

している コレラ、二十一世紀になって患者が増えている結核、若年層で拡大しているＨＩＶ、何年かごとに大流行し、様々なタイプを持つインフルエンザ、人類が発見した最も危険なウイルスともいわれるエボラ出血熱などなど。いずれの病原体も十九世紀、二十世紀になるまで特定されませんでした。顕微鏡が発明されるまで、人類は微生物の存在すら知らなかったのですから。ワクチンがなく、治療法が確立されていなかった時代、疫病は人類を淘汰するほどの猛威を振るいました。

現在では自然界から生まれた病原体のほとんどが人類の制御下に置かれたかと思われましたが、人間よりも遥かに早いスピードで進化するウイルスはヒトに対する毒性を強める可能性があります。しかも、その進化をヒトが助長すれば、感染力が強く、致死率が高いウイルスが出現します。たとえば、特定の細胞だけを死滅させるウイルスを遺伝子組み換えによって人工的に作り出し、癌治療に活用するといったことが行われてきました。この技術を応用すれば、人類が免疫を持たないウイルスや薬剤が効かないウイルスを開発できます。

このウイルスはボトルネック・ウイルスと呼ばれています。今から七万五千年ほど前、世界人口が激減するようなカタストロフがありました。スマトラ島のトバ火山が大噴火し、大気中に大量の灰が舞い上がり、火山の冬が到来しました。生き残った人類は一万人以下。この時、遺伝子の多様性は著しく失われました。このように大きな淘汰が生じ、生き残った少数の人類の遺伝的特質を子孫が受け継ぐことをボトルネック効果というのですが、このウイルスはまさにそのような事態を引き起こすでしょう。

巨大磁気嵐と原発のメルトダウン、さらにテロによるパンデミックと三重のカタストロフに見舞われたら、大抵の文明は滅びますよ。この大淘汰を生き延びるのは並大抵のことではありません。ともあれ、ウイルスに感染せず、東京を離れ、食料を確保しつつ、半年間生き延びることができれば、あなたはこの大淘汰を乗り越えることができるかもしれません。

噂によれば、すでにワクチンはできていて、ヒトへの投薬試験も行われており、大量生産体制に入っているそうです。けれども、皆さんに投与されるまでにはまだ時間がかかるでしょう。ワクチン投与は公平に行われるのが理想ではありますが、裏では優先権を巡る熾烈な駆け引きが行われているのです。この非常事態にあっても、資本の原理は生きていて、貧困層は後回しということになるでしょう。製薬会社にとって、大きなビジネスチャンスとなるわけですが、そのきっかけをテロリストが与えたということは、両者が裏でつながっていることを勘繰りたくもなります。また、貧困層や高齢者の人口が減れば、福祉や医療にかかるコストも軽減されることになり、政府はウイルス蔓延を政治利用して、恣意的に人口調節を図ろうと考えているかもしれません。パンデミックはいつの時代も弱者に厳しいのです。でも、自暴自棄にはならないでください。この最悪の事態を何とか耐え忍べば、新たな時代が到来し、社会の変革が起きる可能性があるのです。一パーセントの裕福な支配層が、九十九パーセントを貧困に閉じ込め、奴隷状態に置いておく経済システム自体が、パンデミックによって瓦解するかもしれないからです。

それではここでまた音楽をお聞きください。すでに亡くなられた方々への鎮魂のため、ベートーベンの交響曲第三番『英雄』から第二楽章の葬送行進曲をお送りします。演奏はウィレム・メンゲルベルク指揮、アムステルダム・コンセルトヘボウ管弦楽団、一九二七年ロンドンのグラモフォン社製の蓄音機の音でお送りします。

ここまで政府への批判を繰り出しているということは、この電波帯をジャックした海賊放送局に違いない。このアニメ声のＤＪは絶望の中に希望を見出せといっている。ミロクはミサを受けたような心地がしていた。ふと、かつて見た映画の一シーンを思い出す。誰もいなくなった廃墟の町を彷徨う主人公は、信仰とは疎遠なくせに、なぜか教会に向かう。モラルが崩壊した世界では祈る以外に何もすることがないからか？　他人の善意にあやかれそうな場所がほかにないからか？

葬送行進曲の後、再び、彼女の話が聞けるかと思ったが、何の予告もないまま放送は終了、電波の潮騒しか聞こえなくなった。

翌朝、ミロクは無人の町に響き渡る拡声器からの声で目覚めた。ヴェランダから下界を見下ろすと、軽トラックが荷台に人を乗せて、無人の町を巡回していた。ようやく自分と同じ居残り組が現れた。何らかの協力関係が築けるかもしれないと期待し、ミロクは階段を駆け下りたものの、拡声器から聞こえてくるメッセージを聞いているうちに、歩みが鈍くなった。

遂に天罰が下った。自然から搾取し、環境を破壊して来た人間に滅亡の瞬間が訪れた。もはや悔い改めても遅い。文明は滅びるべくして滅びるのだ。マタイの福音書にはこう書いている。
「あなたは戦争とその噂とを聞くだろう。惑わされてはいけない。それは起こらねばならないが、まだ終わりではない。民は民に、国は国に敵対して立ち上がるであろう。またいたるところで飢饉が起こり、地震が起こるだろう。しかし、すべてこれらは産みの苦しみのはじめである」

何も今それを吹聴して回らなくてもいいだろう、とミロクは怪しい教団の軽トラックを柱の陰から見送った。カタストロフの只中で完全に判断停止に陥った連中が、パニック状態のくせに上から目線で物をいう。ゲームの中でもそういう連中がデマを吹聴して回っていた。昨日までは募る人恋しさに誰でもいいから、話し相手になってもらいたいと、狂ったように無人の町を走り回っていたが、一夜明けると、警戒心の方が勝って来た。一人でいるか、誰かを頼るか、それが問題だ。一人では生き延びられないことはわかっているが、後者を選んだ場合だって、頼る相手を間違えると、最悪、奴隷にされるか、集団自殺に巻き込まれかねない。

ミロクはふと、国枝看護師のことを思い出す。「最後の一人になっても、頑張ってくださいね」と彼女はいった。まるで、ミロクが冬眠から目覚めたら、世界がどうなっているかを見越していたように。昨夜、ミロクを励ましてくれた短波のマドンナも、実は国枝さんだったのではないか。その可能性が低いことはわかっているが、そう思い込むと、不思議と希望が湧いてくる。「ウイルスに感染せず、東京を離れ、食料を確保しつつ、半年間生き延びることができれば、あなたはこの大淘汰を乗り越えることができるかもしれません」。オレが信ずるべきは国枝さんと短波のマドンナのコトバだ。完全受け身で右往左往しているだけでは、弱肉強食や適者生存のあおりを食らうだけだ。オレは世界の滅亡に律儀に付き合う必要などないのだ。

これまで後ろ向きに考えることしかできなかったミロクは前向きに進もうとしていた。そもそもヒトの体は後ろ向きに進むよりは前向きに進む方が楽なようにできている。今、自分が最も頼りたいと思っている相手は国枝さんであり、短波のマドンナである。にわかに具体的な行動の目標が立ち上がる。国枝さんを捜しに行こう。彼女との別れ際に何処に住んでいるかを訊ねたのは、再会を予感していたからにほかならない。彼女が住むＫＢ寺には土地勘もある。そこは都内ではあるが、まだそばの種を蒔く土地も残っているし、豊富な地下水が湧き出ているはず。

3　世捨て人たち

たった一日の里帰りだったが、両親がまだこの世に留まっている可能性を確かめられ、また三種の神器を受け取ることができたのはよかった。これ以上、目黒界隈に留まる理由があるだろうか？　誰かと接触すれば、ウイルスに感染する恐れがある。この条件は何処にいても同じだ。ひとたび感染してしまったら、隔離され、移動の自由を奪われる。そうなる前に、行きたいところに行く自由を行使すべきだ。ミロクは電池、ペンライトや軍手、ドライバー、包丁などの生活必需品と当座の食料をリュックに入れて背負い、カセットコンロと鍋、龍笛、そばの実、短波受信装置付き無線機や最低限の着替えをキャリーバッグに詰め込み、自転車の荷台にくくりつけ、KB寺に向かうことにした。念のためマスクで口を覆い、レインコートに身を包んでおいた。

ミロクが目黒川沿いに疾走していると、橋に一人で佇んでいる女性の姿を見かけた。その女性はミロクの存在に気づき、体を張って自転車の進路を遮ろうとするので、ブレーキをかけるしかなかった。

その女性はこれからパーティにでも出かけようというのか、ハイヒールを履き、鮮やかなコバルトブルーのコートの裾と艶のあるロングヘアーを風にそよがせていた。マスクもせず、入念に化粧を施したその顔を一目見て、この人も自分と同じ適応障害の人間だと直感した。案の定、その人は困惑口調でミロクに訴えて来た。

——医師が巡回して、診察を行っていると聞いたんだけど、全然来ないの。私がここにいることを監視員に知らせようにも、誰もいないの。早く健康証明書をもらって、都心を離れたいんだけど、どうすればいいの？　いつでも出発できる準備はできてるんだけど。

——ぼくに聞かれてもわかりません。

人と話すのは実に十七日ぶりで、まだ夢を見ている気分が抜けず、そんな答えしか返せなかった。

——周囲の人がどんどんいなくなる。今週、目黒区だけで四千人も亡くなったってラジオでいってた。みんな明日は我が身だと思っている。でも、ずっと一人で家に閉じ籠っていて、おかしくなりそうだったので、勇気を出して外に出てみたの。あなたは何処から来たの？

——郊外の病院にいたんです。両親の住まいが目黒にあるので、安否を確かめに来たんです。

——郊外はどうなってるの？

——もぬけの殻でした。ほかの人は何処へ行ったんですか？

——大停電の後、三分の一くらいの人が都心から出て行ったはずよ。電車は動かないから、大渋滞が一週間以上、続いてた。ガソリンスタンドにも人が殺到して、もう都心にはほとんど備蓄がないんじゃないかしら。私は何処か外国に逃げようと思ったんだけど、空港にさえ辿り着けなかった。非常電源が切れるまで飛行機は飛んでいたみたいだけど、チケットを確保して東京を脱出できたのは三百五十万人くらいだって。九州、沖縄方面に向かう船も満員だったらしい。もちろん、今は誰も国外には出られない。国外脱出した人の中にも感染者がいて、病気は世界中に広がっているらしい。東京に留まるも地獄、脱出するも地獄って誰かがいってたわ。あなたは大丈夫なの？　健康証明書は持ってるの？

――持っていません。

――持ってないと、外出は禁止なのよ。

――あなたも持っていないんでしょ。その情報は何処で聞いたんですか？

――目黒区のローカル局が朝と夕方の七時にラジオ放送してる。よそではどうかしらないけど。食べるものも少なくなってきたし、ここで待ってても、埒があかないから。ねえ、何処でもいいから、私も連れてってよ。疎開先のある人はいいけど、東京出身者は行くところがないのよ。家に車があるし、ガソリンもまだ半分残ってる。もう何処も渋滞なんてしてないでしょ。あなたは何処に向かうつもりなの？

――武蔵野に疎開しようかと。

突然、年上の美女に懇願され、その完璧な化粧顔を上目遣いにチラ見するうちに、以前、その人をテレビで見たことがあると思い出した。白鳥姫星《しらとりきらら》といったか、四十路ながらキラキラネームの女優はよくコメディ番組に出演していた。

――車での移動はやめた方がいいと思います。道路は至るところで封鎖されてますから。

――荷物が多いから、車じゃないと無理。それに自転車じゃ遠くに行けない。二人いれば、障害物をどけたりして、先に進みやすいでしょ。ねえ、お願いよ。

白鳥姫星はミロクの二の腕を摑んで離さない。彼女の目にミロクは頼れる男と映ったか、それとも彼女は溺れる者でミロクは藁なのか？　ミロクは女優のペースに巻き込まれ、自宅に立ち寄る羽目になった。

彼女が暮らす一戸建てには燃料電池の発電機があり、電化製品を動かすのに不自由はなかったという。部屋の明かりもコンピューターもドライヤーも電磁調理器具も使えたが、断水していたので、近隣にある災害時協力井戸からバケツで何往復もして、バスタブに貯め、トイレを流したり、体を洗ったりするのに使っていた。飲用には買い置きのミネラルウォーターを用い、まだストックが二十リットルほどあった。その水を飲ませてもらえるなら、彼女の東京脱出を助ける見返りとして充分だった。

彼女の愛車ＢＭＷのトランクや後部座席にはすでに水や衣服、毛布、米やパスタ、パンケーキの粉などの食料のほか、彼女がサバイバルに必要と考えた諸道具が詰め込まれていた。ミロクが自分の荷物をトランクの空きスペースにねじ込むと、自転車を乗せるスペースはなくなった。自分を実家まで運んでくれた自転車に未練を残しているのを気取られ、「放置自転車なら何処にでもあるでしょ」といわれた。

姫星はミロクを助手席に乗せ、自らハンドルを握り、山手通りを走り出したが、すぐに放置された車に行く手を妨害され、脇道に入らざるを得なくなった。だが、脇道にも随所にコンクリート・ブロックが置かれ、その都度、バックやＵターンを余儀なくされ、また山手通りに戻らされる。「ほら、いわんこっちゃない」と呟きたくなるのをこらえ、黙っていると、姫星は「ちょっとなんとかしてよ」と早くも苛立ちをあらわにする。歩行者はいないのだし、対向車も来ないのだから、歩道を走ったり、反対車線を走ったりもできるというと、「それもそうね」と規則を無視して先に進めばよいことにやっと気づいてくれた。

自転車なら富ヶ谷の交差点まで十五分ほどで辿り着く。だが、車に乗ったがために、渋滞も信号もないのに一時間もかかってしまった。この道路事情で、バスによる避難が滞りなく行われているとはとても思えなかった。姫星は交差点を右折し、代々木公園の方へと向かおうとしていたが、そこにもバリケードがあり、車は進入できなくなっていた。

——ちょっと、寄り道していい？

都心で土のあるところには無数の土饅頭が築かれている。一度、そう思い込んでしまったミロクはわざわざその光景を確かめる気になれず、及び腰になっていた。

——今、ふっと思い出したんだけど、昔の恋人と約束したのよ。地震とか、戦争とか、危機に見舞われたら、代々木公園で落ち合って、お互いに助け合おうって。

——いつの約束ですか？

——二十年前。

そんなに古い約束を覚えている記憶力は褒めてもいいが、男の方も覚えている保証はなく、また覚えていたとしても、反古にしたがっているとも考えられる。というようなことを遠回しにいうと、「人に愛された経験が乏しいのね」と一蹴された。「愛されるのは当たり前」と思っている人なら、二十年前の約束も履行されて当然ということになるのだろう。

バリケードの前に車を停めると、姫星はミロクを露払いにして、公園の探索に向かった。道路面から公園の木立の中を進むと、中央広場一帯が杭とロープでいくつもの区画に仕切られていた。手前の方はこれから穴を掘る区画だが、向こうの方はすでに埋葬が済んだ区画で、ミロクの目には見慣れた土饅頭の盛り上がりがいくつもできているのが見えた。ちょうど、その境界になっているあたりでは、まさに穴を掘る作業が行われていて、その様子を神妙に見守る男女の姿と台車に乗せられた遺体袋を確認することができた。

姫星は名前も知らない死者に合掌し、黙禱を捧げていた。

――公園は埋葬地になっているんですよ。長居は無用です。

――公園は人が集まるところよ。何処かに掲示板とか、インフォメーション・センターがあるかもしれない。

姫星は神宮の森の方向に向かって歩き出したが、やがて、「立ち入り禁止」の看板と風通しの穴が開いたビニールシートのフェンスに行く手を遮られた。姫星はしばらく、通り抜けできる場所を探しながら、フェンス沿いを百メートルほど歩き、時々、穴から向こうの様子を窺っていた。

――何かある。だから、立ち入り禁止にしてるのよ。

彼女は自分の呟きに頷き、ビニールシートが破れたところに先ず頭を差し込み、両肩を入れ、股の高さのロープをまたいで、森に踏み込む。ここは実質、侵入者用の出入り口になっている。

彼女に続いて、薄暗い森に漂う空気を吸い込んだミロクは「ここなら迷い込んでもいいいな」と思った。町を覆う酢漬けの豚足のようなニオイは樹木が放つハーブ臭と腐葉土のナッツ臭にかき消されている。彼女も同じように感じたらしく、「破滅前の世界に戻ったみたい」といった。

百二十年前、神宮の森は周辺の土地と同様、ただの野原だった。そこに全国各地の森から献上された樹木を植え、百年越しで人工の原生林を作ったのだった。

破滅後の世界に耐えられなくなった人は森に逃げたくなるものなのか、あるいは煮炊きに使う薪を拾いにくるのか、腐葉土にはいくつもの足跡が残っていたし、バイクの轍まで刻まれていた。

――そういえば、天皇皇后は今頃、どうしてらっしゃるのかしら？　まだ皇居にとどまっておられるのかな？

姫星は思いつくままにそんな話を振ってくる。

――政治家はいなくなっても困らないけど、天皇陛下がいなければ、この国の歴史は終わったも同然じゃない。
確かに、モンゴル帝国の襲来の時も、長い戦国時代も、米軍の空襲と占領下にあっても、皇統は絶えることなく、今日まで存続してきた。歴史上、栄華を極めた一族には事欠かないが、藤原家、平家、足利家、徳川家と較べても、そのしぶとさは群を抜いている。ロマノフ家も、ハプスブルク家もとっくに滅びてしまったが、天皇家はカタストロフを生き抜く遺伝子を持っているかのように、百二十六代も続いたのだから、太陽がしゃっくりをしても、滅びるわけにはいかないのである。歴史上の覇者たちも、天皇に倣えば、滅亡を避けられると考えたに違いない。

――確か、この茂みを五十メートルほど行った先に池があるはず。二十年前、私はそこで彼とキスをした。

柔らかい土の上を歩くのに最も不向きなハイヒールを巧みに操りながら、姫星が森のさらに奥に入って行こうとすると、鳥が羽ばたく音がし、やや遅れて、複数の人間が走る足音が聞こえた。二人は太いモミの木陰に身を潜ませ、この場をやり過ごそうとした。枯れ葉やどんぐりを踏む音を注意深く聞いていると、どうやら、一人が逃げ回り、二人が追跡していることがわかった。侵入者と監視員か？

足音が遠のくのを数分待ち、社殿のある方向に歩き出すと、背後から「ちょっと」と呼び止められ、二人とも肩をびくりと震わせた。完全に気配を消して、人の背後についたこの人はアボリジニか？

――何してるんですか？

予想外に友好的に話しかけてきたその中年男に姫星は「散歩」と素っ気なく答えると、相手は「中の人？」と訊ねてくる。何を聞かれているのかわからず、黙っていると、「シェルターから出て来たんだろ」と相手はいう。

——シェルターって？

——とぼけなさんな。このへんに入口があることはわかってるんだ。

いかにも貧困層の恨みを買いそうな姫星の装いを見て、中年男は勝手に「中の人」と決めつけたようだ。勘違いされていると察しつつ、もう少し詳しい話を聞きたかった。

——すみません、あなたは監視員さんですか？

——いや。オレはただの散歩者だけど。

——さっき、追いかけられてましたね。

——いや、追いかけられてたのはオレじゃない。別の侵入者だ。何か食えるものを探しに来たんだろうが、ここにはどんぐりくらいしかないね。

——追いかけてたのは？

——森林監視員といっているが、シェルターの守衛だよ。侵入者を排除するために雇われてるんだ。捕まると、検査を受ける前に感染者と一緒に隔離されてしまう。あんたらも外野なら、逃げた方がいいぞ。

「地下にセレブ専用のシェルターでもあるわけ？」と訊ねる姫星に男はいう。

——知らないのか？　政府が密かに淘汰の線引きをしていること。

短波のマドンナもそのような陰謀を仄めかしていた。政府はウイルス蔓延を政治利用して、恣意的に人口調節を図っているとか。

——つまり、シェルターの中の人を生き延びさせ、外の人を見殺しにしようとしている、ということですか？

――みんな仲良く死んでゆくよりは、有用な人材を選抜して、彼らに未来を託した方がましといったところだな。

――じゃあ、私たちは淘汰される側というわけ？　そんなことをいつ、どんな基準で決めたのよ。

――ウイルスが蔓延する前から決まっていたのかもね。

――嘘でしょう。あり得ない。政府はそこまで腐ってたの？

――今頃気づいても遅いよ。国民の多数がそんな政府を支持した時点で運のツキよ。捕まったら、完全に淘汰される側になっちまうからな。ここで話すのもなんだから、外に出よう。ホテルで茶でも飲もう。

――ホテル？

――オレ、ホテル住まいなんで。


迷彩柄のパンツにひび割れたレザーコート姿で完全に森に溶け込んでいる謎の男は二人を手招きし、馴れた足取りで、木々のあいだをすり抜けていった。五分ほど歩くと、かつて、オリンピック記念青少年総合センターと呼ばれていたところに出た。ここは一九六四年の唯一幻でなかった東京オリンピックの選手村があったところで、廃墟になってかれこれ十年くらいが経過していた。七十年前の未来のデザインは樹木に埋もれながらも、自然に返るのを拒み、まだ不気味な存在感を保っていた。

――オレが学生の頃、ここで「三十年後の世界」という国際シンポジウムが開かれて、アメリカやアジアの学生たちと意見交換したんだけどさ、オレの発言は総スカンを食らったよ。

急に思い出口調で男は自分語りを始める。年の近い姫星がそれに付き合い、「何ていったの？」

と聞いてやる。

——人口が激減し、都市が過疎化するといった。その理由を聞かれ、パンデミックと火山の破局的噴火が起きるからと答えた。いろいろ根拠もでっち上げたよ。そうしたら、ハーバードの生意気な女子学生にいわれちゃったよ。「人類の滅亡を待望する人は大抵、負け組になる」ってね。あれから三十年後、実際にパンデミックが起き、オレの予言は当たったけど、ハーバードの女がいったことも正しかった。オレは廃墟を根城にする負け組になっていたから。今じゃ、誰もがこぞって世を捨てようとしているが、オレは人より二年くらい早かったね。

——まだ火山は噴火してないじゃない。

——いや、そのうち起きるよ。悪いことは重なるものだから。しかし、これほど人口が減るとはね。ボトルネック病の力は偉大なりだ。

——それでシェルターって何なの？　そこに行けば、助けてもらえるのかしら？

まだ世捨て人の仲間になりたくない姫星が問いかける。

——中に入れる人は決まっている。あなたにその資格があれば、入れてもらえるだろうし、ワクチンも優先的に投与してもらえるだろう。まだワクチンはできてないようだがね。

——どうすれば、それを確かめられるの？

——指紋と虹彩の認証を受ければ、自分が選ばれた者かどうかはわかる。しかし、資格があっても、感染していれば、入れない。

検査を受けていないミロクも姫星もどっちつかずの境界線上にいるというわけだった。

——あなたも資格がないわけね？

——いや、資格はあるんだが、断った。検査も受けた。結果はもちろんシロだった。

――何で断ったの？　もったいない。

――オレは防空壕とかシェルターとか教会とか老人ホームみたいな場所が嫌いなんだよ。まあ、オレはいつ死んでもいいと思ってるけど、そちらさんは若いから、あと三十年くらいは生きたいだろうね。

――ウイルスにだけは殺されたくない。

――血をスプーン一杯分、出せばわかるさ。抗体ができてたら、余命は長くて二ヶ月だな。しかし、感染してなくても、この先、どうやって食いつないで行くか、それが問題だ。シェルターに入れば、何とかなるかもしれないが、シェルターに入れなくても、生き延びる方法はある。

男は正体を明かさないまま、根城に二人を案内してくれた。廃墟化しているといっても、建物の軀体は風化しておらず、かつてホテルだった名残が随所に見られた。「ホテル住まい」はぎりぎり嘘ではなかった。中庭にはビニールハウスを作り、災害前から大根やネギを栽培していた。ロビーに置かれたソファやテーブルはアンティークの風合いを帯び、壁には踊る人の影に見える染みがついていた。

男は三階の窓ガラスが割れていない客室二つをそれぞれ寝室と居間に使っているといい、どちらの部屋も見せてくれた。男は言動に似合わず、几帳面な性格なのだろう、整理整頓が行き届いており、手入れをすれば、廃墟も住宅として復活することがよくわかった。なぜか白衣姿のマネキン人形が居間の窓際に立っていて、二人を無言で迎え入れた。「秘書の丸山智子」と男が紹介すると、姫星はミロクをちらりと見て、肩をすくめた。

カセットコンロで沸かした湯で入れた玄米茶を差し出されると、姫星は「これは何処の水？」と訊ねた。「神宮の清正井《きよまさのいど》からわざわざ汲んで来たんだ」というのを聞いてから、一口すすった。

水分が欠乏していたせいか、やけに甘く感じられた。それが放射能の味だとしても別に構うまい。気分がやや上向き、改めて自己紹介をし合った。男は「モロボシ・ダン」と名乗ったが、仮の名前だろう。大破局を迎えた首都を徘徊しているのは、自分を含めてろくでもない奴らだと思えば、どんな名前も許せる。

――それでシェルターは何処にあるの？

姫星はそこに逃げ込む気満々だといっているようなものだった。モロボシは足下を指差し、ニヤリと笑い、「地下には第二東京が埋まっている」といった。

東京の地下には地下鉄の路線はもちろん、駅の地下街、車輌保守用の留置線、渡り線、連絡線、大雨や洪水の水を流すための排水路が縦横に五層にもわたって張り巡らされているが、それ以外にも秘密通路や避難所、居住スペースや会議室、備蓄倉庫などが随所に設置されている。

東京はもともと災害にも戦争にもテロにも弱い。これほど密集して人が住んでいるのだから、疫病が流行したら、ひとたまりもない。それに対する備えを最初に行ったのが、太平洋戦争の時だった。東京も大空襲にさらされたが、その時、大本営は地下に潜っていた。国会議事堂前駅と溜池山王駅は長い連絡通路でつながっているが、戦時中、参謀本部が使った巨大防空壕を転用している。千代田線の霞ヶ関駅も元は海軍司令部の防空壕だった。千代田線、有楽町線、半蔵門線など政府関連施設の下を通る路線には必ず皇族や要人脱出用の秘密の通路が設置されていて、それらはすべてシェルターに通じているのである。

だが、その所在を敵に知られると攻撃の対象となるので、ひた隠しにしなければならず、噂が出るたびに、単なる都市伝説と片付けられてきた。実際にその現場を見たことのある人もごく限られており、箝口令が敷かれたので、結果的に秘密は守られた。

シェルターは決して快適とはいえない集合住宅のようなものであり、宇宙ステーションのモジュールのようなものでもある。国会議事堂や首相官邸、議員会館など政府機関の建物からも入れるし、地下鉄の主要駅の秘密通路からも入れるが、入口は駅を歩き回れば見つけられるようなものではない。だが、さきほど神宮の森をさまよっていた二人は偶然にもかなり入口に近いところを通りかかっていた。だから、モロボシは中の人と勘違いしたのだ。代々木公園の下にある千代田線の留置線に降りてゆく地上の出入り口は園内の立ち入り禁止区域の一角の配電室にある。また、それぞれのシェルターに空気を循環させるための換気口も地下鉄沿線の地上に設置されており、そこからも地下に降りてゆくことができる。夜になれば、かすかに明かりが漏れてくるし、耳を澄ませば、人の声も聞こえてくるから、わかる。だが、それらはあくまで非常用の出口であり、普段は固く閉ざされている。

都心は何処も封鎖され、行き場がなくなったので、鉄壁の守りを固めたシェルターに籠るか、野盗みたいに狩猟採集生活を送るしかない。最近、シェルターの中の人間は優先的にワクチンを打ってもらえるという噂を聞いた連中がそこを襲おうとしている。さっき、森の中で守衛に追いかけられていたのもその仲間だろう。シェルターには水や食料の備蓄が豊富にあるし、自家発電システムもクリニックも通信や放送の設備も整っているともいわれている。日頃からセレブに対して、敵意を抱いている連中はシェルターを襲撃する正当な理由を見つけてしまった。だが、かなりの予算をかけて、セキュリティを構築したので、侵入はたやすくない。逆に感染者のキャンプに送られるリスクを覚悟しなければならないので、襲撃に打って出るのは自暴自棄になった連中だろう。多くは感染者で、発症の恐怖から、誰かを道連れにしなければ気が済まないのだ。彼らには近づかない方がいい。

一週間前、ここも暴徒に襲撃されたが、モロボシは感染者のふりをして、難を逃れることができた。被害は大根を五、六本抜かれただけで済んだ。連中にとって、この廃墟はさほど魅力的でもない。ホテルに泊まりたければ、ここより豪華なスイートがいくらでも空いている。暴徒の専売特許は略奪だ。食料を手に入れるには、山や海から獲ってくるか、自分で作るか、売られているものを買うか、さもなければ、誰かから配給してもらうか、強奪するかしかない。トラックを転がして、グループでスーパーやデパートに残った食料を一網打尽にしている。しばらくのあいだは都心に残った在庫で食いつないでいけるかと思ったが、連鎖的に略奪が起きたので、都市住民は移動を余儀なくされている。人はなかなか住み慣れた場所から離れたがらないものだ。東京はもう駄目だとわかっていても、鉄壁の守りを固めたシェルターに籠れば、何とかなるという考えが捨てられない。食料や燃料の備蓄はせいぜい二ヶ月分で、補給をしたとしても、精神的に耐えられるのは三ヶ月までだろう。

疫病の終息までどれくらいかかるか、それが問題だ。すでにワクチンが開発されていたとして、それを大量生産するのに三ヶ月、流通に三ヶ月、投与してもらうのに最速でも半年かかる。生き残った人全員に行き渡るまで一年はかかる。最終的に二人に一人は死ぬことになるだろう。


姫星は「救いも癒しもないな」と天を仰いだ。

――そろそろ耐えられなくなった奴が地上に出てくる頃だと思っていた。

――モロボシさん、あなたは一体何者なの？　何処からそんな裏情報仕入れたの？

――週刊誌の記者をやってたから、どうでもいいことを知ってるんだよ。シェルターの中に知り合いがいて、無線で話もできる。

ミロクは思わず、手を挙げ、「ぼくも無線機を持ってます」といった。

——ほお、何処で手に入れた？

——祖父の形見です。でも、役所の広報しか受信できませんでした。

——広報ならラジオで聞ける。気長にやれば、誰かとつながる。自分の周波数を決めて、発信していれば、そのうちいろんな勧誘が来るだろう。我が家に招待します、とか、こっちに移住しませんか、とか、私を抱いてください、とか。

——本当ですか？

——そういうのも稀にあるかもしれないが、実際には、宗教の勧誘とか、政府批判とか、遺言とかを聞かされるだけだ。

——廃墟に暮らしていれば、何とかなるというものでもないでしょ。

——あんたこそ、そんな勝負服着て、町をふらついてたら、強姦されちゃうぞ。

——ナンパされやすい格好をしていれば、助けてもらえると思って。おじさまだって私に声をかけたくなったでしょ。

——話し相手が欲しかっただけだよ。丸山智子は無口だからさ。

——マネキンなのに、なんで丸山智子？

——初恋の相手にそっくりだから。二人はどういう関係？　姉と弟？

——違います。いきなり呼び止められて、付き人にさせられました。

ミロクが答えると、モロボシはニヤリとした。

——断れなかったわけね。で、これからどうするつもりだった？

　ミロクは「ぼくは自転車で武蔵野に向かう途中でした」と答えたが、姫星はミロクを一瞥して、「車で東京を出ようとしたんだけど……」と続くコトバを濁した。モロボシを見る彼女の眼差しにあからさまに出ていた警戒心が好奇心に変わっているところを見ると、早くもミロクからモロボシに乗り換えようと思ったか？

――あと一年はこんな状態が続くのか。もうやんなっちゃったな。

――インフラは徐々に復興するかもしれないが、原発のコントロールに相当苦慮すると思うね。運良くウイルスに感染せず、生き延びたとしても、放射能との戦いが続くし、それで終わりではない。

――何よ。まだあるの？　火山が噴火するとかいわないでよ。

――コロナ質量放出が実質的な起爆装置となって、火山が噴火することは間違いない。阿蘇かもしれないし、富士かもしれない。イエローストーンだったら、まずいことになる。地球全体が火山灰に覆われ、日照が遮られるので、植物が育たず、寒冷化し、大飢饉が起きる。江戸時代の天明の大飢饉も浅間山の大噴火が原因だった。

――英語で中二病って何ていうの？

――Eighth Grade Syndrome とかいうんだろう。それが何か？

――モロボシさんはボトルネック病じゃなく、中二病で死ぬんじゃない？　なぜそんなに立て続けに大惨事が起きなきゃなんないわけ？

――いや、オレもそう思うが、これればかりはどうにもならないな。地球は過去に五回、大量絶滅を経験していて、今度で六回目だ。よくあることだと諦めるしかないね。むろん、人類が経験するのは初めてだけど。

やけに嬉しそうに、絶望的なことばかりいうこの男も「カタストロフ・マニア」のゲーマーではないかとミロクは深読みしたが、きっと三十年も前からお見通しだったと嘯《うそぶ》くに決まっている。モロボシはこの先、どうするつもりなのか、まだ答えを聞いていなかった。

——モロボシさんはずっとここにいるつもりなの？

——オレは時々、墓穴掘りを手伝っているんだが、いずれ、ここも疫病の死者たちの墓地になるだろう。もう自分の墓穴は確保しておいた。まだ少しやり残したことがあるから、ここに残る。

——やり残したことって何？　私に手伝えることはないかしら？

モロボシは「おや」という表情で、姫星を横目で見やると、ややはにかみながら、手書きのメモを彼女に差し出した。

☑　鮒寿司とからすみとアワビと鰻の蒲焼きを飽食する。
☑　立てなくなるまで高級ワインを飲みまくる。
☑　自分の墓穴を掘る。
☑　生前葬を行う。
☑　無線で生き残ろうとしている連中をからかう。
□　ヤクザに喧嘩を売る。
□　渋谷に放火する。
□　女優とセックスしまくる。

——けっこう、やり終えたのね。それにしても、もう少しまともなことをしようと思わないの？

――たとえば？

――妻と海を見に行くとか、友人と語り合うとか、世話になった人に恩を返すとか、赤の他人を助けるとか。

――そんなことはパンデミック前に済ませた。あとどれくらい生きるか知らないが、もう愚行しかしたくないね。そうこうするうちに、ヤクザもいなくなってしまったし、放火はそのうちやるつもりだが、最後の望みは諦めかけていたんだよ。こうしてあなたが現れてくれたお陰で、希望が湧いて来た。

――セックスのやり方覚えてるの？

――だいぶご無沙汰だが、いい薬もあるし。

――希望を持つのはいいことよ。

――気長に待ちます。

――放火はやめた方がいいんじゃない？　いくら渋谷が気に入らないからって。

――あなたがやめろというなら、やめます。どうせ誰かほかの奴がやるだろうし。

希望の淡い光が見えたとたん、モロボシは下手に出始めた。こうやって、理性というものは芽生えるのだな、とミロクは妙に納得してしまった。どうやら、常に誰かに世話を焼いてもらわなければならない姫星と、丸山智子の代わりに話し相手になってくれる相手を求めているモロボシの利害はある程度一致しているようだった。それぞれ代々木公園にちなんだ二十年前と三十年前の思い出を引きずる者同士、仲良くやっていけばいい。

死ぬ前にしておきたいことのリストを作る気になったら、死期が近づいていると悟るべきなのか、それとも、生きる希望に飢えている証なのか？　暇な時はそればかり考えて来たような気もしないでもなく、ミロクはこの設問自体に飽きていた。

荷物を取りに姫星の車まで戻ったが、ガラスが割られ、後部座席の荷物は全て持ち去られていた。姫星は食料品の大半を、ミロクは生活必需品を入れたリュックを失った。トランクもこじ開けようとしたが、途中で諦めたらしく、ミロクの無線機や二日分の食料は無事だった。姫星はダッシュボードの中を確かめ、中に入れておいた現金が手つかずになっているのを確かめると、ミロクを見て、「why?」という顔をした。

姫星はモロボシの最後の望みを叶えられる立場を利用し、彼を世話役に指名することにした。一人よりも二人の方が生き延びやすい。カタストロフはそのことを独身者たちに悟らせたのだった。

別れ際、モロボシは餞別のつもりか、ミロクに大根を一本持たせてくれ、ちょっと風変わりなレシピを授けてくれた。短冊に切った大根を醬油に浸け置きし、それに衣をつけて、フレンチフライのように油で揚げると、「実にうまい」のだそうだ。この先、何年かはジャガイモと大根に依存した食生活になるだろうという予言もおまけにつけてきた。

出発が半日遅れてしまったが、ミロクは参宮橋駅のそばに放置された自転車を勝手に譲り受け、再び武蔵野を目指すことにした。

あまり、目の前に広がる光景を主観的に見ない方がいい。意識は風景を映す鏡だ。美しい風景に心が洗われるならば、荒廃した風景は心を荒ませる。ここ数日、ミロクの意識は廃墟に同期し、捨て鉢になっていた。

孤独には毒が含まれている。一人でいると、自分の毒に当たってしまうので、誰かに中和してもらわなければならない。誰かに自分を映す鏡になってもらわないと、自分がしていること全てが悪質な冗談になってしまう。偶然にも、姫星やモロボシと会って話したことで、自分が見ているのは夢でもゲームの画面でもないこと、ほかの人も同じ現実に晒されていることが確認できたのはよかった。

無人の甲州街道をひた走っていると、不意に目の前にバスが飛び出してきた。回避もできずブレーキをかけると、バスの中からマスクとゴーグルをつけた男二人が出て来て、ミロクの方に駆け寄ってくる。隔離されてはたまらないと、ミロクは咄嗟に脇道に逃れた。しかし、すでに脇道のバリケードで別の防護服の大男が一人待ち構えており、ミロクは逃げ場を失った。仕方なく、自転車を降り、「何ですか？」と訊ねた。

――健康証明書を見せてください。

一人の男がくぐもった声でいった。「持ってません」というコトバを呑み込み、ポケットを探る仕草をしながら、何と答えるべきか考えた。男たちは静かに待っていた。

――リュックに入れてたんですが、そのリュックを盗まれてしまいました。

――何処に行こうとしてるんですか？

――郊外の知り合いのところへ。

――感染が広がらないよう移動は制限されています。この自転車はあなたのですか？

――知り合いから譲ってもらいました。

――ひとまずバスに乗ってください。

――あなた方は誰ですか？

——保健所の者です。警察官もいます。

ミロクは二人の大男に左右の二の腕を摑まれると、操り人形のように足が宙に浮いた。モロボシがいったことが本当なら、隔離されてしまうかもしれない。

——ぼくは感染してません。

——証明書がない以上、再検査を受けてもらうしかありません。抵抗すると、公務執行妨害になりますよ。

ミロクは力ずくでバスに押し込まれ、出口を塞がれた。そのバスは医療機器を搭載した移動診療車で、中にはやはり防護服を着た医師と看護師が乗っていた。ミロクをバスに押し込んだ男が「指紋認証と虹彩認証をします」と事務的にいい、タッチパネルの画面に指を置くよう指示した。次いで、カメラに似た装置をミロクの目に当てると、「瞬きしないで中の点を見て」といった。眩しい光の帯が動き、虹彩の模様がスキャンされた。この身元確認によって、シェルターに入る資格があるかどうかがわかるのだろうか？

——では血液検査をします。

そのコトバに条件反射し、頭痛が蘇って来た。ミロクは腕組みをし、聞こえないふりをするが、それも無駄な抵抗だった。コートを脱がされ、手首を摑まれ、掌に消毒用のアルコールを吹きかけられた。医師は採血器具の針先をミロクの中指に刺し、スプーン一杯分の血液を抜き、ドラム状の別容器に注入した。容器は機械にセットされ、スイッチを入れると、容器が高速で回転し始めた。

医師はミロクの中指に絆創膏を貼りながら、「結果は二十分ほどで出ます」といった。

——感染していなければ、解放してくれますか？

――その判断は私ではなく、警察がします。でも、このスクリーニングで陽性反応が出たら、隔離病棟に入ってもらいます。

――勘弁してくださいよ。一度検査は受けているんですから。

――その後、感染した可能性もあります。

――ボトルネック病だか何だか知らないけど、どんな症状が出るんですか？　ぼくは至って健康なんだけどな。

――なぜボトルネック病というか、知ってますか？　人類を淘汰しかねない危険な病気だからですよ。薬を飲めば治るような病気じゃないんですよ。

医師は親切なのか、人に恐怖を与える趣味があるのか、この病気についてわかっていることをミロクに説明し始めた。

ボトルネック病は感染力が強く、患者の体液に触れれば、確実に感染する。このウイルスは宿主の体外でも長期間、生存することが可能なので、患者が触れた器具、衣服、寝具に接触することによって二次感染もする。家族の一人が感染した場合、同居している人も感染するし、患者と同じ部屋や同じ車輌にいるだけでも感染する。そのため、周囲の環境を常に消毒し、患者を効率的に隔離し、感染拡大を阻止するしかない。

ひとたびウイルスが体に侵入すると、細胞内で自己複製を始め、細胞を破壊する悪性タンパク質を作るところはエボラ出血熱に似ている。しかし、血管透過性が高まるエボラ出血熱とは逆の現象、つまり、血液の凝固活性化を引き起こす。全身の血管で凝固作用が過剰に働くと、無数の血栓が作られ、血小板が使い果たされる。それに伴い、線溶活性化すなわち血栓を溶かそうとする反応も加速する。発症初期は嘔吐、下痢、血圧低下、頭痛、貧血などの症状が現れる。進行すると、血栓による血流の阻害によって、血管破裂や腎不全、肺塞栓による呼吸困難、チアノーゼなどが生じると同時に、線溶活性による脳出血、皮下出血、鼻血、血尿、吐血、下血など全身からの出血症状が起きる。いわば、ウイルスの攻撃とそれに対する防御反応が二重に作用して、症状を悪化させる。末期になると、意識障害、痙攣、昏睡などの神経症状が出て、ショック状態から死に至る。

症状を聞くだけで、胃がきりきり痛む気がした。

――治る見込みはあるんですか？

――ワクチンがないので、対症療法をするしかありません。しかし、血栓を溶かす薬が逆に症状を悪化させることにもなるので、手の打ちようがないというのが正直なところです。さて、そろそろ結果が出たでしょう。

医師は検査機器のディスプレイを見ると、同乗している男に「すぐに隔離してください」といった。

――ちょっと待ってください。どういうことですか？

――ウイルス抗体が検出されました。あなたには感染の疑いがあります。

――何かの間違いです。ぼくはずっと病院にいて、誰とも接触していないんですよ。

主張は聞き入れられず、ミロクは両手首を結束バンドで拘束され、バスの奥の部屋に押し込められ、外側から鍵をかけられてしまった。このまま隔離に甘んじたら、禁固されたも同然、移動の自由を奪われる。ミロクはドアに体当たりし、「隔離なんてされてたまるか」、「ここから出せ」、「ぼくの持ち物を返せ」、「オレは行くところがあるんだ」と思いつく限り抗議の声を上げた。

同じ部屋には感染者と思われる男二人と女一人が収容されていた。ベンチに腰掛け、鼻息を荒らげるミロクの背中を黙って見つめていた。ミロクが軽く会釈をすると、三人とも頷くような会釈を返して来た。若い男が「結束バンドを切る方法教えようか？」といって、立ち上がった。「お願いします」というと、尻を突き出し、結束された両手を後ろに振り上げ、尻に打ちつける仕草をした。

――こうやって勢いよく、尻にぶつければ、切れる。

いわれた通りにすると、確かにプラスチックのバンドは弾け飛んだが、手首にミミズ腫れができた。「どうも」と礼をいい、「逃げないんですか？」と問いかけると、三人は互いの顔を見合わせ、力なく笑った。

――逃げるか、薬をもらうか、どっちにするかまだ迷ってる。感染してるんだったら、病院に行くしかないし。

若い男が答えると、女性も「発症するのが怖い」といい、最後に四十男がミロクに「私はもう逃げ回るのに疲れちゃってね」といった。

何か、ミロクが一人抵抗しているのがバカげて見えるように、三人は諦めムードだったが、結束バンドの切り方を教えてくれたということはまだ逃げる意思を秘めていると解釈することもできる。

――感染の心当たりはありますか？

――いつの間にか誰かからうつされたんでしょう。これだけ広がったら、誰を恨んだらいいのかもわからない。君はさっきから感染者じゃないといい張ってるけど、何でスクリーニングにかかっちゃったんだろうね。ぼくたちから感染しないように注意した方がいいよ。

4　ボトルネック

当分のあいだ病院には近づくまいと思っていたが、何の因果か振り出しに戻されたミロクは未発症者用の病棟に収容された。バスで一緒に搬送された男二人と同じ404号室に入れられたものの、すでに六人の定員いっぱいの患者がいるところに三つのエキストラのベッドが運び込まれ、歩き回る余地もなかった。ほかの病室も似たような状態で、病棟全体に人があふれていた。

隔離病棟に入れられるか、シェルターに入るかで、実質、淘汰されるか、生き残るかの命運は決まる。ミロクはあっけなく淘汰される側の人間に分類されてしまった。隔離病棟は単なる経由地に過ぎない。陽性反応が出てしまったら最後、空しく発病するのを待ち、最終的には公園や空き地の土饅頭の下に眠ることになるのだろう。ここに長居していたら、確実にそのコースを辿らされてしまう。入院患者たちもそのことをよくわかっているはずなのに、叫んだり、抗議したりする者はおらず、一様に従順だった。もしかすると、「どんな事態にも冷静に対処する日本人」は「早々に抵抗を諦める日本人」と表裏一体なのかもしれない。

なぜもっと必死に逃げなかったのか、バスが現れた時、もっと機敏に動いていれば、かわせたかもしれないのに。モロボシの警告を生かせなかった自分が悔やまれる。自分も廃墟ホテルに留まっていれば、今しばらくは気ままに路上で過ごすこともできた。いや、まだ諦めるのは早い。

ここは刑務所や拘置所ではないので、それほど警備は厳重ではないはず。これだけの患者がいれば、脱走者などには構っていられないだろう。ひとまず冷静に状況を観察し、いずれ必ず巡ってくるであろう逃走のチャンスを確実にものにしなければならない。

　病室に入れられる時、防護服の男に自分の荷物を返せと何度も要求したので、無線機などが入ったキャリーバッグは手元に戻って来た。モロボシからもらった大根は病院の給食に回すが、それでいいかと聞かれた。自分の口にも入るなら、それでいいと応えた。消毒が施されたか、酢のニオイが染み付いたバッグを受け取った時も「自分は感染していない」、「健康な人間を感染者と一緒に隔離するのはおかしい」と看護師に抗議したが、周囲があまりに静かなので、その雰囲気に呑まれて、トーンダウンしてしまった。クレームをつけている時に背中に感じた冷ややかな視線には「秩序をかき乱してくれるな」というメッセージが込められていたようだ。

　先客の六人は表向き新参の三人を歓迎しているようだったが、ほとんどプライバシーが確保できない雑居房の居心地がいいはずもない。新参者は愛想よく「よろしくお願いします」とか「ご迷惑おかけします」と挨拶をし、ここではどのようにして過ごしているのか、聞き出そうとしていた。部屋のリーダー役を任されている感じの男が早口でブリーフィングを始めた。

――一応、一日二食出ます。昼はカレーとかうどん、夜は弁当。足りなかったら、パンとかおにぎりを買えます。外出はできないけど、中庭で運動することはできます。隣に図書館があるので、そこで過ごすこともできます。診察は一日二回。医師が巡回してきます。発病したら、別の病棟に移されます。病院はてんてこ舞いなんで、我々みたいに元気な患者は掃除とか消毒とか食事の準備とかを手伝ったりもしてます。助け合い、励まし合いながら、残された日々を無駄にしないよう生きるしかないですね。あ、病棟では一応、暗黙の了解で、自殺とか脱走の話題はなしということになってます。病室ごとに禁句というのがあって、ここだと、「どうせ死ぬ」とか「明日は我が身」とか「日本は滅びる」と呟くと、罰金千円です。申し遅れましたが、私は藤岡といいます。

——いきなりですみませんが、退院できる見込みはあるんですかね？

——フィフティ・フィフティじゃないですか。中には発症しない人もいるっていうから、そこに希望を見出すしかないですね。発症しても、対症療法がうまくいけば、助かるともいわれてるしね。

そこで窓際のベッドの初老の男が口を挟む。

——この病気で死ななくても、人間の死亡率は百パーだからね。

——原さん、それしかいうことないんですか？　たまには違うこともいいましょうよ。

——みんな仲良くゾンビになろう。

——はいはい。あとで医師からあれこれ聞かれると思います。患者の行動の聞き取りをして、何処で感染したかを突き止めて、感染地図を作るんだそうです。感染をこれ以上広げないために。

奇妙なローカル・ルールを決めて、やたらと前向きな姿勢を強調するところに無理があると思ったが、藤岡という男が中学教師だったと聞いて、うっすらと納得した。常に中学生相手に訓示を垂れる癖が染み付いているのだろう。それぞれに正気を保つ工夫をしなければ、おのずと自暴自棄になる。誰かがパニックに陥れば、病院全体に恐怖が広がり、収拾がつかなくなる。ミロクより長くここにいる感染者たちのあいだではそんな暗黙の了解ができているようだった。

鶏の唐揚げと塩鮭が入った冷えた弁当を食べた後、二人の医師が看護師を四人引き連れて、ミロクがいる病室に現れると、体温を測り、簡単な問診をし、前からいた六人の血液を少しずつ抜いていった。全員マスクとゴーグル、全身を覆うタイプの白衣、ゴム手袋をつけているので、男か女かもわからない。血液を検査機器にセットすると、医師はずっとワゴン上のパソコンの画面に釘付けになり、患者の顔を見る時間はわずか三秒ほどだった。その場で検査結果が出るらしく、血栓ができていることが確認された四十男がA病棟に移動するよう指示が出ると、４０４号室のほかの面々は「お元気で」、「図書館か、中庭で会えますよ」、「今度、呑みに行きましょう」といったコトバで送り出した。「明日は我が身」というコトバを禁句にする意味がよくわかった。

新たに入院した三人は聞き取り調査への協力を依頼され、院内の会議室に設置された情報センターに出向いた。そこには臨床医とは別の疫病の専門医がいて、首から下げているＩＤには大村と書いてあった。ここでは防護服を着ていない者は全員感染者として扱われるのだろう。その大村からここ一ヶ月ほどのあいだ何処で何をしていたか、できるだけ詳しく話して欲しいといわれた。日記でもつけていなければ、自分の行動を詳しく説明することなどできないが、ミロクはずっと病院で過ごしており、感染者と接触する機会などなかったことをアピールすべきだった。ミロクが治験モニターをやっていたというと、入院していた病院の名前と所在地を聞かれた。裏を取ろうというのか、大村医師は病院名を入力し、情報を検索しようとしていた。ここではネットがつながるのかと訊ねると、「これは政府機関専用の回線を医療活動用に振り分けてもらっているのです」と説明された。

パソコンのディスプレイには都内の地図が映し出されていて、すでにかなりの数の赤と黒のドットが打ち込まれていた。赤いドット一つは十人、黒いドットは百人の患者が出たことを示していると説明した。ミロクがいた病院とその周辺の山林にはドットがなく、最寄りの町やショッピング・モール周辺には黒四つと赤が六つついていた。

――あなたがいたという眠りヶ丘病院はパンデミック前に閉鎖されていますね。

――ぼくがいた小児科病棟は閉鎖されてましたが、隣の病棟にはまだ患者さんがいましたよ。ぼくは治験の一環として、鼻から冷気を送り込む装置で冬眠状態にさせられていたんです。二週間後に目覚めたんですが、ぼく一人が取り残されていたんですよ。

――どうしてそんなことになったんです?

――わかりません。放置プレイですかね。

大村医師は「わかりました」といい、聞き取り調査をあっさり切り上げようとするので、ミロクは「感染範囲はわかっているんでしょ。ぼくは安全な場所にいたんですよ。もう一度、調べてくれませんか」と食い下がった。

――自分は感染していないという患者さんが多いんですが、すでにパンデミックはピークの第六段階に達しています。二次感染が爆発的に広がっていますから、シェルターにでも籠っていない限り、感染を免れるのは難しい。我々も細心の注意を払って、医療活動に従事していますが、患者から感染した医師も少なくない。本音をいえば、逃げ出したいですよ。電源喪失で予防措置の連携が遅れたのも被害拡大につながってしまった。

――感染源は突き止められたんですか?

――日本での起点はここですよ。

大村は地図をスクロールし、羽田空港にカーソルを合わせ、次いで、東京駅を示した。どちらも黒いドットで埋め尽くされていた。

――空港や駅は感染者の数を増殖させるためにあるような場所ですから、最初の一人が十人に感染させれば、その十人は百人に、百人は千人にとねずみ算式に増えてゆく。空気中でもしばらく生存できるウイルスは、壁やカーペットや座席に紛れ、次々とやってくる乗客の衣服や手、鼻や口の粘膜、そして肺に付着し、瞬く間に各地に広がって行ったのです。

要するに「百パーセント安全な場所などない」と彼はいいたいようで、ミロクがいくら自分はシロだと主張しても、スクリーニングの結果を疑う理由はないという態度を変えなかった。

――もし、ぼくがそのウイルスのワクチンを接種されていたとしたら、血液検査の結果はどう出ますか？

ミロクは駄目元でそんな質問を投げかけてみる。医師は眼鏡を鼻梁から浮かせ、ミロクの顔を覗き込み、「その場合は陽性と出るでしょうね」といった。

――抗体ができているから、陽性と出る。でも発病はしない。そうですよね。

――そうなればいいですが、あいにくボトルネック病のワクチンはまだ作られていません。

――でも、このウイルスは人類を淘汰する目的で人工的に作られたかもしれないんですよね。

――パンデミックが意図的に引き起こされたという陰謀説は確かにあります。

――だったら、ウイルスを合成した奴は自分の感染を予防するために同時にワクチンも作っていたという可能性はありませんか？　ウイルスをばらまいた奴だって、自分が感染したら、死んでしまうんだから、あらかじめワクチンを打っていたんじゃないですか？

――想像力を膨らませるのは自由ですが、そのワクチンがなぜあなたに投与されるんですか？何か心当たりがありますか？

――投与された薬は免疫を高める効果があると説明されました。治験を行っていた製薬会社の名前も覚えています。エルキュール製薬というところでした。

やや沈黙があった後、大村医師は「可能性は低いですが、再検査をしてみましょう」といい、「その代わり、警察に根掘り葉掘り聞かれますよ」と付け加えた。

大村医師が電話で「ちょっとラボへ」というと、すぐに問診をした医師が現れ、ミロクを別室に連れ出し、先ず血液採取を行った。スクリーニングよりも正確な検査法でウイルスを検出できるかどうかを調べるためだと医師はいった。結果が出るまで三日ほどかかるらしいが、ともあれ再検査に漕ぎ着けたのは一歩前進である。もし、ミロクにワクチンが打たれているとしたら、血液中から発病を食い止める因子が見つかるかもしれないが、可能性は極めて低いともいわれた。

一度、病室に戻ったが、しばらくして、今度はナースセンター脇の談話室に来るよう看護師にいわれ、そこに行くと、マスクと手袋をした二人の見知らぬ男が待ち構えていて、警察手帳を見せ、「聞きたいことがある」といった。なぜ病院に刑事がいるのか、ミロクに何の用があるのか、彼らはすでに虹彩認証を通じて、ミロクの身元を調べ、前科も怪しい履歴もないことを確認しているはずだが、ミロクの表情の裏に疚しさを見て取ったか？　確かにコンビニやショッピング・モールで商品をくすねたが、監視カメラは作動していなかったのだから、証拠があろうはずもない。

刑事たちは治験モニターの詳細を聞きたがっていた。そのことを秘密にする理由もないので、ミロクは治験中の日課や体調、製薬会社の名前、医師や製薬会社社員らとどんな会話を交わしたか、さらにはもらった謝礼の額まで正直に答えた。ミロクが「何を調べているんですか？」と訊ねると、一人の刑事がいった。

——もし、ボトルネック病のワクチンがすでにあり、その効果を治験で確かめようとしていたのなら、その製薬会社は生物テロを実行した人物と何らかの関係があることを疑わなければならない。

――ぼくに投与された薬がワクチンだったかどうかは知りません。ただ、再検査をして欲しかっただけなんです。

ミロクは自分まで生物テロに関与していると誤解されては敵わないので、強く念押ししておいた。

――ほかの治験者について知っていることはないかな。

――ほとんど会話がなかったので、知りませんが、最後まで治験のために残っていたのはぼくを含めて四人だけです。その彼らもぼくが目覚めた時にはいなくなっていました。

――病院で会った人で名前や現在の居場所がわかる人はいませんか？

そう聞かれて、ミロクは国枝看護師の顔が浮かんだ。誰もが自分の死に方を具体的に考えておかなければならないこの状況にあって、ミロクは彼女との再会を切望し、自分の行動の目的に据えているのはなぜなのか、よくわかっていないことに気づいた。ミロクは彼女のことをほとんど何も知らない。年齢も誕生日も血液型も、下の名前さえも。それなのに、こうまで彼女に執着しているのは、「最後の一人になっても、頑張ってくださいね」と囁かれたがためだった。ミロクはその思い込みにすがって、何とか生き長らえようとしている。

国枝さんのことは秘密にしておこうと最初は考えた。だが、彼女と連絡を取る術がない以上、再会できる可能性は極めて低い。ここはちゃっかり警察の力を借りて、彼女を捜し出す裏技を使うべきところだと考え直した。

――血液検査の時、いつも顔を合わせていた看護師がＫＢ寺に住んでいるはずです。彼女なら、製薬会社のことも知っているかもしれない。

刑事は関心を示し、「名前は?」と訊ねるので、「彼女に会わせてくれるなら、教えます」と条件を付けた。刑事はあっさりと承諾した。


再検査の結果が出るまで、ミロクは隔離病棟に留め置かれることになった。満員状態の病室での集団生活は快適とは程遠かったが、食事が出るのと様々な情報に触れられるのはありがたかった。診察料や入院費は取られるのか、同室の藤岡に訊ねると、「誰も請求しないし、払おうともしてませんよ」といった。患者たちは貨幣で対価を払うのではなく、労働で返すのだという。給水車から供給される水をポンプで屋上のタンクに上げたり、洗濯や調理の手伝い、掃除、ゴミの焼却、さらには死者の埋葬まで患者が手伝っているので、病院はかろうじて清潔さを保っていられるのだそうだ。

——本音をいえば、逃げ出したいって医師がいってましたよ。実際、感染の不安に晒されながら、よく診察を続けていると思いますよ。

ミロクが呟くと、藤岡は「医師としての倫理でしょ。ぼくだったら、とっくに逃げている。頭が下がるな」といった。

——藤岡さんはここを出られたら、何処へ行くつもりですか?

——海辺に行きたいですね。私は港町の出身で、子どもの頃はよく釣りをしていました。

——故郷はどちらですか?

——気仙沼です。中学に上がる頃に両親と東京に越してきたんです。気仙沼に留まってたら、教師じゃなく、漁師になってたかも。

——両親は漁業を?

――いや、居酒屋をやってました。大津波のあと、しばらく仮設商店街で営業してたんですが、五年目くらいから生活が成り立たなくなってきたので、出て来たんですが、東京がこのありさまなら、気仙沼に帰った方がまだ生きやすい。

――決断は早い方がいいんじゃないですか？

――口には出しませんが、病院での対症療法で延命を図るより、残された日々を気ままに過ごした方がいい、とみんな考えていると思いますよ。しかし、共同生活を始めると、妙な義理が生じちゃってね。なかなか脱走の踏ん切りがつかない。

そんな話をミロクに振ってくるということは、ミロクがもっとも脱走しそうな奴と見做されているのだろう。


翌日、ミロクは病棟内の非常口そばの人気のない一角に陣取り、無線機での交信を試みた。深呼吸した後に息を止め、目を閉じ、一目盛りずつ周波数を合わせ、遠くから聞こえてくる音声に耳を澄ました。かすかに音が聞こえて来たら、別のダイヤルに切り替え、一桁単位で周波数を合わせてゆく。すると、不意に隣の部屋の話し声を壁にコップを当てて聞いているように、一語一句が際立ってくる。

ミロクが最初に聞いたのは、若い男のぼやきだった。

近頃、命の値段が大暴落している。生まれて来て、思い切り損した気分だ。まだ二十年ちょっとしか生きてないのに、なぜ死ななきゃならない？　昔いい思いをして来た連中から先に死んでくれ。もうオレも感染しちまったから、ワクチンができたところで手遅れだ。死ぬ前にもう一度、優香とやりたかった。優香あああ、何で死んじまったんだよおおお。この世の終わりの日は二人で静かに過ごそうって決めてたじゃないかあ。もうこうなったら、誰でもいい。人生最初で最後のレイプをしに行く。自殺すると決めたら、いきりたってしょうがない。いっそのこと、核ミサイルを発射して、生き残りそうな奴らも皆殺しにしちまってくれ。どうせ、オレたちの子孫は残せなかったんだから。

ミロクはその呪詛の叫びに首を振り、反射的に周波数をずらす。死は誰にとっても理不尽で、別に年寄りだから受け容れやすいというものでもない。やがて、また別の声が遠くから聞こえてくる。

繰り返します。助けを求めています。これを聞いたら、返事をしてください。どうぞ。今、私たちがいるのは北区十条にある十条中の体育館です。感染が怖いので、三世帯十一人でここに閉じ籠っていますが、もう食べるものも底をつき、プールの水を煮沸して飲んでいます。近くで食べ物の配給があるところを教えてください。この周辺は火が放たれて、焼け野原になっています。どうぞ。

ミロクは二回目の「どうぞ」の後にPTTボタンを押し、こう語りかけてみる。

——東京から脱出した方がいい。郊外に行けば、まだ畑がある。どうぞ。

——年寄りや子どもがいるんです。遠くへは行けません。どうぞ。

——子どもを自転車に乗せて、埼玉方面に向かえば、助かるかもしれない。どうぞ。

――無責任なこといわないでください。感染者と会ったら、病気がうつってしまう。あなたは何処にいるんですか？　助けを呼んで来てください。私たちもシェルターに入りたい。

――シェルターは選ばれた人しか入れないそうです。

――私たちは死んでもいいっていうんですか？　お願いです。せめて、子どもだけでも助けてください。

――田舎に逃げろ、それしかいえません。ごめんなさい。


ミロクはダイヤルを回し、交信を打ち切る。次に聞こえて来たのはチャットのようなやりとりだった。代わる代わる質問者が訊ね、一人の教祖風の男がそれに応えていた。


――政府は今、何をやってるんですか？　どうぞ。

――もぐらみたいに地下に潜った。こんな壊滅状態の時に政府がしゃしゃり出て来ても、何もできない。非常事態宣言を出したあとは自分たちの生き残りのことしか考えていない。どうぞ。

――人類はこのまま滅亡してしまうのでしょうか？　どうぞ。

――人類はまだ完全には滅びない。半分に減るだけだ。誰が生き残り、誰が滅びるかを決めるのは、神でも政府でもなく、ウイルスだ。どうぞ。

――また新たな権力が生まれるのだろうか？　どうぞ。

――どんな権力だろうと、願い下げだね。どうぞ。

――救世主は現れるでしょうか？

――救世主を見たら、詐欺師だと思え。どうぞ。

——何処に行ったら、カレーが食べられますか？　どうぞ。

——米や野菜、香辛料を作り、鶏を飼い、レシピを図書館で調べ、自分で作るしかない。どうぞ。

——大破局を迎えているのに、略奪したり、レイプに走ったり、何かを破壊しなければ気が済まない連中がいます。放置していいのでしょうか？　どうぞ。

——生き残りの本能と破壊衝動は表裏一体だ。滅亡後は何でもありなのだ。政府による治安維持をアテにするな。自衛の策を講じるしかない。どうぞ。

——実際にレイプされそうになったら、どうすればいいでしょうか？　どうぞ。

——死に際になると、せめて自分の種だけは残そうとする本能が目覚める。理性と本能の戦争では本能が勝る。レイプが避けられない事態になったら、汚される前に死ぬか、そこにいる一番まともな奴、強そうな奴に身を委ね、男どものあいだに秩序を生じさせてやるがいい。どうぞ。


そんな問答が延々、続く。遺言か、救助の要請か、説法か、無線が拾うのは絶望的な呟きや叫びばかりだった。しかし、絶望ばかり重ねていれば、どんなに後ろ向きな人間だってさすがに疲れるし、飽きてくる。希望というのは絶望に飽きた頃に生じる一種の気紛れである。その意味で絶望はカタストロフに適応するためには避けて通れない儀式みたいなものだ。ミロクにしても、もうまる四日間、断続的に絶望してきたが、絶望を忘れる瞬間が何度かあった。希望は絶望と絶望のあいだの割れ目に芽吹く。どんなささやかな出来事も希望に化ける。たとえば、無人の町で鴉と出会う。たとえば、両親の書き置きを読む。あるいは短波のマドンナに励まされる。

実際、ミロクは彼女のお陰で、カタストロフの理不尽を受け容れられるようになったといってもいい。ミロクは再び、彼女がいる２５８８０キロヘルツあたりにダイヤルを合わせるが、彼女は沈黙を守っていた。

再入院四日目の朝、病室のムードメーカー藤岡が消えた。回診の時間になっても、ベッドに戻らないので、同じ病室の患者が手分けして、病棟内を探したが、見つからなかった。ベッドサイドに私物が残っているので、みんな図書館にでもいるのだろうと思っていたが、それは目くらましだったのだ。夕食を一緒に食べ、消灯後にトイレに立ったついでに、誰にも気づかれずに脱走に成功したといったところだろう。初日の夜、ミロクは彼から脱走を臭わすようなことを聞き、自分も背中を押すようなことをいったので、驚きはしなかった。同室の患者たちからは「意外」とか「裏切られた」という声も上がったが、彼は正しい選択をした。おそらく、藤岡はミロクを脱走のパートナーにしたかったのだろうが、向かう先も違うので、応えてやれなかった。

その日の午後、血液検査の結果が出た。

会議室では医師二人と刑事二人がミロクを待ち構えていた。

ミロクの血液中からはウイルスが検出されたが、それは感染によるものではなく、あらかじめ不活化されたウイルスであることが判明した。ワクチンは不活化ウイルスから作られるので、ミロクの体にはボトルネック・ウイルスに対する免疫ができていることになる。大村医師は興奮気味にミロクに語った。

——あなたが持っている不活化ウイルスを大量培養すれば、我々の手でもワクチンが作れるはずです。あなたがいっていたように、研究室でボトルネック・ウイルスが作られた時、遺伝子を組み換えて、不活化ウイルスも作られていたのでしょう。人の命を奪うウイルスと命を救うウイルスは双子の兄弟のように生み出されたのです。

――これで製薬会社の陰謀説は裏付けられた。奴らはすでに闇商売を始めているに違いない。

若い方の刑事が呟いた。

――だとしたら、彼らに握られた生殺与奪の権を取り返すまでです。彼が思わぬ恩恵をもたらしてくれたので、ワクチン開発にかかる時間は大幅に短縮できるでしょう。

大村医師はミロクに握手を求め、こう続けた。

――これ以上、死者を増やさないためには、是非ともあなたの協力が必要です。よくぞ、我々の許に現れてくれました。ついては、できるだけ多くの血液サンプルが欲しいんですが……。

ミロクはまるで人々を救うために遣わされたかのような扱いを受けたものの、また血を抜かれるのかと考えただけで頭痛が蘇ってくるようだった。「協力したら、解放してくれますか?」と訊ねると、大村医師は「もちろんです」と確約した。

――倒れない程度にお願いします。

ミロクが受けた治験が事件性を帯びたことで、にわかに警察の動きが活発になり、その捜査にも協力させられた。国枝看護師の名前だけでなく、その場にいた医師や製薬会社社員の名前も聞かれたが、そちらは思い出せなかった。ただ、現金が入った封筒には製薬会社の住所や代表番号が書かれていたことを思い出し、それを刑事に見せると、すぐに本庁に連絡し、製薬会社に事情聴取するよう要請した。

ミロクはすぐにでも病院を離れたかったが、血液を八百ccも抜き取られ、立ちくらみがし、頭痛にも見舞われ、安静にしているほかなかった。造血剤を処方され、食事も多めに支給されたが、明日、動けるようになっているかは微妙だった。

そのあいだ、警察は国枝看護師の消息を追いかけていた。手掛かりはわずかに苗字と職業、そして大雑把過ぎる住所の情報だけ、しかも誰もが自宅や職場から離れ、散り散りになっている状態だ。警察は個人情報のビッグデータを持っているが、コロナ質量放出後もそれが活用できるかどうかは疑問だった。それでも、その日の夕方には四枚の写真を持って来て、「この中にその看護師はいますか？」とミロクに確認を求めて来た。彼女が佐藤さんでも鈴木さんでもなかったので、四人に絞られたのだ。彼女の顔の印象は眼鏡と一体になっていたが、やや厚めの唇と上向きの鼻は見間違えようがない。ミロクは彼女の写真を指差しながら、「ぼくにも一枚もらえませんか？」と頼んだ。若い刑事はニヤリと笑い、「余分にあるので、あげますよ。捜査に協力してくれたお礼です」とその写真をミロクに手渡した。

国枝すず……これがミロクの偶像の名前だった。

夕食後、ミロクは再び、短波の受信を試み、気長にマドンナの登場を待った。ちょうど消灯時間の十時になったところで、不意に聞き覚えのある音楽が聞こえて来た。シューベルトの『魔王』を往年のボーカロイド初音ミクが歌っていた。この日本的な発音のドイツ語、切ない息継ぎの声、深みのない高音、全てが古くさく、懐かしかった。やがて、歌声がフェードアウトし、代わりにマドンナの囁き声が聞こえてきた。

こんばんは、カタストロフは容赦なく進行していますが、みなさん、いかがお過ごしですか？午後十時の女、エオマイアです。早いもので、コロナ質量放出からもう二週間が経過しました。大停電からの復旧と、新たな発電システムの構築が各地で進んでいると思いますが、「電気のない暮らしも毎日がキャンプみたいで楽しいな」と思っている方も少なくないのではありませんか？　その気になれば、産業革命以前の暮らしにもすぐに馴れますよ。エネルギー消費を抑えた生活はCO_2の削減や地球温暖化を食い止めるためには必要不可欠だったので、太陽のしゃっくりも長い目で見れば、人類に対する恩恵と見做すことができるかもしれません。

しかし、電源が失われたことによる原発のメルトダウン、使用済み核燃料保管庫での水素爆発が深刻な事態となっています。首都圏のみならず、日本全域にセシウム１３７やストロンチウム90が容赦なく降り注いでおり、静かに水中や土壌に染み込み、これからみなさまの体にも浸透してゆくと思いますが、放射線被曝による死までは比較的長い猶予があります。

偶然の不幸は重なり、みなさんはもう一つの死活問題に直面しています。この放送をご自宅で、あるいは病院や避難所で聞いておられるみなさんは、目下、人類最大にして最小の敵に命を奪われる恐怖に晒されています。果たして、自分は生き残れるのか、公園の土饅頭の下に埋められてしまうのか、いつになったら、ワクチンが投与されるのか、残念ながら、みなさんを安心させるお知らせは私のところにはまだ届いていません。

今夜は、ボトルネック病がどのような経緯で、みなさんの生命を脅かすに至ったかについて、わかっていることをこっそり教えます。今、自分たちが置かれている状況の正しい理解こそが生存の鍵を握っています。エオマイアは政府や権力者にとっての不都合な真実であろうと、みなさんの希望を奪う過酷な現実であろうと、全てを洗いざらい打ち明けるつもりです。私を信じてくれる人に幸いあれ。

「エオマイア……」ミロクは初めて聞いたマドンナの名前をリフレインし、その字面を想像してみた。エオが姓なら「江尾」だろうか、名前の方は「舞亜」か、「真衣亜」、「麻衣亜」などが考えられる。しかし、名前の音や字面からその容姿を想像するのは難しい。

日本で最初の発病者が発見されたのは一ヶ月前のことでした。

日本の患者第一号のH氏は極めて頻繁に海外出張を行っていた大手商社マンでした。発病前の一ヶ月間、H氏は東京とニューヨーク、ニューヨークとロンドンの間を二往復ずつ、ワシントンDC始め東部の複数都市へも国内線で移動を繰り返していました。H氏は先月、三たび羽田空港からアメリカに出国しようとしましたが、検査場のブースを通る時に発熱症状が確認されました。インフルエンザ等に罹患している乗客の出入国を制限する原則により、H氏は搭乗を拒否され、即座に検疫にかけられました。なかなか病種が特定できませんでしたが、三日後に新種のウイルスが原因であることがわかり、すぐにH氏は病院に隔離されました。

この時点で日本でも疫病予防対策チームが組織され、感染源を特定するための調査が開始されました。新型のウイルスは日本より一足先にアメリカの諸都市で流行していたことから、感染源はアメリカにあることがわかっていました。アメリカの保健省の調査によると、最も多くの患者が発生しているのはニューヨークのJFK国際空港とメリーランド州のベセスダであることが突き止められていました。ベセスダは聞き慣れない名前かもしれませんが、アメリカ最大手の軍需産業ロッキード・マーティンが本社を置いている都市です。商社マンは武器輸入のビジネスを担当していましたが、そのことと新種のウイルスの蔓延は関連があるのか、あるいは単なる偶然なのか、保健省のみならず、CIAや国家安全保障局も調査に乗り出したのですが、この新型ウイルスは自然界から発生したものではなく、研究所で人工的に作られたものであることが判明しました。

メリーランド大学の先端医療研究所の教授によれば、そのウイルスの元々の出所は自分の研究所ではないかと指摘したのです。先端医療研究所では、がん治療に有効なウイルスを遺伝子組み換えによって、人為的に作り出す研究を行っていましたが、新種のウイルスはがん治療用ウイルスと非常によく似たタイプで、特定の細胞を破壊する性質を持っていました。けれども、がん細胞だけを破壊するのではなく、免疫細胞や血液にも異常を生じさせ、感染力が強く、致死率も高い全く別タイプのウイルスに改造されていたのです。

一体誰が元のウイルスを研究所の外部に持ち出したのでしょう?

そもそも、研究所ではそのような盗難事件は報告されていませんでした。研究所のセキュリティ対策はかなり厳重で、外部の人間の侵入は極めて困難とされていました。そこで研究所内部の人間、所内に出入りのあった関係者の身辺調査が行われ、何人かの容疑者が浮上したのですが、最終的に驚くべき事実が発覚しました。研究所のプロジェクトリーダーだった教授が自身にがん治療用ウイルスを注射していたというのです。まだ研究段階にあり、人体での治験は行われていなかったにもかかわらず、教授自らがすすんで実験台になったのは、彼自身が肺がんに冒されていたからではないかと関係者は語っています。

では、誰が教授の体の中のウイルスを採取し、何の目的で殺人ウイルスに改造したのでしょう?

それはまだアメリカの捜査当局も摑めていません。その教授はすでに故人となっていますが、死因は肺がんでも、ボトルネック病でもなく、自殺でした。司法解剖がなされた結果、教授が主導して開発したウイルスはがん細胞を壊す作用が確認されたそうです。生前、教授ががん治療用ウイルスが紛れている血液や体液を誰かに渡したり、送ったりしていないか、についても捜査が行われたようですが、何も手掛かりは得られませんでした。

パンデミック予防のエキスパートを中心に、捜査機関を動員して、感染経路の割り出しが行われました。感染者が多発した場所には監視カメラが設置されており、そのカメラに録画された過去の映像を分析し、ウイルスを蔓延させた人物の特定を急ぎました。この疫病の潜伏期間がわからない段階では、最初の患者が確認された日の三日前から一ヶ月前までの膨大な量の映像が対象になります。カメラの前を通り過ぎる無数の人々の中から、複数回、姿を見せたり、不審な行動をする人物を探し出す必要がありました。日本の商社マンも無意識のうちにウイルスの運び屋にさせられたうちの一人です。彼と握手をしたり、同じレストランで食事をしたり、ホテルのロビーに居合わせた人々の多くも感染していましたが、彼らが発病したのは商社マンより後でした。ということは、その商社マンに感染させた人物がいたはずです。

ヨーロッパでも中国でも最初の感染者の行動の検証が行われましたが、やはり感染源はニューヨークのＪＦＫ国際空港か、メリーランド州のベセスダだろうとの見通しでした。ウイルスは宿主に乗り、宿主は飛行機で世界各地に飛び、たちまちパンデミックとなったのでした。

各国の一次感染者たちにはいくつかの共通点があります。商社マンや証券マン、外交官、国会議員、オペラ歌手、メディア関係者など職種は様々ですが、海外出張が多く、給料も地位も高く、政府高官や政治家、企業幹部らとの接触の多い人材の割合がかなり高かったのです。これは偶然とは考えにくく、パンデミックを効果的に引き起こし、各国の中枢を占めている人間に感染させるのに最適な「運び屋」が選ばれたと考えるべきでしょう。

「運び屋」の選択を行った人物こそがウイルス蔓延の出発点となったでしょう。その元凶たる人物はどのような方法で一次感染者を増やしたのでしょうか？

捜査当局が容疑の目を向けた人物は空港のラウンジに勤務していた清掃係の女性でした。一次感染者たちの聞き取り調査を通じて、彼らの半分以上が同じファースト・クラス・ラウンジを利用していたことが判明しました。早速、ラウンジを閉鎖し、現場検証を行うと、洗面所とソファ、床のカーペットからウイルスが検出されました。ラウンジ勤務の航空会社スタッフと清掃係は全員ウイルスに感染していました。捜査当局はその中から一人の容疑者を特定したのですが、その決め手となったのは、彼女の遺言でした。捜査員が容疑者の一人であるイラン人二世の清掃係のもとに駆けつけた時、彼女はすでに病院のベッドで今際の際にあり、パンデミックが起きることを待望していたかのごとき口調でこう呟いたのです。

——You were asking for it.

つまり、「自業自得」、もっとくだけたいい方をすれば、「ざまあみろ」と。続けて、彼女は「Bottleneck, Bottleneck, Bottleneck」と繰り返しました。それを受けて、ＦＢＩが彼女のアパートの家宅捜索をすると、消毒用アルコールの容器の中からウイルスが混入した水が発見されました。おそらく、彼女はトイレの洗面台や鏡、ラウンジの机やテーブル、椅子、そして、カーペットや窓の清掃作業を行う際、水で薄めた「ウイルスの素」を散布していたと思われます。その犯行を裏付けるように、アパートには一枚のメモが残されていました。そこにもBottleneckの文字があり、このようなコトバが記されていたのです。

この目に見えない小さな友が人類の淘汰を促す。
貧しい者をより貧しくした吝嗇な貴族たちは滅びよ。
罪のない民を殺して、富を築いた死の商人たちは滅びよ。

人道を無視し、虚言を弄した僭主たちは滅びよ。
彼らを主に選んだ無知蒙昧な民もともに滅びよ。
一握りの善良な者だけに生き残る権利がある。
ボトルネックを通り抜けた先で黎明の主が待っている。

ボトルネック病という病名はパンデミックの引き金を引いたイラン人清掃係のこの遺言に由来しています。このウイルスが多くの死者を出す危険性を持っていることもあり、捜査関係者のあいだで自然、そう呼び習わされるようになったのです。あくまで俗称ですが、正式名がつく前に世界に広まったため、英語圏以外でもその名前が定着してしまったのです。

むろん彼女にはウイルスを開発する能力も設備もなかったので、彼女の上に陰謀の首謀者がいるはずです。当然、捜査当局は彼女の行動を過去に遡って調査しましたが、黒幕の特定には至りませんでした。

イラン人清掃係はその遺言に記されている通り、この世界を牛耳っている一パーセントの資本家や権力者、その追随者を抹殺するために自爆テロに走ったということなのでしょうか？　それとも、それはあくまでも見せかけに過ぎず、彼女は黒幕に洗脳され、実行犯として操られただけなのでしょうか？　いずれにせよ、この恐ろしい人類滅亡計画は未然に防ぐことができないまま、成功に導かれてしまいました。初期の感染者たちもまたそうとは知らぬままに共犯者にさせられたのです。もしかすると、人類はこのような滅亡のシナリオを無意識に招いてしまったのかもしれません。破滅願望は誰の心にも宿っています。人が平等なら、もっと多くの人々が自分と同じ不幸な目に遭うべきだ、自分を不幸にするこんな世の中なんていっそ滅びてしまえ、人類は平等に滅亡すべきだ、などと思ったことはありませんか？　もしあるなら、あなたはこのテロの共犯者ではないにせよ、共感者の一人となってしまうのです。

ここで気分を変えて、音楽を聴いてください。往年の男性ヴォーカル・グループ「内山田洋とクール・ファイブ」の歌唱で『東京砂漠』をお送りします。


このやるせないメロディと歌詞を親父が口ずさんでいたのを聞いたことがある。両親は無事、秋田に疎開することができたのだろうか？　息子は病院の片隅で、親父が残してくれた無線機の短波受信装置を通じ、エオマイアと名乗る謎の女性に啓蒙、いや翻弄されている。

どういう因果で、ミロクの体にワクチンが投与されたのか？　最後まで病院に残っていたほかの三人の治験者もミロクと同様、ワクチンの効能の実験台にされていたのか？　一体、どんな基準でミロクたちが選ばれたのか？　放っておいても淘汰されるような人材を適者として、生存させることにしたのだとすれば、敵はかなりひねくれた愉快犯だ。

エオマイアよ、知っているなら、教えてくれ。オレもそのイラン人掃除婦のように、邪悪な神の見えざる手に操られているのか？

5　文明退化

国枝看護師の住所が判明すると、そこに直行するパトカーへの同乗が許され、ミロクは当初の目的地だったＫＢ寺に数日遅れで向かうことができた。警察の別働隊は丸の内にあるエルキュール製薬本社やミロクがいた眠りヶ丘病院の捜索に向かった。ワクチンが入手できれば、感染拡大を防ぐ大きな楯ができるだけでなく、人々の疑心暗鬼や自暴自棄をも沈静化する効果があり、希望は一気に膨らむ。感染のリスクと隣り合わせで職務を遂行して来た医師や刑事のモチベーションは非常に高かった。

ミロクは健康証明書をもらったので、検問や検疫をかいくぐる必要もなくなり、晴れて自由の身になりはしたものの、今後の身の振り方は何も考えていない。食べるものに困る不安はあるが、他人の助けを借りることにも同じくらいの不安がある。神は何も信用できなくなった時のためにいるという。カトリックやムスリムの信者が信仰を鎧にして我が身を守るように、ミロクも自殺の誘惑から遠ざけてくれる何かが必要だったので、国枝すずという偶像にすがりついたのだった。『東京砂漠』の歌詞ではないが、「あなたがいれば、陽はまた昇る」のである。

警察の力を借りて、彼女が暮らしていた家を突き止めることができ、そのドアをノックする役目も譲られたが、彼女は不在だった。この地域でも多くの感染者が出たようで、外を出歩く人の姿はなかった。小学生の頃まで住んでいた家はＮＯ川沿いに下流に二十分ほど歩いたところにあった。こんなに近くに住んでいたのなら、小学生の頃に彼女とすれ違ったことくらいはあるかもしれない。

　刑事たちはここに来る前にあらかじめ、近隣の情報を把握していた。どうやら、この一帯でも感染者を病院や老人ホーム、学校の体育館などに隔離し、非感染者たちは自分たちの手でシェルターを築き、共同生活を送っているらしい。シェルターといっても、代々木公園や主要地下鉄の沿線に築かれた地下都市とは異なり、「崖」一帯に広がる住宅街の道を封鎖し、周囲に竹や木のバリケードを張り巡らせたもので、住人たちは感染者と接触しないよう自分たちの家に籠っているのだという。一帯にはそのようなシェルター集落が三カ所ほどあるとのことだった。もしかすると、そのいずれかの場所に国枝すずがいる可能性がある、と刑事はいった。可能性があるからには、そこを訪ねずには帰れない。

　ミロクは今しばらく刑事たちに同行することにした。最初に訪れたのは、ＮＫ神社を取り囲む崖に築かれたシェルターだった。境内に池があり、崖からは湧水が出ているその光景にミロクは見覚えがあった。池に架かる橋に佇み、鯉が群遊する様子を飽かず眺めながら、自分も鯉になってみたいなどと思いを巡らせたのは二十年前のことだった。境内には足を踏み入れることはできたが、周辺の住宅群に通じる細い道は丸太を×の字に組み合わせて封鎖されていた。その道に面した家のドアをノックすると、一人の老人が出て来た。刑事が何か耳打ちすると、老人は首を横に振った。そこが最も国枝すずの家に近いシェルターで、門番的な役割をしているその老人も国枝家のことを知っていた。

――確かに看護師の娘さんがいた。でも、ここには娘も家族もいない。もしかすると、感染して、隔離されているかもしれない。

刑事は確信がありそうな物いいで、「たぶん。それはない」と呟き、すぐに次の場所へ向かおうとした。病院間と警察の連携で、病院等に隔離された感染者と隔離先で亡くなった人の名前はリストアップされており、その中に国枝すずの名前はなかったというのだ。もし彼女が何処か遠くに避難したのならば、途中で検問や検査の網にかかっているはずだが、その記録もない。このことから、まだ自宅からそれほど遠くには移動しておらず、いずれかのシェルターにいるはずだと警察は睨んでいた。ミロクもそれを期待し、二つ目、三つ目のシェルターを訪ねた。どちらも近くに湧水や池があり、公共の緑地があった。世帯数にして、五十から百くらいの集落が竹や丸太を組み合わせた柵に囲まれていた。柵は堅牢な作りとは程遠く、外部からの侵入を防ぐというよりは牽制するくらいの効果しか見込めない。刑事が柵越しに、内側の住人に声をかけると、柵際の家の人が庭に出て、応対するところは最初のシェルターと同じだった。

どちらの集落にも国枝さんはおらず、結局、彼女が行方不明であることを確認するだけに終わった。早々に期待を裏切られたミロクは、ここに残る理由も失った。かといって、別の目的地があるわけでもなく、例によって、「杜子春」のように途方に暮れた。ここは仙人にでも現れてもらい、無常を噛み締めるほかなかった。ところで、この界隈はもうすぐ仙人になりそうな人々には事欠かないようだった。ここ十年のあいだに住民は老衰で続々、亡くなり、新たな住民の転入もなく、東京近郊であるにもかかわらず、過疎化が進行していた。カタストロフ以前から、町は衰亡し、シェルターに残っているのは老人ばかりという状態だった。

最後に訪ねたシェルターは界隈では最大の面積を持つ公園の北側を流れるＮＯ川沿岸と段丘斜面に築かれていた。段丘にはいくつもの坂や階段があり、ミロクが暮らしていた家はその一つ

「ムジナ坂」を上ったところにあり、シェルターの柵の内側に位置していた。今は誰が住んでいるのか知らないが、当時の家屋が残っているなら、一目見て帰りたいとも思った。「ムジナ坂」を下れば、そこは公園の入口で、左手には「くじら山」という築山があるはずだ。ミロクは小学生の頃、その近くの木立にビニールシートで秘密基地を作ったことを不意に思い出した。「くじら山」の周囲には死者を埋葬した土饅頭がいくつもあったが、川のそばの緑地は開墾され、畑になっていた。

古代のＴＭ川が削った崖もそこから湧き出る水を集めて流れるＮＯ川も、ミロクが幼い頃に見た印象と表面的には何も変わっていないようだったが、しばらく、その風景の中に身を置いているうちに、自分が見ているのは、過去の残影であり、故郷の剝製に過ぎないことがわかる。写真の風景の中には入り込めないのに似て、ミロクはこの町をただ眺めることしかできないと思った。

刑事はしばし、郊外ののどかな風景に一息つくと、気を取り直して、またカタストロフ後の現実に戻ろうとしていた。「車で都心に戻るが、君はどうする」と聞かれ、ミロクはため息をつき、空を仰いだ。ミロクの迷いに十秒だけ付き合った後、年上の方の刑事がミロクの背中を押すようにいった。

——君は感染していないし、抗体を持っているのだから、望めば、シェルターにかくまってもらえるだろう。いや、むしろ歓迎されると思う。当面、食べて行くにはここに残った方が有利だ。

若い方の刑事は警察の都合を押しつけてきた。

——君は重要参考人だし、今後も捜査に協力してもらわなければならないので、こちらがいつでも訪ねられる場所にいて欲しい。逃げ出そうとしても無駄だからね。

「なぜ無駄なんですか？　ぼくは自由になったんじゃないんですか？」とミロクが不服を申し立

てると、年上の方が取りなすようにいった。

――何処に行こうと自由だけど、常に君の居場所はわかるようになっている。すまんね。

――なぜわかるんですか？　なぜ謝るんですか？

――治験の時にＧＰＳ機能のついたマイクロチップが体に埋め込まれたようだね。検査の時に医師が気づいた。

――何処にそんなものが？

――教えると、君は自分の体を傷つけてしまうだろう。製薬会社は君を追跡しているかもしれないから、連中を捕まえるにはこちらも君の所在を追跡する必要がある。我々はＧＰＳの位置情報を常時チェックできるようにしたので、安心してくれ。

病院に置き去りにしたと見せかけて、ミロクの行動を追跡するとは製薬会社は何を考えているのか？　警察もこれに便乗し、ミロクを囮に利用している。うまい話には裏があることを今さら悟っても遅い。


刑事の口利きもあって、ミロクはシェルター集落に迎え入れられることになった。ミロクがかつて「ムジナ坂」の上に住んでいたことを知った住民は再び懐かしい家で暮らすことを許してくれた。今は空き家になっているその家には四十代の夫婦と小学生の息子が住んでいたが、全員、病に感染し、亡くなってしまった。感染者が出た家には誰も住みたがらないが、抗体を持っているミロクなら、感染の恐れはない。「君さえよければ、そこに暮らしてくれ」とこの家の大家でもある集落のリーダー木藤さんにいわれた。家は改築され、間取りも変わり、亡くなった家族の生活の痕跡も残っていたが、ミロクの幼少時の記憶も壁や天井に刻まれたままだった。思いもよらぬ形で、自分の生まれた場所に戻って来たミロクは鮭にでもなった気分だった。といっても、甘酸っぱい記憶が蘇るようなことはなく、そこも鮭と同じだった。

ミロクは荷物を置くと、早速部屋の掃除を始めた。むろん、電気、水道、ガスの供給が止まっているので、崖からしみ出してくる湧水をバケツで運んでくることから始めなければならなかった。家にあった箒でほこりを掃き出し、濡れ雑巾で廊下や畳、壁などを拭いた。一連の作業はほぼ二十年ぶりに戻って来た家に自分を馴染ませる儀式みたいなものだった。作業に没頭したので、気づいたら、もう夕暮れ時になっていた。そこに集落のリーダーが様子を見に来て、「みんなに紹介するから、集会所に来てくれ」という。

柵に囲まれた集落のちょうど扇の要に当たる場所に美術館がある。かつて、ここに暮らした画家の自宅を改造した個人美術館で、そこが住民たちの寄り合いの場になっていた。広間に集まった人々の顔ぶれを見て、ミロクはすぐに自分に期待されている役割を察知した。シェルターは老人ホームそのものだった。平均年齢は七十を超えているに違いない。中には三桁に達していそうな人もいた。その老人集団がいっせいにミロクに注目していた。緊張しているのか、岩みたいな表情のまま固まっている人、精一杯の愛想を振りまいているのだろうが、笑顔が引きつっている老婆、挑戦的な上目遣いで睨め付けてくる人もいる。ここは小学校の教室で、ミロクは転校生か、と錯覚しそうな雰囲気の中、ミロクを迎えに来た「級長」が話し始めた。

——彼が仲間になってくれたので、少し平均年齢が下がる。

平均年齢が三ヶ月ほど下がったところで、彼らが若返るわけではないが、ともあれ歓迎の拍手で迎えられた。

——シマダミロク君です。彼はウイルス抗体を持っているので、感染の心配がないそうです。だから、私たちが足を踏み込めない場所も自由に行き来できます。今後は私たちの手足になってくれると思います。

いや、自分は彼らの杖にも車椅子にもなれないと思いながら、頭を下げた。「自己紹介を」と促され、ミロクはごく簡潔にこう述べた。

——ここは小学生時代を過ごした懐かしい場所です。「ムジナ坂」の下の小学校に通っていました。自分にできることは何でもしますので、よろしくお願いします。

すると、集団の中から「あら、ミロクちゃんじゃない」という老婆の声が上がった。その人に見覚えはなかったが、彼女はミロクの名前を覚えていた。「大きくなったわね」と感嘆するその人は斜向いの家に住む奥村さんであることがわかった。ミロクの名前を聞き、「弥勒菩薩のミロクか」とか、「手を合わせたくなるような名前だな」という声が上がった。

奥村さんはすでに八十を過ぎ、夫を亡くしていたが、散歩と園芸を老後の趣味にし、野菜作りで主導的な役割を果たしていることを後で知った。彼女のお陰で、コミュニティの老人たちに好印象とともに受け容れられ、ミロクは彼ら共有の孫のような扱いを受けられるようになった。

その後、美術館の庭先に作られた竈で炊いたご飯に、野菜の天ぷら、白菜の漬物の夕食が供された。このように共同で炊事し、一緒に食事をするのは週に一回で、ほかの日は各家、もしくは隣近所共同で作ったおかずや汁物、ご飯を交換したり、融通し合ったりしているのだという。ご近所同士、また老人同士、共通の話題も多いのだろう、膝を叩いて笑う老人あり、自分のことを「ぼく」といい、相手を「君」といいながら、哲学談義を交わす老学者あり、パステルカラーのパンツとセーター姿で媚を売る八十代アイドルあり、ドスの利いた男言葉で後輩にあれこれ指図するゴッドマザーあり、五分ごとに入れ歯を外し、深い溜息を漏らす仙人風あり、単に「老人」

と一括りにはできない多士済々ぶりだった。そんな彼らが次々とミロクに話しかけてくるのだが、誰かが独り占めしないようお互いに牽制し合ってもいた。

頭の働きも体の動きの切れもかなり個人差があったが、八十を過ぎた人は滑舌も悪く、「それがあれして、そうなった」と省略のし過ぎで何をいっているのかわからないことが多かった。この老人集団の中にあって、六十代、五十代の人は若さが際立っていた。それぞれ二十人、十三人と七十代、八十代に較べると数は少ない。ミロクがやってくるまで、最年少だったのは三十七歳の女性で、次に若いのは四十四歳の男性、四十八歳の女性と続くが、ミロクの加入を一番喜んだのは彼ら「若者」たちだった。

集会所に集まった顔ぶれを見た時から気になっていたのだが、シェルターは老人専用ではないはずなのに、子どもが一人もいないというのはどういうことだろう？　ミロクはその疑問をこっそり自分に年齢が近い人にぶつけてみた。最年長の若者が答えてくれた。

——子どもは免疫力も弱いし、常に親と一緒だから、家族の誰かが感染したら、うつってしまう。それに子どもは学校や塾や遊び場を転々とするので、感染の危険は大人よりずっと高いんです。パンデミックが宣言されると、小さな子どものいる家族は早々にここから出て行きました。結局、あまり外出せず、自宅に留まっていた老人が感染を免れたんです。ボトルネック病は大勢の子どもの命を奪ったために、おのずと人口に占める高齢者の割合が高くなってしまったんです。私には子どもはいませんが、子どもを失った親の無念が思いやられます。

最年少の三十七歳の女性はそれを受け、こうもいった。

——本当にたちの悪いウイルスです。年寄りはじきに死ぬから、放っておいて、もっぱら子どもを狙うんです。まるで、人類を効率的に滅ぼすには子どもを殺せばいいとわかっているみたいに。

——ウイルスに意思なんてないよ。

四十四歳の男が呟く。

——あなたよりは頭がいいと思うわ。

——オレはウイルス以下？　正味の話、この時代に子どもでいることは不幸だな。

——一番いいのは、生まれてこないこと。

——それをいっちゃ、おしまいよ。

辛辣な三十七歳女子が吐く毒を四十四歳男子が必死に薄めようとしている。コンビの息は合っているようだった。

夜、早寝の老人たちがそれぞれの家に帰ってゆくと、ミロクはそのコンビに「若者同士でもう少し話がしたいので、家に寄っていかないか」と誘われた。ミロクもシェルターで共同生活を送る際の心得などを聞きたかったので、ついていった。三十七歳女子はジュンコ、四十四歳男子はヒロマツといい、同じ家に暮らすルームメイトだという。パンデミックと大停電が起きた時、老人たちと同様、家に籠っていたので感染を免れたらしい。

ミロクは勧められるまま、湯呑みに注がれた日本酒を飲んだ。つまみは二十日大根だった。

——酒は備蓄してあるんだけど、ここで作っているわけじゃないんでね、歳月の経過とともに貴重品になっていくだろう。

ヒロマツは大停電後、何よりも酒が飲めなくなることを危惧し、備蓄を充実させるために奔走した、と自慢したが、ジュンコは「単なる酒泥棒のくせに」と突き放した。そのくせ彼女もかなりの酒好きのようだった。

——あとどれくらい保つかな。三ヶ月くらいは大丈夫と思うけど。

——いや、半年分はあるでしょ。軽トラの荷台に満載してきたじゃない。

——必需品というのは人によって違うもんだね。オレの場合は酒だったけど、ジュンコは唐辛子と胡麻油だったよな。

——そう。その二つがないと、生きていけないから。ほかの人は醤油とか味噌とか、小麦粉の備蓄に走ったみたいだけど、中には一年分の海苔とか、コーヒー豆とか、カレー・ルーとか、チキンラーメンを溜め込んだ人もいたね。ところでミロクくんはどういう経緯でここに来たの？　誰か人を探しているって聞いたけど。

ミロクはここ一週間の出来事を手短かに振り返り、国枝看護師の話をすると、ヒロマツは一言「エル・オー・ヴィー・イーだね」といった。

——こんな時代だからこそ、愛が必要だよ。自分を必要としている人がいると思えば、人はそんなに死に急がないものだ。

——じゃあ、あんたは何でまだ生きてるの？

ジュンコが間の手を入れる。

——あれ、オレは誰にも必要とされていないのかな？

——あたしがいるから、生きていられるんでしょ。

ヒロマツは照れ隠しの笑いを浮かべながら、「いや、まだ飲む酒があるからだよ」といった。

——ここではみなさん、どんな生活を送っているんですか？

ミロクの問いかけでようやく本題に入り、ジュンコが早口で説明する。

——これまでやった主な作業は、柵を作ること、公園を開墾すること、死者を埋葬することかな。老人たちはよく働くのよ。長いこと家庭菜園を続けて来たメルヘン婆さんを中心に野菜の自給自足体制を整えようということになって、朝から晩まで土を耕していた。でも畑仕事はまだましで、亡くなった人を土葬するのが大変。穴が浅いと、野犬にほじくり返されるから、ある程度深く掘らないといけない。

——老人は朝が早くてかなわん。君も労働力として大いに期待されているよ。

——ぼくは何をすればいいですかね。

——先ずは水汲みだな。近くに湧水があるけど、それを濾過して生活用水にしている。

——それから？

——薪集め。これは公園や雑木林から拾ってくればいい。

——忘れないうちに大事なことを教えとくわね。家のトイレは使わないで、外に作った共同トイレを使ってね。トイレットペーパーがないので、携帯ウオシュレットを使って。浄化槽は機能していないけど、そこに糞尿を集めて、肥溜めにしているのよ。

——コエダメ？

ミロクが疑問を呈すると、ヒロマツが嬉しそうにいった。

——若い子は知らないかもしれない。昔は糞尿を発酵させて、畑に撒いたんだ。肥溜めを作ってから日が浅いので、まだ肥料としては使えないけど、春には公園が肥やし臭くなるぞ。

——寒くなると、野菜の収穫も減る。冬のあいだ、どうやって食料確保をするかが問題なのよ。保存食と備蓄で凌ぐしかないけど、ミロクくんには時々、この人と一緒に食料調達に行ってもらいたいの。自給自足じゃ献立が単調になるから、肉とか魚なんかを手に入れて来て欲しいんだ。

「自分にできることなら何でもする」と応えると、ヒロマツはミロクに酒を勧めながら、講釈を始めた。

——東京は壊滅状態で、生産も流通も停止したままだから、何でも自分でやらなければならない。ここが古代ギリシャなら、労働は奴隷がやってくれたけど、奴隷はいないから、みんな平等に働くしかない。ちょっと前までは東京にも奴隷状態に甘んじている人がたくさんいたけどね。

——ぼくもその一人ですよ。

——ある意味、カタストロフは奴隷を解放し、平等をもたらしてくれたわけだよ。

だからといって、ミロクは諸手を挙げて、カタストロフを受け容れる気分にはなれず、脱力の笑いとともに注ぎ足された酒を飲むしかなかった。パンデミックが終息して、インフラが回復し、生産活動が再開するまでは、中世と同じ暮らしをするしかないことはもう暗黙の了解になっているようだった。実際、いつ元の暮らしに戻れるのかという話になると、ヒロマツはいった。

——大津波のあとの復旧の経験から、「三ヶ月で何とかなる」という人もいるが、別の人は「最低一年はかかる」という。電気も水道もガスも完全にコンピューター制御されていて、そのシステム自体が完全に破壊されたので、復旧は諦めた方がいいという意見もある。今は江戸時代と変わらない状態だが、せいぜい頑張っても、近代化直後、つまり明治時代に戻るのが関の山じゃないか。

——ここもいつまでもつかしらね。

——もうすぐお迎えが来るような人ばかりだからな。もちろん、内部から感染者が出たら、この集落もすぐに崩壊するだろうね。『七人の侍』の村みたいに、野盗に襲撃されて、崩壊するかもしれない。

——野盗が出るんですか？

——コンビニやスーパーが略奪し尽くされたら、次に襲われるのはシェルターだよ。オレたちが竹槍をもって戦わないといけない。

――あんたみたいなヘタレが七人の侍になれるの？　真っ先に逃げ出すんじゃないの。

――オレたちは感染が怖いし、ほかに行き場がないんだから、ここに籠城して戦うしかないだろ。ミロクくんみたいに感染の心配がなければ、旅に出られるし、女とやりたい放題なんだけどな。羨ましいな。

ジュンコはヒロマツの頭をはたき、「何嫉妬してんだよ」といった。

――ここにはいろんな知識や技術を持った爺さん、婆さんがいるから、大いに学んでいったらいいよ。


電力が失われると、ポンプは稼働せず、給水は止まり、下水道に充分な水が流入しないため、浄水場のシステムにも異常が生じる。停電が続く限り、朝の日課は水汲みから始まる。集会が行われた美術館の裏手は庭園になっているのだが、そこから湧き出ている水をバケツで汲み出し、ドラム缶に木炭を敷き詰め、その上に細かい砂と砂利を交互に敷いた濾過装置に一度通し、底の方に取り付けた蛇口から出てくる水をバケツや容量二リットルの透明なペットボトル百本に満たす。バケツの水は各世帯に配り、そのまま煮炊きに使う。ペットボトルに入れた水は台車に乗せて、陽当たりのいいところに運び、黒く塗った波形のトタン板の上に並べる。これは別に猫よけではなく、簡便かつ効果的な紫外線殺菌の方法なのだ。晴れた日なら、半日、水を太陽光に晒しておくだけで、安全な飲料水になる。もちろん、煮沸してもいいのだが、燃料節約のためにこの方法に落ち着いた。しかし、雨や曇りの日は効率が悪いので、ヨウ素剤や塩素系の漂白剤を数滴垂らして殺菌する。

世帯数が減り、生活排水が少なくなったため川の水は綺麗になり、また水道の取水が止まったことで川の水位は上がると大迫さんはいう。彼はかつて水道局に勤務していたので、水の供給が停止したことに責任を感じており、生活用水の確保に奔走したのだそうだ。簡易濾過装置も、太陽光殺菌法も大迫さんの提案によるものだ。

洗濯や入浴はNO川で行う。川を汚さないよう、洗剤は極力使わずに水洗いにとどめる。河原には男女別の共同浴場がある。地面に穴を掘り、コンクリートで固めた池を竹で囲っただけのものだが、露天風呂といえないこともなかった。その穴に別のところから湧き出ている水を張り、たき火で熱した子どもの頭ほどの大きさの石を十個ほど池に投入し、五、六分待てば、ちょうどいい湯加減になっている。焼け石は比熱が高く、保温効果も高いので、湯も冷めにくい。湯が減れば、水を足し、焼け石を追加する。この共同露天風呂も大迫さんの発案だ。

水汲みが終わると、今度は薪集めにかかる。カセットボンベ式のガスコンロは雨で薪集めができない時や非常時に使うことにして、節約に努め、普段の炊事には薪や炭を使う。薪は公園や雑木林から枯れ枝や朽ち木を集めてくるが、それでは足りないので、段丘の斜面一帯に広がる竹林から竹を切り出して来る。公園の一角には耐火煉瓦で作った炭焼き窯があり、これで竹炭を作っておく。筒状の竹炭を十センチ幅くらいに切り、立てて燃やすと、煙突効果で強い火力が得られ、しかも火持ちがいい。

「竹炭の火で焼いたタマネギは甘くて最高だ」と一緒に竹取りをした佐々木さんはいった。その人はかつて「炭火の魔術師」と謳われた焼鳥店の店主だったそうだ。今は焼鳥を焼こうにも鶏がいないので、集落の燃料係として、薪集めと竹炭焼きにいそしんでいる。

——人類が火を使うようになって、最初に行った料理がバーベキューだ。文明は火から生まれたといってもいい。肉を焼くなら、やはり薪の火がいい。薪は煙が出るので、肉に薫製香がつくんだ。しかし、火力の調節が難しい。その点、炭火は炭の並べ方によって自在に火加減を操れる。強くしたければ、隙間を空けて並べ、空気を通りやすくしてやればいいし、弱めたければ、隙間を狭めればいい。

そんな話を聞いているうちに、ミロクはバーベキューの肉を貪り食いたくなったが、大停電で冷蔵庫の中の肉は全滅してしまったので、生きている鶏や豚を手に入れるまでは菜食で通すしかない。粗食の老人たちにはちょうどいいのだろうが、ミロクは肉がゴロゴロ入ったカレーやチャーシューが何枚も乗ったこってり系のラーメンの夢を見そうだった。

水汲みや薪集めの労働は食事で報われた。美術館の裏手にある食堂では常時、定食が用意されていて、半日働けば、昼食と夕食が賄われることになっていた。働けない老人は自宅にある食料の備蓄を供出したり、誰かに労働を肩代わりしてもらったりすれば、その定食にありつくことができる。だが、公園の畑の作物は基本、平等に分け合うことになっていて、それを各家庭で料理する限り、飢えることはないし、余分に作ったおかずのお裾分けに与ることもできた。

午後は畑に出る。午前中から「園芸部」の老人たちは食べごろの野菜の収穫を行っていた。これから本格的な冬を迎え、収量が落ちることを見越して、保存食作りの相談をしていた。大根は干して、沢庵や切り干し大根にする。トマトは乾燥させたり、広口瓶に詰め込んで湯煎にかけ、密封しておく。各家庭では熱心に再生野菜を育てていた。ネギや小松菜や三ッ葉や豆苗は根の部分を余分に残し、プランターに入れて、水をやり続ければ、二回は収穫が見込めるし、ニンジンの頭、サツマイモの切れ端などからも食べられる葉や茎が出てくる。こうした室内農園を充実させる一方で、すでに収穫をしたキャベツ畑にできた隙間にキャベツの芯を植えたり、トマト畑にビニールハウスをかけたりすれば、つなぎの収穫は期待できるだろうと「園芸部長」の奥村さんはいった。

ミロクはそばの種を持っているので、育ててみたいと申し出ると、「そばを打てる人はたくさんいるから、桜の季節になったら、種を蒔こうね」といった。ミロクは公園を見回し、「何処に種を蒔きましょうか？」と聞いてみた。

――くじら山周辺は墓地になってるから、川沿いの空き地を耕しましょうね。発芽して一ヶ月もすると、赤い茎に白い花がつくの。見たことある？　桜もいいけど、そばの花も綺麗なのよ。花は一月くらい咲き続けるから、そのあいだに蜂に受粉を助けてもらうの。

自分は収穫の季節までここに留まっていられるのか、知る由もなかったが、赤い茎に一斉に白い花が咲く光景を見てみたいとは思った。

――農業やったことある？

――ありません。

――農業で一番大事なのは土壌だよ。冬のあいだは天地返しといって、表土と下にある硬い土を入れかえる作業をするといいのよ。天地返しをすれば、害虫が防げるし、放射線量も減るでしょ。

――ぼく、それやりますよ。

――考古学の発掘みたいに大変だよ。筋肉痛になるよ。

――若さだけが取り柄ですから。

――公園の土は農薬を使ってないから、悪くないけど、長年、踏み固められているから、空気をたくさん入れて、水はけと水もちをよくしてやらないと。時々、畑に出て来てくれれば、いろいろ教えてあげるからね。

――このあたりも線量が高いですか？

――都心ほどではないって蓮見先生がいってたわね。

――蓮見先生？

――長年、反原発運動をやってた人。いつもガイガーカウンターを持っていて、水や土壌や野菜、あらゆるものの線量を調べなければ、気が済まない人なの。私たちが飲んでいる水や食べている野菜からも検出されるけど、すぐに健康被害が及ぶことはないから大丈夫。私たちは放射線の影響で死ぬより先に老衰で死ぬから、ここを終の住処と思うしかないけれど、ミロクくんはいずれ新天地を目指した方がいいでしょう。今は何処にも安全な場所はないけど、それでもまだ汚染を免れている土地があるらしい。いずれにしても、この先生きてゆく時間の方が長い人は農業をやらないとね。市に行けばわかるけど、野菜や米がおカネの代わりにもなるからね。

　食料を手に入れる方法は、山や海から獲ってくるか、買うか、盗むか、あるいは作るか、施されるか、そのいずれかしかない、と代々木公園で大根を作っていたモロボシはいっていたが、最も確実なのはやはり作ることだ。戦国時代の足軽は戦がない時は畑を耕していた。ミロクも足軽のごとく臨機応変に暮らしてゆくほかない。

　公園を開墾した畑は大きく五つのブロックに分かれていて、各区画に四種類ほどの野菜を栽培する計画だという。十月の終わりにカブ、ゴボウ、小松菜、そら豆、チンゲンサイ、ルッコラ、エンドウの種を植え、発芽したところだった。手当り次第に種を蒔けばいいというものではなく、何処に何を作るかは厳密に決まっている。種蒔きの時期は春か夏だが、野菜の種類によって微妙に異なり、そのタイミングが五日遅れただけで収穫が三週間も先になったり、実が小さくなったりするという。

また、同じ場所で同じ野菜を作り続けると、連作障害が出て、病気になる確率が高くなるので、マメ科、ナス科、アブラナ科など同じ科に属する野菜をまとめて、五つのブロックに配置し、輪作を行う。たとえば、連作障害が少ないサツマイモ、トウモロコシ、カボチャ、ニンジン、タマネギをA区画にまとめ、B区画には春菊、ネギ、小松菜、ホウレンソウ、C区画にはキャベツ、カブ、ブロッコリー、ジャガイモ、ハクサイ、大根、Dにはキュウリ、トマト、ピーマン、サトイモ、ニガウリ、そして、Eにはナス、スイカ、ゴボウ、エンドウを植える。一年目にサツマイモやカボチャを作った畑には翌年、ナスやスイカを植え、ナスやスイカを作った畑にはキュウリやトマトを植えるというように年ごとに隣の畑に移動させてゆく。そうすれば、最初の区画に戻ってくるのは五年後になるので連作障害は避けられる。

春になったら、川沿いの空き地に水田を作る計画も進めている、と奥村さんはいう。米の備蓄は各家庭の米櫃から集めた分に配給米を足して、何とか一年分を確保したが、それを食べ切る前に新米の収穫をしなければならない。人口が減っているので、配給が回ってくるという考え方もあるが、食料を自給できれば、他人の顔色を窺う必要もないので、できることは全て自分でやった方がいい、というのが奥村さんの考えだった。

——全部、手作業だから、効率は悪いけど、一人あたり五人分の収穫が得られれば、ほかの四人はほかの仕事ができるからね。ミロクくんには農業以外にもいろんなことを覚えてもらわないと。大学ではうまく生き残る方法なんて教えてくれなかったでしょ。

老人たちの生活サイクルに合わせ、早寝早起きをし、水汲み、薪集め、天地返しを日課に組み込んだ暮らしは楽ではないが、発見がある分、張り合いがあり、すぐに一週間が過ぎた。最初のうちは筋肉痛との格闘だったが、運動量が増えたため、共同露天風呂で一日の疲れを洗い流した後は自分が土にでもなったみたいに深く眠れるようになった。おのずとそれぞれの作業に使う筋肉が鍛えられ、力の抜きどころを心得ると、作業効率は上がり、ほかのことをする余裕も出て来た。

ミロクは週に二度、リヤカー付きの自転車に乗り、駅前商店街に物資調達に出かけるのだが、それはいい気晴らしになった。商店街はもはや買い物をする場所ではなくなっていたが、毎週、火曜日と金曜日に市が立つという。荷台に畑で取れた野菜を積み込んで出かけ、生活必需品を手に入れてくるのだ。ミロクはあらかじめ、ヒロマツから「現金取引なんかには応じるなよ」と釘を刺されていたが、実際に市に行ってみて、その意味がわかった。

集まってくる人はそう多くはないが、互いに現物を交換し合う取引が商店街のあちこちで行われていた。財布から現金を出して欲しいものを買おうとする人もいるのだが、身に染みついたその癖は改めなければならないことを早々に悟るだろう。現金より現物の価値の方が高く、市では「現金お断り」という人が半分を占めている。現金の受け取りに応じる人もいるが、法外な値段をふっかけてくるのだ。カタストロフは貨幣の価値を一気に二十分の一くらいに下落させたようで、ミロクは大根一本で単三電池を三個手に入れたが、現金で電池を買おうとする相手には一個二千円といっていた。ということは、大根一本には六千円の値段がついている計算になる。ミロクが治験で得た謝礼の五十万円も、三週間ほどのあいだに大根八十三本ちょっとの価値に下がってしまった計算になる。現金よりも野菜が価値を持ち、新たな通貨に取って代わる世界なんて空想したこともなかった。ミロクは小松菜三束で石鹸を四つ手に入れ、トマト三個とゴム長靴一足を交換し、ジャガイモ一袋をガスボンベ一本、キャベツ二個を板チョコ一枚に換えることができた。

タンパク源をどのように確保するか？　それが目下の問題だった。肉や魚の流通が途絶え、冷蔵庫が使えなくなったことで、精肉や鮮魚は全く手に入らなくなった。配給の肉、魚は自衛隊や民間のトラックが養豚場や養鶏場や漁港から直接運んでくるが、全てが加工場に集められ、そこから病院やシェルターに配送されるという。だが、自給自足型のシェルターには配給が回って来ないので、市に出かけ、物々交換で手に入れるしかない。焼豚や干し肉、ソーセージ、干物などを持って来て、野菜や生活必需品と交換してゆく人の姿も見かけるが、彼らは配給品を横流ししている闇業者だ。肉や魚が品薄であることを知っているので、かなり強気なことをいってくる。アジの開き一枚なら、小松菜五束を要求される。焼豚一キロを手に入れようと思ったら、大根十本とキャベツを十個持って行かなければならず、現金なら十万円以上ということになる。

田舎の山林なら、イノシシや鹿を捕りにいくこともできるし、海が近ければ、埠頭や磯で釣り糸を垂れることもできるのだが、郊外の雑木林や小川で期待できる獲物は、小鳥や蛙、鮒、鯉、亀くらいだろう。実際、近隣で捕まえたすっぽんを鍋物にして、供したこともあったそうだ。ムジナ坂という地名があるくらいなので、ムジナの仲間であるタヌキやハクビシン、アナグマなども出没すると古くからの住人はいう。昔、タヌキを食べたことがあるという人によれば、「腋臭に似た臭みがあって、もう一度食べようとは思わない」らしい。しかし、ハクビシンやアナグマはタヌキほどの臭みがなく、こんにゃくやゴボウと一緒に味噌で煮込むと、かなり美味だともいう。

結局、ミロクは肉や魚は手に入れられなかったが、何度も市に足を運んでいるヒロマツはというと、トマト十個とサツマイモ十本とキャベツ四個を中古の軽自動車一台と交換してきた。そのわらしべ長者のごとき鮮やかな物々交換の成果に驚いたが、すぐにジュンコに罵倒され、縮こまるヒロマツの姿が思い浮かんだ。タンクが空の車をどうやって走らせるつもりか?

――焼酎やウイスキーでは走りませんよ。

ミロクがからかうと、ヒロマツは「予備タンクに残ったガソリンで、ギリギリ集落までは動かせる」といった。

――そのあとは?

――エンジニアのマイクが何とかしてくれるだろ。

集落の老人の依頼でたびたび公共図書館や病院にも出かけた。隔離患者であふれた病院には野菜の差し入れをし、代わりにビタミン剤や消毒薬、風邪薬、持病のある老人のための薬品をもらってくるのである。図書館は開放されていて、「借りた本は返しましょう」という注意書きはあるものの、持ち出し自由な状態だった。ミロクは注文の本を探して、持ち帰ったが、それは小規模水力発電のガイドブックや「代用燃料車」の作り方が書かれている本だった。前者は元水道局の大迫さんの、後者は「エンジニアのマイク」こと真木さんの注文だった。

それらの本をざっとめくっただけでも、老人たちの企みを察することができた。どうやら、一人はNO川の流れを利用して、水車か、モーターを回転させる発電ユニットを作ろうとしており、もう一人はガソリンが手に入らないのを見越して、木炭や薪を燃やした時に出る一酸化炭素とわずかな水素ガスをエンジンに送り込み、車を動かそうとしているのだ。天ぷら油で走る車は知っているが、薪や炭を燃やして走る車は見たことがない。戦時下、ガソリンや軽油が供給難になったところでは広く普及し、日本でも木炭バスや薪バスが走っていたらしい。

コンピューター制御の車を薪で動かすなんて、ロボットに芋を食わせて働かせるようなものだが、うまく行けば、遠くに行く足が得られる。発電もうまく行けば、各家庭でさぼっている電化製品も動き出す。年寄りは後ろ向きに生きているとばかり思っていたが、この手の死にかけた技術を蘇らせようとしたりして、後ずさりしながら前に進もうとしているのだった。祖父の形見の無線機をミロクに託していった父もそうだが、先端技術が無用の長物となった時代には博物館かスクラップ置き場にこそ未来の鍵があるのだ。自分の仕事を見つけた老人たちは嬉々としてカタストロフを楽しんでいるかに見える。何事も自分たちの創意工夫と手作業だけが頼りだった子どもの頃に戻り、ローテク・ライフを満喫しているのだ。絶望することに飽きた老人は若いミロクよりも希望の見出し方がうまい。

鼻はどんな悪臭にもいずれ慣れる。耳はどんな騒音も聞き流せるようになる。だから、人は経験したことのない災厄にさえ馴染んでゆく。啞然とし、右往左往するしかない現実に責めさいなまれながら、いつしかそれが日常になり、自身の中に諦観が育ってゆく。無常の風にも吹かれ馴れる。

ミロクは一日の仕事の終わりに露天風呂で体を温め、湯上がりにヒロマツからコップ一杯のビールをもらい、食堂で具沢山の味噌汁をおかずに、玄米を食べる。その後は短波放送でエオマイアの囁きに耳を傾けるうちに、心地よい疲労に包まれて、眠るだけなのだが、ふと思い立ち、懐中電灯と龍笛を持って、ムジナ坂を下り、集落の柵を越え、月明かりの下、川沿いの散歩道を歩いてみた。

川の土手に腰掛け、おもむろに笛に息を吹き込んだ。唇が乾いていたせいか、夜の冷気を切り裂くかすれた悲鳴のような音がした。こんな音を出していたら、土饅頭の下の死者が目覚めてしまう。アステカには死の笛と呼ばれるドクロの形をした笛があり、戦に際し、敵の恐怖を煽り、戦意を喪失させるために吹かれたという。その音色は断末魔の叫びに似ているともいわれるが、そんなものを聞いたことのある人はいない。そもそも、それを聞いた人は死ぬことになっているので、どんな音なのか伝えようもない。ミロクは映像を通じて、死の笛の音色を聞いたことがあるが、確かに骨に悪寒が走るおぞましいものだった。

唇を湿らせ、もう一度、歌口に息を吹き込むと、今度は鳶の鳴き声にも似た澄んだ音が出た。笛の名手なら、美しい音色で神や精霊の関心を引きつけ、対話に持ち込むことも可能だというが、ミロクにはそんな技術はないから、笛を吹いても、何もいいことは起きないだろう。それでもひとしきり笛を吹かずにはいられないのは、母に迷信を吹き込まれたせいだ。望み薄であることはわかっているが、この笛の音に誘われて、国枝すずがひょっこりと現れないとも限らない。

奇跡が起きるにしても、今夜ではないと悟り、ベッドに戻ろうとすると、「みゃあああ」という鳴き声が背後の竹やぶから聞こえて来た。懐中電灯をともし、やぶを覗いてみると、緑色に光る二つの目が見えた。光に誘い出されるようにやぶから出て来たのは痩せた三毛猫だった。何処かで飼われていた家猫だろうが、山猫のように夜の竹やぶを徘徊しているのは飼い主に見放されたからか？　埴輪のようにのっぺりとした顔の猫はミロクを凝視し、再び「みゃあああ」と鳴いた。腹が減っているのだろう。食堂に行けば、鰹節くらいはあるかもしれない。その思いが通じたか、ミロクが歩き出すと、五歩後ろをついて来た。

食堂で後片付けをしていたおばさんに鰹節を一摑みもらい、猫にやると、すぐに食べ尽くし、次をねだった。おばさんも関心を示し、生のサツマイモの切れ端を差し出すと、それもガリガリ音を立てて、平らげた。

——お芋も食べるなんてよほどお腹が空いていたのね。

おばさんはそういいながら、猫を抱き上げ、雌雄を確かめ、「あら、雄じゃないの」と驚いた。ミロクが「それが何か」という顔をしていると、おばさんは興奮気味にいった。

——三毛猫の雄は三万匹に一匹しかいないのよ。何処から現れたの？

——笛を吹いていたら、竹やぶから現れたんですよ。

——近所に三毛猫を飼っている家はないから、迷い猫だわね。きっと福を招いてくれるわよ。みんなに知らせないと。

翌朝、三毛猫の雄がやってきたという知らせに集落全体が時ならぬお祭り気分で盛り上がった。食堂では赤飯を炊き、三毛猫を一目見たい、撫でたいという人が続々と集会室に集まってきた。普段、仏頂面の老人たちも微笑を浮かべ、朝から酒を酌み交わしたりして、孫が生まれたか、戦に勝ったみたいに浮かれていた。何をそんなに喜んでいるのか、ミロクには意味不明だったが、老人たちの話を総合すれば、三毛猫の雄は航海安全の守り神と見做されたり、招き猫のモデルにされたり、その希少性ゆえ、何か特別な力があると信じられているのだそうだ。しかし、性染色体異常のせいか、生殖能力は持たず、普通の猫よりも短命であることが多いので、大事にしてやらなければならない、ということだった。

ミロクも大いに祝福され、「何か持っている奴」と見做された。発見者の役得として、命名権を与えられたので、「それでは、すずと呼びましょう」と提案し、受け容れられた。三毛猫は国枝すずを呼び出すために吹いた笛の音に誘われて現れたので、この命名は順当だ。

実は同じ夜に、集落の最高齢者が百歳まであと一週間を残して、亡くなったのだが、雄の三毛猫出現で盛り上がる中、その人の死を悼む声はごく内輪に留まった。あらかじめ、したためられていた遺書にはこのような詫びのコトバが並んでいたという。

死に損なってしまい、甚だ面目ない。自分で死ねるうちに死んでおけばよかったが、時を逸してしまった。最後に墓穴を掘る手間まで取らせてしまうことになり、申し訳ありません。

ミロクは墓穴を掘るのを手伝いながら、軽い罪悪感を拭い去れなかった。昨夜、下手に笛を吹いたので、その人が死んだのではないか、とも思った。しかし、笛を吹かなくても人は死ぬ。病院で感染者の一人が呟いていたように、人の死亡率は百パーセントだから。同じ理屈は全てに適用できる。ボトルネック病に感染しても、しなくても人は死ぬ。カタストロフを生き延びたとしても、時が来れば、自分も死ぬ。だから、これから死んでゆく人は誰にも気兼ねする必要などないのだ。

6　菊千代

一神教の信者たちはあらかじめ自分たちが生きる意味や目指すべき目標が神によって与えられている強みがある。聖書には「最後の審判」の記述があり、世界が終焉を迎えた時の心の準備を促している。人知れずなした善行も悪行も神はちゃんと見ていて、しかるべき者は天国に迎えられるが、身に覚えがある者は地獄堕ちを覚悟しなければならない。疫病の大流行も、戦争による大量死も、民族浄化による虐殺も、これ全て神の試練である。そんな前提を最初から受け容れている者は災厄への耐性が身に付いているに違いない。だが、祈る神を持たない者は心の拠りどころがない分、逆境に押しつぶされやすく、またデマに騙されやすくなるのではないか。

午後十時、ミロクはいつものように短波のマドンナ、エオマイアの囁きに耳を傾ける。古代ギリシャの王や市民は、デルフォイの神殿に赴き、巫女たちの口寄せを通じて、神託を得ていたが、ミロクはそれと同じことをしている。祈る神を持たない者にも彼女は優しい。自分たちが何処に向かっているのか、次にどのような事態が起きるのか、照らし出してくれるのが何よりもありがたいが、ミロクが抱いている疑念や不安、憤りを先読みし、解消してもくれる。その癒し系の声と示唆に富んだメッセージで多くの崇拝者を集めるに違いないが、短波の一番波長の短い周波数帯にしか現れないので、おのずとリスナーは限定される。だから、「エオマイアは自分にだけこっそり秘密を耳打ちしてくれる」と舞い上がる者も出てくる。ミロクもそんな自意識過剰なリスナーの一人というわけだった。

エオマイアを救いの巫女と崇拝するか、混乱をもたらす扇動者と突き放すかは、彼女のメッセージの受け止め方次第だが、ミロクは彼女をどう定義するかよりも、もっと素朴に「彼女は誰なのか」を知りたかった。彼女は声だけの存在で、容姿も年齢も不明、ほとんど自らのことを語らず、実在の人物かどうかさえ確かめようがない。となれば、妄想を逞しくするほかなく、ミロクも勝手に、エオマイアに国枝すずの容姿を重ね合わせていた。そもそも、最初にその声を耳にした時、国枝すずの声とそっくりだと思い込んでしまったので、容姿のイメージも連動させるしかなかった。ミロクはこうして自らの偶像を作り出し、祈る神を持たないハンディを克服しようとしているのだった。誰にだって，自分専用の宗教を編み出す自由はある。

古代エジプト人は太陽神を崇拝していましたが、現代人も自分たちが作った神を棄てて、再び素朴な太陽神崇拝に回帰しているようです。偉大なるかな、太陽は。地球の自然を作り出した実質的な創造主でありながら、人類が苦労して作り上げた都市とそのインフラをしゃっくり一つで破壊してしまうほどの力を持っているのですから。しかし、太陽には人類を淘汰してやろうとか、文明を滅亡させてやろうなどという意思はありません。そんな不遜な意思を持つのは人間だけです。

こんばんは、午後十時の女エオマイアです。今夜もあなたの心に希望の光を灯します。今夜も音楽を聴いてください。ヴェルディ作曲、歌劇『運命の力』から「君は天使の腕に抱かれて」をフランコ・コレッリの声でどうぞ。

ライフラインはいつになったら、復旧するのか？　電気もない。水も出ない。肉も魚も手に入らない。お互いの無事を確かめ合いたいし、何が起きているのか知りたいのに電話もネットも通じない。テレビも沈黙を通している。今、有効な情報収集の方法は地域のＦＭか、短波の放送、そして、口コミだけだと思います。政府広報がＦＭ電波に乗っていますが、都心部のシェルターなどごく一部でしか聞けません。みなさんの苛立ちは私にも痛いほど伝わってきます。みなさんの怒りの矛先は行政機関やそれを動かす政府に向かうのは当然です。

カタストロフ後の世界を統治しているのは誰か？　政府はちゃんと機能しているのか？　今夜はその疑問にお答えしましょう。

各国政府は大停電とパンデミックの後、相次いで非常事態宣言を出しました。この危急の事態を国家総動員体制で乗り切ろうとするところは何処も同じです。政府は全権を首相に集中させ、固い殻の中に閉じ籠り、権力の維持を最優先したのです。政府転覆を謀る勢力の攻撃やテロを想定し、総理官邸および諸官庁、放送局を鉄壁の守備で固め、首都圏や主要都市にも警察と自衛隊の治安部隊を派遣しました。電源喪失によって、原子力発電所や核廃棄物処理施設ではメルトダウンや水素爆発の危険が高まったにもかかわらず、権力維持に執着するあまり対応が遅れたことは大いに責められるべきでしょう。結局、政府転覆を謀る勢力など現れず、首都防衛に駆り出された部隊が何もせずにただ漫然と青空を眺めているあいだに、放射能汚染地帯の面積はさらに広がってしまったのですから。

政府はこの致命的な失策を隠蔽するため、情報統制を行いました。本気で通信、放送インフラの復旧に努めれば、今頃は電話やネットで情報交換ができているはずなのに、反政府勢力が影響力を拡大するとか、デマによって政府の権威が貶められるなどといって、意図的に復旧を遅らせているのです。そんな露骨な情報統制をしたところで、政府広報さえ届かないありさまなのですから、賢明な市民はとっくに政府を見限っています。

エオマイアは政府の広報係を務める気はさらさらないようだ。彼女は十六年前に滅びたことになっている「サヨク」の生き残りなのか？　いや、そんな世間擦れしたイメージは彼女には似つかわしくない。彼女は天空の神殿に暮らす巫女なのだ。彼女が繰り出すのは容赦ない権力批判のコトバなのだが、爽やかな囁き声ゆえ、一語一句が何の抵抗もなく染み込んでくる。一切の澱みなく、安定した脈拍を感じさせるリズムがあり、ふっくらとした抑揚があり、川の流れのように緩急がある。コトバの切れ目にはかすかに息継ぎの音が聞こえるのだが、間を置く時には深く呼吸しているのがわかる。やがて、ミロクの呼吸がエオマイアの息づかいに同期してくると、彼女が顎を肩に乗せて、耳元で囁きかけてくる気がする。

政府要人や官僚、大企業経営者たちは霞が関や国会議事堂の地下に作られたシェルターに籠っています。そこは電気も水もガスも通信設備も整っており、食料や生活必需品や薬品、酒などの嗜好品の備蓄も豊富にあり、映画館やスパ、フィットネス・ジムなどの娯楽施設まであり、一般市民の苦難をよそに快適な避難生活を送っています。政府は略奪を取り締まり、水や食料の公平な配給をしているといっていますが、配給の利権を握った人々は自分たちの倉庫に入り切らなかった分を横流ししているだけです。

現在、学校は閉鎖され、都心の企業のオフィスも営業所も業務を停止しています。配給所に指定された飲食店、スーパーマーケット、コンビニを除き、市内の食料品を扱う店も飲食店もほぼ全面的に営業停止の状態が続いています。おカネがほとんど役に立たないことはすでにご存知ですね。ハイパーインフレーションの嵐が吹き荒れているといったところですが、これによって、政府の財政赤字は吹き飛び、みなさんの預貯金も十分の一になってしまったと思われます。もはや、経済損失の計算をしても意味がありません。政府が新たな通貨を発行する計画もありますが、銀行も機能していないのに、どうやって流通させるつもりでしょう？　今必要なのはおカネより食べるものです。

一部の食品加工会社は配給の食料の加工のため、フル操業を行っていますが、食料輸入が滞っており、鮮魚や精肉の入手が難しくなっているため、メニューが単調になってきています。備蓄米は充分にあるとはいいますが、いずれ底をつくことを念頭に、政府は野菜の種を市民に配布し、「空き地を農地に」と呼びかけています。そんな中で刑務所を市民に開放せよと訴える市民が警察に押し寄せています。留置場は略奪者や性犯罪者でいっぱいですが、刑務所にはまだ空きがあり、配給の食料が行き届き、しかも外部との接触がないため、感染を免れるには最適ということで、「犯罪者を優遇するな」との声も上がっています。それを受け、一部の刑務所は市民の避難所として、施設を開放しています。

放射能汚染地帯への立ち入りは禁止され、感染拡大を防ぐために道路の封鎖、集落単位の隔離が行われ、市民の移動は極度に制限されています。ライフラインを断たれ、水や食料の配給も滞っている中で移動の自由を奪われたら、どうなってしまうのか？　そのまま大人しく死んでくださいっていわれたも同然じゃないですか。飢え死にしたくなければ、移動するしかありません。大躍進政策の時代の中国では、飢饉に瀕した住民の移動を妨げたことで、多くの死者が出ました。

自給経済で何とか生き延びようとした人々も毛沢東の軍隊によって食料を強奪されました。毛沢東は「戦争状態を作り出せば、市民は飢餓にも耐える」といいました。非常事態が訪れたら、国家が市民を守ってくれるなどと思ったら大間違いです。国家は殻に籠り、自らを守ることに専念し、市民を見殺しにするだけです。国家は人助けをする機関ではなく、単に権力を行使する母体に過ぎないのですから。

実質的に無政府状態に陥っている現状では、政府が引き起こす人災によってさらに人口減少が進むでしょう。食料の備蓄は限られていますので、自給自足できる生活基盤を整えるしかありません。時間の経過とともに都市での生活は困難になってきます。すでに自らの手でコミュニティを作り、冬の時代を生き延びようとしている市民の方もおられますが、賢明な選択です。古代のムラのような集落を作り、小集団で分業をしながら、暮らすのが現時点では最も現実的です。もう一度、古代の暮らしに戻るのは大変ですが、産業文明とそれに続く情報文明に馴らされ、すっかり退化してしまった生存本能と能力を取り戻すしかありません。人類はリハビリテーションの時代に入ったのです。

あなたの怒りの声は権力者の耳には届きませんが、私にはよく聞こえます。あなたの絶望を希望に変換するのがエオマイアの使命です。死の笛の音を聞くのは邪悪な支配者たちの方であって欲しい。生き残って、自然を再生し、新たな文明を築くのはほかでもないあなたたなのです。支配者たちの陰謀がまかり通るなら、法も道徳も無いに等しい。もはや、あなたを縛るものは何もありません。全ては許されているのです。生き延びること、人を救うこと、人を愛すること、そして子孫を残すこと、それが淘汰への抵抗となるのです。

きっと彼女はジャンヌ・ダルクのように「神の声」を聞いてしまうタイプの女なのだろう。ところで、彼女は「死の笛」という比喩を使ったが、まるで昨夜、ミロクが土手で笛を吹くのを見ていたかのようで、単なる偶然とは思えなかった。ミロクは放送が終わったあと、同じ周波数にダイヤルを合わせたまま、ＰＴＴボタンを押し、こう呟いた。

――エオマイア、ミロクもあなたの意思に従います。どうぞ。


ミロクは日課の水汲みを終え、いつものように消毒のためペットボトルを黒いトタン板の上に並べていると、川沿いの畑で「園芸部長」の奥村さんほか数人の老人たちが農作業とは別の動きをしているので、気になって、声をかけに行くと、みな一様に浮かない表情をしていた。どうやら、夜半に誰かが畑に忍び込み、未収穫のキャベツや大根、ジャガイモを一ダースずつ略奪していったらしい。ヒロマツが恐れていた野盗の襲撃が予想より早く現実となった。

畑に残る足跡を検分して、奥村さんはいった。

――男三人と女一人のチームだね。一人は大男だな。

なぜわかるのか訊ねると、四種類の足跡を枝で差しながら、こう解説した。

――この小さいのは見張りをしていた女の足跡、爪先が深くなってるのは野菜を引っこ抜いた男二人の足跡、こっちにあるのは野菜を運んだ大男の足跡。三十センチくらいあるよ。

前職は刑事かと思わせる洞察力だった。

――どうやって運び出したんだろう？

――夜中の二時頃、スクーターの音がしたので、何かあったのかと思ったんだよね。

百メートル先のくしゃみさえ聞こえる静寂の中、スクーターが通れば、暴動でも起きたと錯覚するだろう。

——案山子を作りましょうか。

——いや、案山子や柵を作っても、カラスやタヌキ一匹追い払えない。ましてや相手は人間だからね。

——もう町には何も残っていないから、この先も畑が狙われますよ。

——元々、集落の人がぎりぎり自給自足できる量の野菜しかないんで、畑を荒らされると、冬を越すのが辛くなるね。市でほかのものと交換ができなくなるしね。

「園芸部」で話し合った結果、夜通し見張りを立てるしかないという結論に達した。昨夜は明るい月夜だったので、懐中電灯を使わずに野菜を盗むことができた。たぶん、月明かりが頼れない夜や雨の日は来ないだろう。畑を一望できる場所にビニールシートで小屋を作り、そこに交替で番人を置くことになった。野菜泥棒が現れたら、笛を吹き、加勢を呼び、追い払うという段取りだったが、敵がこちらに攻撃を仕掛けてくる想定はしていなかった。


くじ引きでミロクには早めの当番が巡って来たので、小屋で一夜を明かすことになった。夕食後、ジュンコが焼酎の夏みかん割りを作って、持って来てくれたので、ちびちび飲みながら、午後十時まで彼女の愚痴を聞いていた。彼女は蠟燭の揺れる炎を見つめ、こんなことをいい出す。

——ここだけの話、何処かよその土地に移りたいと思ってるのよね。

なぜそれをヒロマツでなく、ミロクに打ち明けるのか、真意を摑み損ねていた。

——冬になると、死者がいっきに増えると思う。ほら、年寄りはだいたい冬に死ぬでしょう。墓穴をいくつ掘らなきゃならないのか考えると、憂鬱で。

――穴を掘る憂鬱なんて飢える憂鬱に較べたら、どうってことないですよ。墓穴掘るのも、畑を耕すのも作業的には同じじゃないですか。

――作業のことをいってるんじゃないの。何だか悲しいのよ。自分の親の面倒ならともかく、見知らぬ老人の介護を続ける意味があるのか、正直、疑問なのよね。子どもを助ければ、まだ未来に期待を持てるけど、年寄りに未来はないから。

そのことは老人たちもよくわかっているだろう。だから、彼らも自分が持っている技術や知恵を最大限、駆使して、余生を生きようとしている。野菜の作り方や水の消毒や炭焼きの方法を後進に指導してくれるし、水力発電や代用燃料車さえ試みようとしている。彼らがいなければ、集落の暮らしは成り立たないことはジュンコも充分承知しているはずなのだが、彼女の悲しみは何に由来するのかよくわからなかった。

――ごめんね。なるべく悲観しないようにしてるんだけど、先日、九十九歳の老人が亡くなったでしょ。あの人の世話もしていたんだけど、何だか空しくなっちゃって。自分たちの手で食べるものを作るのはいいんだけど、せっかく育てた野菜が盗まれると、野盗を養うために働いているような気がしない？

――だから、こうして見張ってるんじゃないですか。

――襲われたら、どうする？　ミロクは喧嘩したことあるの？

――いや、ないけど。畑を荒らすなって大声を出せば、逃げるでしょ。

――この前現れたのは、たぶん偵察隊だよ。ここは警備が甘いから、都心のシェルターより襲いやすいと思っただろうね。念のために武器を持って来た。

ジュンコはトートバッグから金槌と革のベルトを出してみせた。ベルトは鞭のように振り回すつもりらしい。

――この先、集落外の人も生き残りに必死になるだろうから、簡単には引き下がらないよ。警察なんかアテにできないから、自衛するしかないけど、武装集団に襲撃されたら、ひとたまりもない。最悪、集落ごと乗っ取られるかもしれない。

　その不安は誰もが抱えているが、あえて口には出さないのだ。

――七人の侍でも雇いますか?

　ミロクがそういって、話を打ち切ろうとすると、彼女は「頼みがあるの」といい出した。

　ジュンコはミロクに顔を近づけ、目を一回り大きく見開き、毛穴の奥まで見通さんばかりに凝視する。ミロクはややひるみながらも、彼女の表情を確かめながら、「何ですか?」と訊ねる。今夜は入念に顔を描いてきている。野盗を迎え撃つのに化粧?　彼女はさらに顔を寄せてくる。このままいけば、顔を背けるか、ぶつけるか、さもなければ、キスをするしかない。彼女は目を閉じる。好きにしてという合図か?　しかし、なぜ?

　キスに応じると、何かが壊れる気がしたが、文明の方はとっくに崩壊しているのだから、恐れることは特にないとも思った。それでもミロクが躊躇していると、ジュンコは催促するように唇を突き出した。恥をかかせるわけにもいかず、軽く唇を重ねると、彼女は舌を絡ませてきた。

――一緒にここを出て行かない?

――それはできないよ。ジュンコさんにはヒロマツさんがいるじゃないですか。

――最初にヒロマツを誘ったのよ。でも、あいつはもう人生投げてる。酒が飲めればそれでいいのよ。まだ、四十代なのに、カタストロフ後に一気に老けて、お達者クラブの仲間入りよ。

　本来、もっとギラギラしていてもおかしくない中年男が世捨て人に転向するケースが多いのはなぜだろうか？　代々木公園のモロボシにしても、同じ病棟にいた「人間の死亡率は１００パー」が口癖の男にしても、酒のために生きているヒロマツにしても、やけに諦めが早い。自分が世界から見放されたことに打ちひしがれながらも、ちっぽけなプライドを守るために自分の方から世を捨ててやったと虚勢を張りたいのだろう。江戸っ子の「宵越しの銭は持たねえ」と同じだ。しかし、虚勢を張る力はあるのだ。

——「諦めの境地」はかっこいいとか思ってるのよ。そんなニヒリズムは犬も食わない。それより「ネバー・ギブアップ」とプルプル震える拳を握る老人の方がまだまし。

キスをした直後のこの毒舌にミロクは腰が引け、黙っていると、ジュンコは口調を和らげ、こういった。

——ミロクと一緒ならもっと楽しく生きられると思う。ねえ、ここを出ようよ。

——何処かアテがあるんですか？

——三浦半島に両親が使っていた別荘があるの。そこなら畑仕事もできるし、釣りにも行ける。

——でも、せっかくここでの暮らしが軌道に乗ったのに出て行くのは裏切るみたいで、気が引ける。

——老人たちは気持ちよく送り出してくれるよ。ね、ギュッとして、キスして。

ハグとキスを求められ、それに応じているうちに下半身が反応し、それを隠すのに猫背になったが、ジュンコに気づかれてしまった。彼女はミロクの上に馬乗りになり、セーターの中にミロクの手を誘導し、乳房に触れさせた。湿り気を帯び、張りもある感触に夢中になり、ミロクはセーターをめくり上げ、ジュンコの乳頭を口に含んだ。その時、ビニールシート越しに、鬼ごっこでもしているかのような走る足音と地面のかすかな振動を感知し、睦み合いを中断した。

——外の様子を見てくる。

ミロクはジュンコを残し、畑に出ると、三十メートルほど離れたところにうずくまる人影が見えた。懐中電灯を向けると、その人影は両脇にキャベツを抱えて立ち上がり、こちらを見ていた。全部で三人いた。「野盗だ。人を呼んで」とジュンコに告げると、ミロクは彼女から金槌を受取り、人影を追うと、向こうも公園の南側に逃げて行った。鋭い笛の音が夜の闇を切り裂いた。ただ、追い払うだけでは野盗は付け上がり、常連化する。ここは襲撃したことを後悔させる何らかのアクションが必要と思われた。

今回の野盗は徒歩で公園の反対側からやってきたようだ。三人はバラバラになって、真っ暗な木立の中を逃げてゆく。ミロクは一番逃げ足の遅い一人に目標を定めて、追跡した。薪集めで公園の地形に習熟しているミロクは相手の辿るコースを先読みして、距離を詰め、駐車場の手前で追いつき、背中に体当たりをして、相手を転ばせることに成功した。

桜の木の根元に仰向けに倒れている相手は逃走を諦めたか、キャベツを抱えたまま、息を荒らげていた。ミロクは「この盗人め」と叫び、金槌を振り上げ、相手を威嚇した。暗闇ではよくわからなかったが、よくよく見ると、相手がとても小柄であることがわかった。

——公園のものはみんなのものだよ。だから、キャベツ一個くらいもらってもいいじゃない。

その声から相手は小学生の女の子であることがわかった。ミロクは女の子の腕を摑んで立たせ、「屁理屈こねるな」と叱り、「何処から来た？　誰と来た？」と訊ねた。

——知らねえよ。放せよ。

——逃げようったって駄目だ。

——いたずらされたっていうよ。

――オレはロリコンじゃない。

ミロクは女の子の腕を引っ張り、集落に連れて行く。笛の音を聞いて飛び出して来た五十代、六十代の比較的若い面々と途中で出会い、捕まえたのが子どもだとわかると、緊張を解いた。番小屋まで戻り、仲間がその子を取り戻しにくるのを気長に待つことにしたが、何を聞いてもまともに答えようとせず、隙あらば、逃げようとする。子どもだから、見逃してもらえるとでも思っているのだろう。ジュンコが「私に任せて」といい、その子の前に歩み寄ると、何もいわずに平手打ちをした。男たちは「手を上げちゃいかんよ」とジュンコを制し、ハラハラしながら、その様子を見ていた。

――名前は何というの？　いくつ？

ジュンコは少女を睨みつけながらも、優しい口調で問いかける。彼女に逆らうと痛い目に遭うことを一瞬にして悟ったか、「ニノミヤハルカ。九歳」と答えた。

――お腹空いてるの？

ハルカが神妙に頷くのを見ると、ジュンコはポケットからキャンデーを三つ出し、その手に握らせる。ハルカが小声で「ありがとう」というと、ジュンコはさっき平手打ちした頬を撫でながら、いった。

――ぶってごめんね。でも、盗むのはよくないよね。両親はどうしたの？

――病院にいる。

――誰と一緒に来たの？

その質問には答えにくそうにしている。たぶん、自分を置き去りにして逃げた仲間を庇っているのだろう。

——仲間は戻ってくると思う？

——捕まったら、自力で逃げてこいって。

——誰がそういったの？

ハルカはまた黙りこくる。

——今夜はもう遅いから、この子を誰かの家に泊めて、朝になったら、解放してやろう。

ミロクの加勢に来た一人の提案に従うことにした。ジュンコはすかさずこういった。

——もしかしたら、感染しているかもしれないから、悪いけど、ミロクのところでもいい？　私も付き添うから。


野盗に中断させられた愛撫の続きをしようと考えているのか、それとも別の企みがあるのか、何かもう一波乱ありそうな予感がした。

ハルカは転んだ時に膝と肘を擦りむいたようで、ミロクは傷口を水洗いし、家に備え付けの救急箱の中にあった馬油を摺り込んでやった。毛布を一枚与え、ソファに寝かせた。寝室を覗いてみると、ジュンコはすでにベッドに入っていて、暗がりに顔だけ白く浮かび上がっていた。羽毛蒲団をめくれば、彼女と抱き合うことになる。この誘惑に乗ったら、明日以降の行動は確実に彼女に左右されることになると思い、ミロクは部屋に一歩入ったところで逡巡していた。

——何、突っ立ってるの？　ベッドは暖まってるわよ。

ひとまずパジャマに着替えながら、自分には三つの選択肢があることを確認した。1、先客がいる自分のベッドで眠る。2、ソファにも先客があるので床で眠る。3、眠らない。

目を閉じれば、すぐに眠りに落ちそうなので、3はない。余分な寝具がないので、2だと安眠できない。1を選べば、すぐには眠らせてくれないだろう。
——早くドアを閉めて。

その一言でミロクは逡巡をやめ、いつも寝ているベッドに入る決心をした。蒲団をめくると、オーデコロンの香りに迎えられた。寝る時に何を着るか聞かれ、シャネルの5番と答えたのはマリリン・モンローだったか。裸のジュンコに添い寝すると、彼女は手際よくミロクのパジャマを剝ぎ取り、冷えた体を自分の体温で暖めてくれた。

彼女の吐息を首筋に感じながら、ミロクはふと国枝すずの眼鏡付きの笑顔を思い出していた。寝る時は眼鏡を外すはずだから、その顔を想像しているうちに、添い寝しているのが国枝すずのような気がしてきた。ジュンコには悪いが、彼女の体温と吐息、肌や乳房の感触を借りれば、ここにはいない女の幻影と交わることもできる。

彼女の手がミロクの股間に伸びてくると、もうどうにでもなってしまえと思った。今、自分たちは生き残りに必死で、この冬を越すのに必要な食料の備蓄の計算をし、生活を維持するための知恵を絞っている。だが、どんなに計画的に事を進めようとしても、淘汰の波は容赦なく押し寄せてくる。それを阻止する術がないのだとしたら、明日を思い煩うだけ損だ。どっちに転ぼうが、知ったことか。きっと、彼女も同じ気分で、この刹那にこみ上げてくる欲求に忠実に振る舞えば、それでいいと思い切ったのだろう。

ミロクは鼻から深く息を吸うと、彼女の上になり、唇を重ね、乳頭を含み、怒気を孕んだ男根を静かに深く挿入した。彼女は声を殺しながらも、息を荒らげ、腰をくねらせ、ミロクを全身で受け容れていた。自慰からも長く遠ざかっていたため、粘液で満たされた膣に締め付けられると、すぐにでも暴発しそうだった。

——中で出して。

すずが、いやジュンコが掠れた声で囁いた。いや、中に出すのはまずい、未来が思わぬ方向に転がり出してしまうから。ミロクはピストン運動を中断し、射精をこらえる。彼女はミロクを促し、今度は自分が上に乗ろうとする。そして、挿入したまま自分が一番感じる場所に当ててくる。そんなに腰を揺らしたら、すぐにでも行ってしまう。我慢の限界に達すると、背筋と腹筋に緊張が高まり、それが一気に解き放たれる。射精の瞬間、耳の奥の方で数日前のエオマイアのメッセージが聞こえた。

全ては許されているのです。

筋肉に心地よい痺れが走ったかと思うと、全身が弛緩し、自分に作用している重力が軽くなり、何か光り輝く大きな輪の中に受け容れられたような安心感を覚えた。

ジュンコの肉体を借り、国枝すずの面影を思い浮かべながら、心はエオマイアと交わらせる……そんな不思議な体験をした夜だった。そういえば、エオマイアはこんな囁きも残してくれた。

生き延びること、人を救うこと、人を愛すること、そして子孫を残すこと、それが淘汰への抵抗となるのです。

今夜密かにそれを実践したかもしれないな、とミロクは息を整えながら思った。

翌日、九時頃に目覚めると、ベッドにいるのはミロク一人だった。隣の部屋の様子も見に行くと、ソファに寝ているはずのハルカの姿もない。ジュンコが何処かに連れ出したのか、集会所へ行ってみると、二人は朝食を食べていた。二人の周囲を七人の朝食当番の老婆たちが取り囲み、和気あいあいの雰囲気だった。数日前の雄の三毛猫の出現に次いで、小学三年生の少女の登場に色めき立っているようだ。

ミロクはジュンコを手招きし、部屋の外で「病気は大丈夫なのかな」と訊ねた。

——少し落ち着いたようなので、いろいろ聞いてみた。両親は感染して、隔離されているらしいけど、あの子は安全な場所にいたから、感染していないっていうのよ。

——何処にいたんだって？

——小学生から高校生までの子どもたちばかり寺に集められて、集団生活していたらしいんだけど、面倒を見る人がいなくなり、三つのグループに分かれて、それぞれ別の場所に移動していったんだって。あの子は高校生が率いるグループにくっついて、そのリーダーの家で暮らしているらしい。総勢七人で、手分けして、食べ物を集めてくるといってた。配給が滞っているから、畑や市場で盗んできたり、人の家で分けてもらったりしてるらしい。

——七人のミニ侍か。で、老人たちはあの子をどうするつもりなのかな。仲間のところに返してやるのか、それとも……

——まだ正式決定じゃないけど、ここで面倒を見てあげようという声が優勢かな。

界隈からはすでに子どもが消えたと思っていたので、野菜泥棒の一件は見逃し、手厚く保護しようというのだろう。さながら絶滅危惧種のような扱いではある。

——ほかの仲間は放っておくの。

──いっそ、七人全員を集落に受け容れて、働かせたらどうかと思うの。放っておけば、この先も野菜泥棒を続けるだろうから、彼らに食事を与える見返りに、水汲みや農作業、畑の見張りをさせた方が得だと思うよ。七人増えても、じきに七人亡くなるし。

その日の昼頃、集落の中心的人物たちが集まり、会議が開かれた。ジュンコの若者懐柔策に対する賛否はちょうど半々くらいだった。以前から若者に軽視され、侮蔑されていると感じていた一人の老人はせっかく自分たちが築いた生活基盤を盗人にタダで譲り渡してたまるかと憤慨していた。軒を貸して、母屋を取られることにならないかを心配する人はほかにもいたが、園芸部長の奥村さんや「炭火の魔術師」佐々木さんは集落の存続を第一に考えており、後継者を育て、世代交替に備えるというジュンコの案に賛成した。園芸部長の計算によれば、七人増えたとしても、この冬を越す備蓄はギリギリ足りるし、彼らに働いてもらい、畑を拡張すれば、春以降の食料は充分に確保できるということだった。

最終的に若者を懐柔することで意見はまとまり、ミロクとジュンコがその交渉を行うことになった。この懐柔策を若者たちが受け容れるかは交渉次第だが、一人でも感染者がいたら、集落の崩壊を早めることになってしまうので、そこだけは注意が必要だった。

午後、ハルカに仲間たちがいる場所まで案内させた。公園を横断し、反対側の出口から出ると、道路を隔てて墓地が広がる。墓地を迂回して、南に進むと、住人がいなくなった住宅街がある。門や玄関に感染者が出たことを示す赤いシールが貼られている家が目立つ中、築年数の浅いマンションにはそのシールがなく、そこが仲間のアジトらしかった。

ハルカが「ただいま」と叫ぶと、三階の窓が少しだけ開き、隙間からこちらを見下ろす人影が見えた。ジュンコがその人影に手を振ると、「誰？」とぶっきらぼうな問いかけがあった。公園の反対側の集落から話をしに来たことを告げると、中学生と思しき少年がエントランスホールから出て来て、「二人？　ほかにはいないね」とこちらの人数を確認した。

――中に入れてくれないかな。私たちは感染していないから、大丈夫。

ジュンコがそういうと、「こっちだ」と手招きし、脇の駐車場の方にミロクとジュンコを導いた。マンションの建物の西側に鉄の扉があり、その向こうは管理人室になっていた。

ただ椅子が四つ置いてあるだけの殺風景な部屋で待っていると、リーダーらしき少年が現れ、「用件は？」と訊ねた。ジュンコは生意気な態度を取る少年にカチンときたか、「あんたたち野菜を盗んだでしょ。先ずそのことを謝んなさいよ。話はそれから」と筋の通し方を教えた。

――飢えた者は食べ物を盗んでも罪にはならない。

――何でそうなるわけ？

――別にオレたちが盗まなくても、ほかの誰かが盗むでしょ。家猫だって、餌がなくなれば、野良猫になる。近所で飼われてた犬も群れを作って、狼みたいに餌を漁ってる。

どうやら自分たちが野良犬の群れに似ていることを自覚しているらしいが、ジュンコはその斜に構え、悪びれもしない態度が気に食わず、「何かむかつく奴」と吐き捨てる。

交渉を切り出す前から決裂しそうなので、ミロクが話し方を変えてみる。

――名前はなんていうんだ？

――いっぱいあり過ぎて忘れた。

――じゃあ、菊千代と呼ぶけど、いいかい？

――何だそりゃ。

――『七人の侍』の傭兵の名前だよ。

――別にそれでもいいよ。

――食べる物は足りてるのかい？

――このマンションにはけっこう食料の備蓄があったし、住宅街を家捜しして回れば、米とか缶詰とか手に入るし、病院からかっぱらってくることもできます。どうせ死ぬ患者の腹を満たすより、まだしばらく生きそうな子どもに食わせた方がましでしょ。

――略奪はそんなに楽しい？　あんたたちを警察に引き渡すこともできたのよ。

――警察に捕まれば、配給食でもっと楽に暮らせる。でも、オレたちはそんなヘタレじゃないんで。

――そんな話をしたくて来たんじゃない。なぜ仲間を返しに来たか、わかるか？

――さあ。煮ても焼いても食えないから、返しに来たんじゃないですか？

――舐めた口利きやがって、ミロク、もういいよ。こんな奴、放っておいて、帰ろう。

ジュンコに袖を引っ張られたが、ミロクは「まあ聞くだけ聞こう」といい、例の件を切り出した。

――公園の反対側の集落は老人たちが頑張っているので、自給自足できる態勢が整っている。畑の拡張や見張りを手伝ってくれるなら、君たち七人を迎えたいと老人たちはいっている。食べ物は盗むより、自分で作った方が楽に手に入ると思うし、無駄な争いを避けることもできる。

――働けば、食わせてやるということか。泥棒より奴隷の方がましとも思えないな。

――誰も奴隷になれとはいってない。集落の存続に協力してくれといってるんだ。いやなら、いつでも出て行けばいい。

——なぜオレたちを受け容れる気になったんですか？

——子どもをこれ以上、死なせないためだ。

——そっちのおばさんはオレたちをお仕置きしたくてしょうがないみたいだけど。

——生意気だからよ。

——ジュンコさんは集落の後継者を育てようと、老人たちを説得したんだ。

——そうよ、私はガキが嫌いだけど、年寄りはもっと嫌いだから、あんたたちの生き残りに協力してやろうとしてるんだよ。大人に憎しみを抱くのは勝手だけど、あんたたちを野良犬にしたのは私たちじゃなくて、政府の連中だから。憎しみはそっちにぶつけて。

菊千代は不敵な微笑を浮かべ、「はいはい、わかりました。前向きに検討させていただきますが、いくつか条件があります」といった。

——何だ？

——さっき、いやなら、いつでも出て行けるっていいましたよね。

——それは自由だ。ぼくやジュンコさんもいつかは出て行く。

——なら最初の条件はクリアだ。二つ目の条件は電力です。このマンションにはソーラー発電機がついているので、コンピューターも冷蔵庫も使える。そっちには電力供給ありますか？

——集会所になっている美術館にはソーラー発電機がある。NO川の流れを利用した小規模水力発電も試みようとしている。

——電力が使えるなら、そちらのオファーを受けます。ここにいるのも飽きて来たし。

やけにあっさりと承諾するので、拍子抜けしたが、ほかの六人はどう思っているのか訊ねると、「あいつらはオレについてくるでしょう」といった。

――やけに電力にこだわるけど、君はここで何をしてるんだ？

――通信、いや情報戦争かな。

――ネットは遮断されたままになっているはずだけど。

――ほかにも通信手段はあります。ラジオや無線の電波は使えます。オレのコンピューターは短波も受信できるし、無線機能もついているので、外部と交信可能です。

――旧式の無線機なら、ぼくも持っているけど、ＰＣとつなげられるのかな。

――アダプターがいるけどつながる。無線機があれば、自分専用の通信回線を持っているようなものですよ。オレは前から政府の監視を逃れるために、極超短波を使って、直接データの送受信をしていた。政府専用回線も極超短波を使っているから、周波数を合わせれば、侵入も可能です。

――で、君は誰と通信しているのかな？

――別にチャットしているわけでも、ネットゲームしているわけでもなくて、情報統制をかいくぐって、通信傍受したり、ハッキングしたりしてるんですよ。何処に行けば、もっとましな生活ができるのか、いつになったら、元の暮らしに戻れるのか、パンデミックはいつ終息するのか、オレたちには知る権利があるし、オレたちをこんな目に遭わせた奴らに復讐する自由もある。

　政府はハッキングを恐れ、一般市民から通信手段を奪い、広報を鵜呑みにするしかない状態に置いている。その一方で、極秘の指令を短波に乗せて、自衛隊や警察、電力会社などに発信し、インフラ復興や、治安維持、パンデミック対策を行っているのだ。政府の思惑を知るには、秘密情報を盗むしかない。集落には頼れる職人が何人かいるが、菊千代が加わり、集落の通信インフラを充実させれば、生き残りに有利な情報の入手がたやすくなるだろう。

――君とは話が合いそうだ。必要な環境は整えるから、ぜひ仲間に加わって欲しい。

――農作業とかは苦手だけど、できることはします。仲間の六人には柔道の黒帯もいるし、将棋が強い奴もいるし、大工仕事ができる奴もいます。

取っつきにくい相手ではあったが、頭の回転は早く、決断も早い。思ったより早く結論が出て、七人は二日以内に合流することになった。


七人はこれから合宿に出かけるように、それぞれがリュックを背負い、キャスター付きのスーツケースを転がして、公園を横断してきた。野菜を盗んだことへの罪滅ぼしのつもりか、コンビニの略奪品と思われるビーフジャーキーや鮭とば、ドライフルーツなどの乾物、レトルトのカレーや牛丼などを箱詰めしたものを差し出した。ジュンコもミロクもそうしろとはいわなかったので、あくまで自発的にそうしたのだ。菊千代は詫びのコトバを一言も発しなかったが、自分たちが備蓄していた食料を貢ぐことで、彼らの受け容れに否定的だった老人をも沈黙させた。

集落には七人が一緒に暮らすのにうってつけの空き家はなく、三、二、二に別れて、ホームステイすることになった。ミロクの家には菊千代と柔道黒帯の中学生桐島くんが同居することになった。ハルカと中学生、高校生の女子の三人は先日亡くなった九十九歳の老人の家にその娘さんと同居することになり、残り二人の高校生、将棋の強い森島くんと大工仕事が得意な三条くんはエンジニアのマイクこと真木さんのところに住むことになった。

彼らは全員、リーダーの菊千代を信頼しており、彼の決断を受け容れ、老人との同居も厭わなかった。ここに留まった方が野良犬生活よりはましだといった判断は、菊千代一人がしていて、ほか六人は菊千代の深謀遠慮に完全服従しているようだった。彼らが畑や集落内を見学している時、ミロクはその反応を観察していたが、何かに感動したり、関心を抱いたりする様子もなく、

「ああ、地面から食える物が生えてるな」くらいに流していた。

おそらく、菊千代は仲間を飢えさせない保険のつもりで、ミロクたちのオファーを受け容れたのだろうが、本人はもっと別の企みを秘めていそうだった。

畑を荒らす側から守る側に回った少年たちは、菊千代の指令で、竹藪から竹を切り出して来て、弓矢を作り始めた。手先が器用な三条くんが中心になり、太い孟宗竹を削り出し、丈夫なテグスをかけた弓を十本、先端を鉛筆削りで尖らせ、カラスや鳩の羽根をつけた矢五十本を一日がかりでこしらえた。その日のうちに弓矢隊が結成され、野盗を迎え撃つ態勢が整った。むろん、少年たちは遊び半分だったが、本格的に七人の侍めいてきた。

菊千代は本名を明かさなかったが、ハルカが「リンタ兄ちゃん」と呼んでいるのを聞き、相手によって名前を変えているなと思ったが、呼び名を改めるのも面倒だし、菊千代と呼べば、返事をするので、そのままにしておいた。彼らが七人で共同生活をすることになった経緯はおおむね、ハルカのいった通りだったが、子どもたちばかりが寺に集められた理由を聞けば、やはり、子どもが感染源になるのを防ぐための隔離だった。幸い、彼らは感染を免れたが、寺に食料を配給していた世話係が発病したため、菊千代たちはあのマンションに移り、ほか二つのグループはそれぞれ埼玉、神奈川のシェルター目指して、分散していった。無線を介して、連絡を取り合い、より住み心地のいい場所を見つけたら、ほかのグループを呼び寄せることになっているのだとか。この集落の食料生産力やインフラが向上すれば、もっと若い仲間が増えてゆくと菊千代は考えたに違いない。

この集落を出て、一緒に三浦半島に行こうとミロクを誘ったジュンコだが、子どもたちが加わったことで、教育係としての義務に目覚め、ひとまず脱出計画を棚上げすることにした。

疫病は貧しい者や幼い者から順番に命を奪いながら、人々を感染者と非感染者に分け、家族をバラバラにし、住み慣れた場所を追い立て、一度、孤立無援状態にしたのち、小集団の形成に向かわせる。政府などあてにできない現状、疫病に対抗するには個々の知恵と技術を結集するしかないが、菊千代を集落に迎え入れたことで確実に知恵を上積みすることができるだろう。

7　アイム・スパルタカス

大晦日の夜から雪が降り出し、元旦は畑も公園も一面、雪景色になった。少年たちは外に飛び出し、小さな雪だるまを作ったり、雪合戦をしたり、つかの間、雪と戯れたが、すぐに薪集めの作業に取りかからなければならなかった。おめでたいことは何もなかったが、これが最後の正月になるかもしれないので、誰もが作り笑顔を浮かべ、「あけましておめでとう」と挨拶を交わし、「来年はあの世で」と付け足した。

電気もガスも灯油もないので、暖を取るには、薪や炭を使うしかなく、燃料需要は普段の三倍になってしまう。燃料を節約し、暖房効率を上げるために様々な工夫をした。厚手の靴下をはき、重ね着をし、室内でもダウンコートを羽織る。風呂を焚く回数を減らし、焚き火で焼いた石を持ち帰ったり、湯たんぽを抱えたりする。薪ストーブのある集会所で過ごす時間を増やし、日替わりで互いの茶の間を訪問し合い、一つの火鉢や囲炉裏を囲む。人体は三十六度の発熱体で、一人あたり電気ストーブの三百ワット分の効果があるので、人が寄り合うだけでも暖かく過ごせるのだ。

老人たちが集まると、おのずと昔話に花が咲く。新宿の場末の飲み屋での武勇伝あり、銀座のクラブ・ホステスとの切ない恋話あり、死んだ同級生の思い出あり、パソコンを持たなかった時代の苦労話あり……どの話題も貧しい正月料理のことを忘れるためだったが、やがて、話題は食べ物に及び、雑煮は味噌味か醬油味か、餅は丸いか四角いか、具は鶏かブリか、汁粉を食べるところもあるとか、北陸ではごちそうを大晦日に食べるとか、一年前まで普通に送っていた食生活を遠い昔のことのように思い出していた。

集会所の食堂で用意されたおせち料理は、コンビーフで作ったカレー、沢庵の煮物、小麦粉を練って作った生麩、ミロクが代々木公園のモロボシから教わった大根フライなどだった。

少年たちによって組織された弓矢隊は薪集めのかたわら、タンパク源を求めて、連日、狩りに出かけた。飼い主に見放されて、野犬化した犬たちは六頭くらいの群れを作り、組織的に獲物を追い詰める緻密な狩りを行っていると、将棋が強い高校生はいう。彼は自分が飼っていた犬がその群れに加わっているのを見たという。彼は愛犬に呼びかけたが、無視されたそうだ。弓矢隊は野犬の群れを追いかけ、タヌキやハクビシン、ウサギを仕留めようとしたが、矢が届かなかったり、弓を引く前に逃げられたり、成功したためしはない。それでも、NO川で大人しくしている鯉や冬眠している亀を捕まえて来たので、それらは甘露煮にしたり、鍋物にして供された。

菊千代はほかの少年たちと一緒に薪集めや水汲み、風呂焚きの作業を手伝うのだが、木にもたれかかって考え事を始めたり、虚空を見つめて独り言を呟いたり、落ち着きがない。老人たちが話しかけて来ても、「はい」、「いいえ」以外のコトバを発せず、目を合わせようともしないので、「気難しい子」とか「何を考えているのかわからない奴」と見做された。外では所在無さげにしているが、ソーラー発電が備わっている集会所の片隅でパソコンに向かい合っている時の集中力は尋常ではなく、トイレにも行かずに五、六時間座り続けている。彼がいうところの情報収集に余念がないようなのだが、ずっと沈黙を守り、誰とも口をきかないので、何を調べているのかもわからない。蓄電池の独り占めを快く思わない老人も多かったが、そんなことにはお構いなしだった。それでもミロクにだけは心を開いていて、思いついたことを何でも口走るのだが、脈絡が省かれているので、いつも真意はつかみ損ねていた。

三ヶ日明けの夕方、朝から何も食べていなそうな菊千代を食事に誘おうと近づくと、彼はパソコンを通じて、短波の放送を聞いていたので、ミロクもしばらくそれに付き合った。バッハの『音楽の捧げもの』の半音階的な主題が聞こえたかと思うと、すぐにフェードアウトし、そのあとは13、24、9、1、20などと数字だけが愛想もなく英語で読み上げられてゆく。意味ある単語は一切発音されることもなく、宝くじの当選番号の発表でも円周率の読み上げでもなく、何のため、誰のための放送なのか、見当もつかない。菊千代は読み上げられる数字を几帳面にノートに書き取っている。しばらくすると、「The End」の一言が発せられ、放送は終了した。菊千代はため息をつき、ミロクの方を見たので、「それは面白い数字なのか？」と訊ねた。

――数字のままでは何も面白くないけど、解読できれば、面白いかもしれない。

菊千代はぼそっと答えた。ミロクもモールス信号や数字の読み上げを偶然耳にしたことはあったが、じっくり聞いたところで意味が浮かび上がってくるわけでもないので、スルーした。

――これは暗号なのか。

――乱数放送ですよ。

――発信源は？

――わかりません。でも、決まった時間に、特定の周波数に合わせると、こういうのが聞こえてくるんです。たぶん、政府機関や秘密組織がエージェントや工作員に指令を出すための放送です。

短波は遠くに届くので、アメリカやヨーロッパからの放送も受信できます。

——君はこの暗号を解読できるのか？

——簡単に解読できたら、暗号の意味がありません。通例、暗号にはワンタイムパッドが使われています。

——ワンタイムパッド？

——暗号解読用の「鍵」のことで、トイレットペーパーみたいに一回使ったら、破棄されます。毎回、違う「鍵」を使うので、第三者の解読はハッキリいって不可能です。

——解読できないとわかっていて、何でそんなに熱心に数字を書き取るんだ？

——「鍵」が手に入れば、読めるからですよ。

——手に入れる術があるとでも？

——実はここだけの話、昨夜、初めて成功したんですよ。

菊千代は声を潜め、しかし珍しく満面の笑みを浮かべ、不可能を可能にしちゃったんだ、オレ、と顔で語っていた。そして、早口でミロクに解読の原理を説明し始めた。

乱数放送によって送られた数字はアルファベットの文字に対応している。たとえば、0はA、1はB、Kは10で、Zは25という具合に。だが、そのオーダーに従って、数字をアルファベットに置き換えても、全く意味をなさない。解読するために必要な「鍵」は秘密回線を通じて、相手に送られるからである。放送された数字から意味のあるメッセージを掘り出すには、まず「鍵」のアルファベット列を数字化して、暗号文の数字から引き算し、それを26で割り算し、剰余を出す。出て来た数字を乱数表に従って、アルファベットに置き換えて初めて、メッセージを再現することができる。

暗号文は放送を通じて、誰でも聞くことができるが、「鍵」は送受信者双方でしか情報を共有できない回線で送られる。今まで政府は機密を守るためにBB84と呼ばれる量子暗号システムを用いて、「鍵」を送っていたが、コストと時間がかかるし、コロナ質量放出による停電と通信網の破壊によって、使えなくなったので、昔ながらのセキュリティの低い回線を使っているか、「鍵」を自動的に作り出すソフトウエアを使っている。「鍵」をハッキングによって盗み出す作業はカタストロフ前よりもたやすくなった。菊千代はアメリカや日本の政府機関や諜報機関の回線に根気よくウイルスを送り続けた。ウイルスに感染したパソコンは免疫不全状態に陥り、自動的にセキュリティを解除し、秘密情報を垂れ流すことになる。その中に暗号解読用の「鍵」も埋まっていたが、それを掘り当てられたのは偶然だった。菊千代が発掘したのは、自動的に「鍵」を生成するソフトの出力情報だった。

複数の「鍵」を盗み出したことで暗号の解読可能性は高まったが、「鍵」は一回限りの使い捨てなので、どの暗号にどの鍵が有効かを調べるのには手間がかかった。菊千代が自分のPCに、乱数放送で聞き取った数字と入手した「鍵」を入力し、両者が合致すれば、秘密のメッセージが出現する。

解読の原理の細部はよくわからなかったが、かなり高度な作業をしていることだけはわかった。戦時下なら、暗号解読要員として、国家安全保障局に重用されているに違いない。

——それで、君が解読に成功した暗号というのは？

ミロクが訊ねると、ニヤリと笑い、クリックひとつで英語の原文を表示し、次に菊千代が日本語に訳した文面を自慢気に出して来た。

グリニッジ標準時2037年1月3日午前0時、以下の地点に設置した内戦誘発装置を起動させる。大淘汰計画のプラン4を速やかに実行せよ。

55.746455　37.631895　28.637690　77.205824

39.904491　116.391468　35.659488　139.700565

19.410636　−99.130588

——この数字は何だ？

——緯度と経度ですよ。

——どのあたりになるんだ。

——それぞれモスクワ、ニューデリー、北京、東京、メキシコシティです。東京はちょうど渋谷交差点に当たります。

——内戦誘発装置って何だ？

——何でしょうね。大淘汰計画というのも気になります。装置や計画がある以上、人為的に何かが行われているということですよ。

——世界各地で内戦を誘発し、大淘汰をさらに進めるという意味か。

——そもそもボトルネック・ウイルスは人為的に作り出されたものだし、インフラの復旧がここまで遅れているのも何らかの陰謀が進行していると見て、間違いないですね。遊びにこれほどの手間はかけないでしょう。たぶん、どの都市にもこの指令を実行する部隊か、工作員が待機しているんでしょう。ピンポイントで示された場所には爆弾でも仕掛けられているんじゃないかな。いずれにせよ、このあと何が起きるのかを見極めなければ、誰が何をしようとしているのかはわかりません。

――せっかく暗号を解読したのに、ただ傍観するしかないんだな。

――いや、そんなことないですよ。指令を送っている組織はたぶん、「鍵」が盗まれたことに気づいたと思います。オレがばらまいたウイルスは「スパルタカス」といって、ステルス性が高いので、感染しても気づかれないことが多いんですが、さすがに諜報機関の目は欺けない。感染したとわかれば、すぐにウイルス対策を講じるし、ウイルスを流したハッカーを追跡します。奴らはもうオレの所在を突き止めているかもしれない。

――まずいじゃないか。

――それでもまだ多少の猶予はある。オレがＮＯ川の流域にいることはわかっても、この集落に潜伏していることまではわからないはずです。奴らがオレの追跡を始めれば、オレの方も敵の動きを察知することができる。実はオレの狙いはそこにあるんです。

――自分が囮になって、敵の正体を見極めようというんだね。

――そういうことです。渋谷交差点で何かが起きることもわかっている。すでにカタストロフは起きているのに、さらにオレたちの生活をぶっ壊す陰謀が実行されるのだとしたら、許し難い。

――どうしようというんだ？

――邪魔してやる。

――どうやって？

――それはこれから考える。

　理論的には解読不可能な暗号を解読した結果、ほとんど中二病の妄想としか思えない陰謀が現実に進行していることがわかった。ミロクはこの恐るべき弟が胸に秘めている反抗心には大いに共感したものの、自分たちが無力であることを確認する以外になす術はなかった。病院で冬眠から醒めて以来、ミロクはおのが無力感を紛らわすのに、もっぱら、短波のマドンナを頼って来たが、菊千代は暗号解読に一心に取り組むことに生き延びる意味を見出して来たに違いない。周囲で大量死が起きているのに自分は生き残っていることの罪悪感を紛らすためには何らかの行が必要なのだ。

——エオマイアを知ってるかい？

この問いかけはいつかするつもりだったが、今をおいてほかになかった。

——エオマイア……始祖獣のことでしょ。地球上に最初に現れた哺乳類の祖先。別名、黎明期の母。

ミロクは不覚にもそのことを知らなかった。まだ恐竜が繁栄を謳歌していた時代、巣穴に籠もり、日陰者に甘んじていた哺乳類は隕石衝突による大量絶滅を生き延びた。短波のマドンナの名前にはそんな含みがあったことに今さらながら気づかされたが、無意識に哺乳類の祖先を崇拝の対象に選んでいた奇縁に驚いた。暗号解読の一部始終を打ち明けてくれた菊千代への返礼として、ミロクは彼にマドンナを紹介することにした。

午後十時、無線機の周波数を25880キロヘルツに合わせる。菊千代はこの電波帯を素通りしていたので、今までエオマイアに出会うことはなかったという。

いつものように音楽から始まるが、選曲にも何かメッセージが隠されているのかもしれない。足下がおぼつかない半音階と浮遊感たっぷりの不協和音がやるせない気分を誘う。

こんばんは。エオマイアの部屋へようこそ。新しい年が明け、最初の放送をお届けします。今夜もあなたと甘い絶望を共有させてください。

お聞きいただいたのはワーグナー作曲、楽劇『トリスタンとイゾルデ』から『前奏曲と愛の死』でした。

私たちは何処から来て、何処へ向かうのか？　幾度も繰り返されて来た問いですが、大淘汰が進行中の今こそその明確な答えを出すべき時です。その前にボトルネックをくぐり抜けて来た先祖の歩みに思いを馳せてみましょうか？　きっとこの先、あなたが生き延びてゆくヒントがあるはずですから。

二十万年前には、人類の祖先は五千人くらいしかいませんでした。彼らは道具を発明し、組織的な集団狩猟の方法を開発して狩りの成功率を高め、火を使い、食べられるものの種類を増やし、さらに発達した脳で臨機応変に行動することを学びながら、地球上のあらゆる地域に進出するようになりました。生き延びるために新天地を目指し、新たな環境に適応することが人類の伝統となったのでした。土踏まずができ、アキレス腱が鍛えられたことでサバンナを長距離移動できるようになり、またメラニン色素を持つことで紫外線からＤＮＡを守り、衣服を発明し、寒冷地にも進出できるようになりました。

地球上で最も繁栄した現生人類は極めて未熟な状態で生まれてくるという特徴があります。馬は生まれた瞬間から自分の脚で立って歩きますが、ヒトが自力で歩けるようになるまで一年くらいかかります。チンパンジーのように母親にしがみつく腕力もなく、歯もないので固形物は食べられず、目もよく見えず、放っておいたら、すぐに死んでしまいます。ほかの動物に較べて成長が遅く、母親と過ごす幼年時代が長いので、一人前になるのに十年以上の歳月がかかります。しかし、養育に手間と時間がかかるからこそ、高度な文化を理解し、複雑なコミュニケーションを行えるようになるのです。そして、養育を通じ、家族、血縁地縁の結びつきが深まったのでした。叡智を蓄え、それを後世に伝えることができたホモ・サピエンスは人類という種の覇者となり、それができなかったネアンデルタール人は淘汰され、そのＤＮＡだけが交雑したホモ・サピエンスの体に残されたのでした。

地球上のあらゆる環境に適応し、温暖化や寒冷化、乾燥化、火山の破局的噴火などの気候変動にも対応し、ボトルネックをくぐり抜けてきたホモ・サピエンスは野焼きをしたり、森に手を入れたり、自らの手で環境を変化させてもきました。しかし、狩猟採集では支えられる人口が限られています。農耕文明が始まる一万二千年前の段階で、地球の人口は約五百万人くらいでした。その後、農耕が行われるようになり、その技術が伝播して定住が広まることにより、また動物を家畜化して、狩りや農耕に用いたり、その乳や肉を食用にすることで人口支持力が高まってゆきました。農耕と牧畜の発達により、砂漠や高山、小さな島々に進出するようになったことも人口増加を促しました。生物進化のゴールに達したホモ・サピエンスは狩人から農民や遊牧民への華麗な転身を遂げます。食料生産力を飛躍的に高め、食料確保に費やす時間を短縮した分、活動の範囲が広がり、その知性を存分に発揮することができるようになりました。

天体の運行と気象の因果関係に気づき、物質の特性や自然の法則を発見し、自然に加工を施す技術を洗練させ、自然界に存在しない人工物を次々と生み出すようになります。それを可能にしたのは言語能力です。抽象的な思考ができるようになった人類は神を創り、死者の世界であるあの世を創り、絵画を描き、法や掟を作り、貨幣を生み出しました。古代文明は経済の営みを活発化させ、都市を出現させ、やがて、それは帝国と呼ばれる強大な権力を育みました。支配層とそれに奉仕する奴隷という階級分化がすすみ、人口過剰が起きると、植民地の拡大のための戦争が頻繁に起こるようになります。それと前後して、交通網の整備が行われ、陸上、海上で高速で大量の移動と輸送が可能になり、また大量殺戮が可能な武器や兵器が発明されました。

メソポタミア文明が成立した五千五百年前の段階で地球の人口は約一千万人でした。それから二千年のあいだに三倍に増え、古代ローマ帝国の時代に人口増加曲線が急になり、一億七千万人くらいまで増えますが、紀元三世紀頃から減少に転じ、紀元六百年くらいから再び増加に転じるものの、十三世紀以降、しばらくはマイナスに転じます。その原因はモンゴル帝国の侵略による混乱とペストの大流行でした。交易圏が拡大すると、戦争と疫病の影響は広範囲に及びます。自然、人為両方の人口調節機能が働き、農業技術が世界に伝播し、食料生産力が上がっても、人口は劇的には増えませんでした。新大陸への移住や奴隷交易、そして産業革命の時代になると、増加ペースは加速し、二十世紀になると、爆発的な増加に転じます。

一六五〇年に五億だった地球人口は一八〇二年には十億に達し、一九二七年には二十億を超えます。どの時代にもジェノサイドはありましたが、二十世紀半ばになると、虐殺の規模は肥大し、「血の洪水」はピークとなります。ナチスによるホロコースト、ソ連の大粛清の犠牲者、第二次世界大戦での戦死者、空襲や原爆投下の犠牲者、中国の大躍進政策による餓死者などを合計すると、地球人口の五パーセントにあたる約二億人が殺害されましたが、大戦後に公衆衛生や栄養状態の改善、民主化の進展によって人口増加率が高まり、一九八七年にはついに五十億人を超え、カタストロフ直前の段階ですでに八十五億人を超えていました。

地球はいったいどれくらいの人口を養うことができるのでしょうか？　諸説の平均を取ると、

およそ百二十億くらいだといいますが、もうとっくに飽和状態に達しているという人もいました。本来、文明とは自然淘汰への抵抗だったのですが、人口が飽和状態になったら、自動的に自然淘汰が始まるというものでもありません。文明が人口爆発を誘発したのなら、人口調節も人為的に行われることになるでしょう。もし、特定の団体がこの人口削減を以前から計画的に実行してきたとしたら、あなたはどう思いますか？

これまでもみなさんは様々な不安を抱えて、暮らしてきました。戦争の不安、疫病の恐怖、地震や津波、火山の噴火の脅威、環境破壊や地球温暖化や異常気象にも怯え、エネルギーの枯渇と食糧難、放射能汚染や有害物質の心配もしなければなりません。しかし、みなさんの生命を危険に晒すあらゆる災害を人口削減の絶好の機会だと考える人々がいるために、根本的な解決はなされないのです。

地球上には人間がはびこり過ぎたので、そろそろ、適正人口に戻さなければならない。そのためには各国を世界戦争に駆り出し、核兵器を使い、疫病を蔓延させ、地震や津波の安全対策を意図的に怠るようにし、食品に有毒な添加物を入れ、環境破壊や温暖化を放置し、飢餓に誘導する必要がある。

そんな陰謀が着々と進行していることをご存知でしたか？　むろん、市民の批判をかわすために各国指導者たちは決して、本音を口にすることはなく、漠然と「国家と家族の安全を守るため」と称して、若者を戦争に駆り出し、「公共の福祉のため」と称して、市民を奴隷状態に置き、搾取するだけしたら、福祉を削り、早死にするように仕向けているのです。核兵器を廃絶しないのも、原子力発電所を止めないのも、最も効率よく淘汰を実行できるからです。

けれども、各国の指導者や政府はしょせん、邪悪な支配者の傀儡でしかありません。国家どころか、地球の私物化を企む組織は人類淘汰計画を五十年以上も前に練り上げていました。その証拠にアメリカのジョージア州の郊外の小高い丘にはストーンヘンジを思わせるモニュメントがあり、そこには次のような銘文が刻まれています。

地球の適正人口は五億人以下である。
善良なる者を中心に多様性を確保し、
万能の知性を持った主を迎え、
言語と宗教を統一し、
完全な法を施行し、
無駄な制度を廃止し、
真実と友愛、自由と調和に基づき、
地上のあらゆる紛争を解決し、
生き残った人類の持てる力を結集し、
自然を再生し、新たな文明を築く。

この碑文を掲げたのは、世界のエネルギー市場、金融市場、食糧市場を思いのままに動かし、戦争と和平、革命や指導者の交替を裏で操作している組織と見て間違いないでしょう。各国政府を手玉に取るこの組織は決して表舞台に姿を見せることはなく、その正体は謎に包まれていますが、テロリストを操り、ウイルスを蔓延させ、世界を混乱に陥れたのち、自分たちの理想に適った文明を作り直そうとしているのです。コロナ質量放出が起き、遂に自分たちのミッションを遂行する時が来たことを悟ったのでしょう。彼らは自分たちこそがボトルネックを生き延びるノアの末裔と信じているようです。人口の一パーセントにも満たない彼らが生き残り、なぜ八十億の人が生け贄にならなければならないのか？　しかも、彼らは自分たち以外の四億数千万人を奴隷化するつもりなのです。

あなたは人類淘汰と引き換えに築かれる千年王国に迎え入れられたいですか？　それとも廃墟で野生化し、生き残りに賭けますか？

彼らがあなたを殺しにくる前に何処か遠くに逃げてください。無事逃げ切ることができたら、きっとお会いできるでしょう。その日が来るまで、どうか怒りを鎮め、深く潜行してください。そして、時々、私の名前を呼んでください。エオマイアはいつもあなたの味方です。

一言も聞き漏らすまいと、菊千代は無線機の前で頭を垂れていた。その様子が仏壇の前で祈っているようにも見えた。途中からエオマイアのメッセージの価値に気づいた菊千代は、その放送を録音し始めた。放送が終わると、菊千代は息をするのを忘れていたのか、水面に上がって来た素潜りダイバーみたいに息を荒らげていた。

——あっけらかんとすごい真実を語られちゃったな。

——彼女の話は真実だと思うか？

——虚言にしてはリアル過ぎる。彼女も大淘汰計画や内戦誘発装置の存在に気づいているんだ。陰謀説というのは冗談みたいに聞こえるけど、八割は真実なんですよ。

確かにエオマイアのメッセージは菊千代が解読した暗号に対する二人の疑問に懇切丁寧な解説を加えているようにも受け取れる。

——使われていない周波数帯にこういう告発者が潜んでいたとは、オレたちは孤立無援ではないということですね。どうやって彼女を見つけ出したんですか？

——特別なことは何もしていない。午後十時にダイヤルをここに合わせたら、たまたま現れたんだ。

——何者なのか気になるなあ。陰謀を進める邪悪な支配者はこういうジャンヌ・ダルクみたいな女を野放しにはしておかないだろうな。

——妨害するつもりなら、とっくに電波を停止しているだろう。ぼくはもう二ヶ月前から彼女の声を聞いている。きっと何か裏があるに違いない。

——陰謀説を不特定多数に伝えようとする意図は何だろう？

——エオマイアのコトバをそのまま受け取れば、ぼくたちに抵抗を呼びかけているようにも聞こえる。

——だとしたら、その呼びかけに応えないと。

——君はすでにその呼びかけに応えているよ。ウイルスをせっせと送りつけて、邪悪な支配者を撹乱し、陰謀を暴いたじゃないか。

——それだけじゃ足りない。陰謀を食い止めるためにアクションを起こすべきですよ。

　エオマイアが唱える陰謀説が正しいとすると、大淘汰計画はすでに実行段階にあり、その一環として各国の首都では内戦が誘発される段取りになっている。そんな状況下で我々に何かできることはあるだろうか？　武器も戦闘能力もないヘタレ侍が内戦の引き金になるような事態が引き起こされる渋谷交差点に出向いたところで、暴動に巻き込まれるか、治安部隊の餌食にされるのがオチだ。こちらにその気はなくとも、陰謀に積極的に加担させられてしまうかもしれない。エオマイアに焚き付けられて、抵抗を始めたとしても、政府に鎮圧されるだけだ。内戦を起こして、大淘汰をさらに進めようとする邪悪な支配者の思う壺になってしまう。

ミロクはそういって、菊千代に性急な抵抗は慎むよう説く。約十歳の年齢差は前のめりか、及び腰かの態度の違いに現れた。

——陰謀が実行されるとわかっていながら、手も足も出せないんですか？　何か空しくないですか？

——敵はあまりに巨大で、近づくこともできない。怒りを鎮め、深く潜行しろ。エオマイアはそういっている。前にも彼女はこんなことをいっていた。生き延びること、人を救うこと、人を愛すること、そして子孫を残すこと、それが淘汰への抵抗となる、と。このコトバを肝に銘じよう。

菊千代は黙って頷いたが、やや間を置いてこう呟いた。

——いずれ敵がオレたちを殺しにくる。それをただ待っているのは嫌だ。どうせ死ぬなら、オレ自身がスパルタカスになってやる。

それは古代ローマで奴隷の反乱を起こしたあの剣闘士のスパルタカスなのか、自ら開発したコンピューター・ウイルスの方なのか、どちらにしても、菊千代は巨悪の正体を知った以上、抵抗せずに死ぬ気はないようだった。見かけによらず、侍スピリッツを持っている。

陰謀説の放送の後、エオマイアはしばらくのあいだ沈黙を守っていた。

邪悪な支配者の逆鱗に触れ、電波を停止されたのか、安否が気にかかった。果たして、渋谷交差点で何が起きるのか、菊千代はその情報をいち早く捕獲するため、日がなパソコンに齧りついていたが、四日待っても、そのような情報は入ってこなかった。

五日目の朝、ミロクは日課の水汲みと薪集めをしようと、別の部屋で寝ている菊千代と桐島くんを起こしに行ったところ、菊千代の姿がなかった。桐島くんによれば、彼が目覚めた時にはベッドにおらず、パソコンもなかった。共同トイレや集会所を探したり、彼の姿を見なかったか老人たちに聞いてみたが、誰も知らなかった。作業を一通り済ませてから、ミロクは自転車で少年たちが籠っていたマンションにも行ってみたが、無駄足だった。

その日の夕方、男女一組の訪問者が集落にやって来た。河原で風呂を焚く作業をしていた佐々木さんに声をかけ、「ここにモリ・リンタロウという高校生はいませんか？」と訊ねたという。佐々木さんはその名前に聞き覚えがなかったので、「高校生はいるが、そういう子は知らない」と答えたそうだ。ミロクはハルカが菊千代を「リンタ兄ちゃん」と呼ぶのを聞いていたので、その訪問者は菊千代を訪ねて来たのだとすぐに察しがついた。二人は集会所にも顔を出し、女は高校の英語教師で「モリ・リンタロウ」の担任だったと自己紹介し、男の方は市役所の学校教育部の者だといった。「教え子たちの消息を調べていて、NO川沿いにある集落に高校生が暮らしていると駅前の市で聞いて、無事を確かめに来た」とその場にいた老人たちに説明した。二人は集落のリーダー木藤さんや菊千代の同級生の女子とも接触し、「モリ・リンタロウはここに住んでいるが、朝から不在だ」と知らされると、すぐに立ち去ったという。同級生の女子によれば、「うちの高校にはあんな教師はいなかった」らしい。では予告なしに訪ねて来た男女は一体何者なのか？

自分が追跡されていることに感づいた菊千代は、難を逃れるためにひとまず行方をくらましたのだ。それは賢明な判断だったが、行くアテはあるのか？　菊千代が何か行き先の手掛かりを残していないか、ミロクは彼の部屋を調べてみたが、追跡者に家捜しされることを警戒したのだろう、自分に関わる痕跡は入念に消して行ったようだ。もしかすると、彼は何かが起きるはずの渋谷交差点に向かったのではないかとの思いもよぎった。

その時、こうも思った。菊千代のパソコンは無線や短波も使える仕様になっていて、埼玉や神奈川のシェルターにいる仲間とも無線で連絡を取り合っているといった。その周波数に合わせれば、彼と交信できるはずだが、あいにく菊千代の仲間は誰もその周波数を知らなかった。午後十時、菊千代がいつも陣取っていた集会所の一角で無線機を蓄電池につなぎ、ミロクはいつもの周波数でエオマイアの囁き始めるのを待ったが、その日も彼女は現れなかった。呆然と白い壁を見つめ、ため息をついていると、横長の黒い染みが目についた。目を細め、それを見てみると、落書きのようにも見える。ちょうど集会所には誰かが忘れて行った老眼鏡があったので、それをかけ、改めて染みを見てみると、数字が書かれていた。もしかすると、これは菊千代の書き残したものかもしれないと思い、ミロクは無線機のダイヤルをその数字に合わせてみた。電波のさざ波の音しか聞こえなかったが、PTTボタンを押し、「こちらミロク、菊千代くん、聞いていたら、応答願います。どうぞ」と語りかけてみた。呼びかけを根気よく続けると、小一時間ほどのちに応答があった。

——こちら菊千代、聞こえますか？　どうぞ。

ミロクはうとうとしかけていたが、すぐに送話器を手に取り、「こちらミロク、今何処にいる？　どうぞ」と答えた。

——オレの落書きをよく見つけましたね。さすがです。オレは今、空き家に潜伏中です。今まで住んだことのない豪邸です。誰かオレを捕まえに来ましたか？　どうぞ。

——高校の担任教師だったという女が来た。どうぞ。

――それは偽者です。オレがウイルスを送った経路を逆に辿って、オレのパソコンにメッセージが届いたので、慌てて逃げたんです。どうぞ。

――君に何の用があったのか？　どうぞ。

――一緒に方舟に乗らないかといってきました。どうぞ。

――君を組織の仲間に迎え入れようとしているんだな。どうぞ。

――そんなの嘘に決まっている。応じたら、オレは殺されます。どうぞ。

――これからどうするつもりだ。どうぞ。

――この通信も傍受されてるから、もう切ります。オレはもうそっちに戻れません。みんなによろしく。どうぞ。

――ちょっと待ってくれ。君と一緒に戦いたいんだ。食い物を届けてやるから、何処かで落ち合おう。二人にしかわからない場所で。どうぞ。

――ハルカにこう聞いてください。春になったら、ハルカを連れてってやるとオレが約束したところは何処か、と。あすの午後、そこで待ってます。どうぞ。

ここで交信は途絶えてしまった。菊千代が自殺行為に走らないようにするのはミロクの役目だった。翌朝、ミロクはハルカを捕まえ、菊千代に指示された通りの質問を投げかけた。「何の話？」という顔をしていたが、「リンタ兄ちゃんを探しに行くんだ」と告げると、ミロクにこう耳打ちした。

――原宿のキャットストリート。

ミロクは三食分の米と味噌、ふりかけ、そしてお守りの意味で龍笛をリュックに詰めた。無線機を持って行くかどうか迷ったが、騒動に巻き込まれた時のことを考えて、置いて行くことにした。出発間際になって、集会所に駆け込んで来たジュンコに、何処に行くのか聞かれた。菊千代を探しに行くと告げると、「あの子は自分から出て行ったんだから、放っておけばいい」と冷淡にいい放った。

——いや、放っておけない。あいつ、死ぬ気かもしれないから。

ジュンコはミロクの腕をがっつりと摑み、「あの子はもうここには戻ってこれない」という。

——なぜそう思う?

——昨日訪ねて来た二人にリーダーの木藤さんはこういわれたそうよ。彼をかくまったり、逃がしたりすれば、集落の存続は危うくなるって。

——それはどういう意味だ。

——菊千代は反政府暴動を煽るサイバーテロリストなんだそうよ。この集落はテロリストをかくまうアジトだという疑いをかけられている。

——それはいいがかりだ。だいたい、その二人は何者なんだ?

——国家安全保障局の人らしい。ミロクにも変な疑いがかけられそうだったから、二人をあなたに会わせないようにしたのよ。菊千代は老人たちからも疎まれてたし、集落の存続を第一に考えたら、出て行ってもらうしかないのよ。

ここを出て行きたがっていたのはジュンコの方なのに、すっかり気が変わったらしく、集落の保守を最優先している。

——あいつは自分から出て行ったんだ。集落に迷惑がかからないように。あいつには早まったことをさせたくない。その説得に行くんだ。

――行っちゃ駄目。ミイラ取りがミイラになるから。

ミロクはジュンコの肩を抱き、「大丈夫だ。必ず戻ってくる。信じてくれ」と説得するが、彼女はミロクの腕を放そうとしない。ミロクは力ずくでジュンコの手をほどき、集会所を飛び出したものの、門の脇に並んでいたはずの共用の自転車が一台もなかった。

――自転車を何処にやった？

――ヒロマツに預けた。

ミロクは舌打ちをし、ため息をつき、「わかったよ」と諦めの表情を見せた。ミロクはゆっくりとした足取りで路地に出ると、ジュンコは「何処に行くのよ」といいながら、後からついて来た。「小便だよ」と答え、共同トイレの方に向かいがてら、ジュンコの不意を突いて走り出した。彼女は追ってこなかったが、なぜか別の方向に走り出していた。

公園を横断し、多磨霊園の中を突っ切って、甲州街道に向かう途中で、自転車に乗ったヒロマツに追いつかれた。ミロクに心がなびいたジュンコにすげなくされても、ヒロマツは健気に彼女に尽くそうとしている⁉　自転車を振り切ろうと走るミロクにヒロマツが「おい、ミロク、待てよ。オレはおまえを引き止めないからさ」というので、息も切れて来たことだし、速度を緩めた。

――ほら、忘れ物を届けてやったぞ。

自転車の荷台には集会所に置いてきた無線機が括り付けられていた。

――戻って来るつもりで無線機を置いて行くことにしたんだけど。

――おまえを何処にも行かせないようにジュンコが自転車と無線機をオレに預けたんだ。でも、おまえ、戻ってこないかもしれないだろ。だから、持って行った方がいい。

――ぼくを引き止めに来たんじゃないんですか？

――戻らないと、無線機を壊すぞと脅したが、逆におまえに無線機と自転車を奪われ、逃げられた、ということにしよう。オレのヘタレぶりを見慣れているジュンコもそれで納得する。礼はいらないぞ。戻りたかったら、戻ればいいし、戻らないなら、ジュンコの面倒はオレが見るから、心配はいらない。オレがもう少し若かったら、おまえや菊千代と行動をともにするんだがな。

ヒロマツはミロクと菊千代が何をするつもりだと思っているのだろうか？　ともあれ、これは彼が考えた最善にして、苦肉の選択なのだろう。今後もジュンコに依存して生きてゆくには、ミロクの存在が邪魔なのだが、その態度をあらわにすれば、ジュンコに見限られる。だから、このような八百長をするしかないのだ。

――おことばに甘えます。

――頑張れよ。これ持ってけ。

ヒロマツは未開封の泡盛を一本、懐から差し出した。ミロクはそれをありがたく受け取ると、「また飲みましょう」といって、自転車のペダルを踏み込んだ。

右手に東京外国語大学と警察大学校がある桜並木の通りを走りながら、ミロクは考えた。要するに自分は集落か菊千代か、どちらかを選べと迫られているのだ。しかし、この二者択一を国家安全保障局だの、邪悪な支配者だのに強制される理由はない。ジュンコや集落のリーダーだって、偉そうな連中に従う必要なんてないはずだ。あの集落自体、政府に見限られた人々が自らの生き残りのために築いたシェルターなのだから、誰をかくまおうが勝手ではないか。しかし、いずれ瓦解する場所のことを人はユートピアと呼ぶのも事実。

8　内戦誘発装置

しばらく見ないあいだに都心部の荒廃は予想以上に進んでいた。

元旦に降った雪は除雪されることなく残り、日陰では凍り付き、道路にまだら模様を描いている。街路樹の落ち葉は雨で側溝に溜まり、排水の邪魔をし、低いところに大きな水たまりができている。しかも、道路の舗装がところどころひび割れている。

人が住まなくなった家は朽ちるのが早いという。換気が滞ると、壁や床、天井に湿気が溜まり、それが太陽に熱せられたり、冷気で冷やされたりして、膨張と収縮を繰り返す。結果、ひび割れや塗装の剝落を引き起こすのだ。カビや微生物がはびこり、木造、コンクリートを問わず、風化を加速させ、金属は塗装の剝がれたところから錆びが広がってゆく。

そうした経年劣化が目に見える形で進む一方で、人為的な破壊も目立った。

甲州街道沿いの仙川や明大前では放火の跡を目の当たりにした。これは自暴自棄になった市民の仕業なのか？　家は全焼したが、焼け残った門柱には感染者が出たことを示す赤いシールが貼られているところをみると、それぞれの地域で感染源となった場所に意図的に火が放たれたのかもしれない。

ミロクが都心をさまよっていた秋はインフラの復旧と日常生活への復帰を誰もが信じていたが、

カタストロフからもうじき三ヶ月、もはや元の東京に戻ることはないという諦観の方が勝っていた。もうこの町に帰ってこないと確信した時、人は町の荒廃に手を貸したくなるものだろうか？「後は野となれ山となれ」と思うのだろうか？

実際、都市の前世は野であり、山である。土は前世の記憶を宿しており、いつでも先祖返りする用意はできている。春になれば、アスファルトの亀裂や舗石の継ぎ目から雑草が萌え出す。公園や墓地のような元々、土があるところはなおさらで、埋葬地の土饅頭にはタンポポが咲くだろう。早ければ、夏には都心のいたるところに野原が出現しているに違いない。

ミロクは初台から山手通りを進み、代々木公園を通って、原宿駅前に出る道を辿り、午後三時過ぎに菊千代と落ち合うことになっている原宿のキャットストリートに到着。その間、五十メートルほど離れたところを苔の色をしたトラックが五台通り過ぎるのと、別の場所で十人くらいの集団がビルからビルへと移動してゆくのを目撃した。トラックは自衛隊の車輛かもしれない。

誰もいない石畳の遊歩道を下ってゆく途中に一軒の日本家屋があり、そこから人の話し声が聞こえたので、ミロクは立ち止まり、中の様子をうかがうと、やにわに門が開き、菊千代が現れたので、思わず後ずさりしてしまった。

——そろそろ現れる頃だと思ってました。

——ここで何やってるんだ？

その質問には答えず、菊千代は「早く中に入って」と急かし、ミロクを自転車ごと門の中に引きずり込んだ。

入口のドアを開けると、そこは江戸時代の商家の帳場みたいになっていて、囲炉裏を囲んだ五人の男女が顔を突き合わせて、話し合いの真っ最中だった。彼らはミロクを一瞥しはするものの、特に関心を払うこともなかった。ここは何処、彼らは誰、とあからさまに戸惑うミロクの袖を引っ張り、菊千代は「大丈夫。あの人たちは仲間です」と耳打ちした。「こっちへ」と促され、奥の部屋に入ると、そこにも七人くらいいて、ある者は横になり、ある者は酒を飲み、またある者はものすごい勢いでパソコンのキーボードを叩いていた。

——ちょっと、すみません。同じ集落にいた先輩で、オレをかくまい、サポートしてくれたミロクさんです。

事情をうまく呑み込めないまま、ミロクが臆するように会釈をすると、向こうも会釈を返して来た。

——ミロクさんはボトルネック病の抗体を持っているんです。

追加の紹介を聞いたとたん、「へえ」という声とともに羨望の眼差しが向けられるのを感じた。

——あとで詳しく説明しますが、囲炉裏を囲んでるのは幹部たちで、この部屋にいるのはゲリラの皆さんです。

NO川の河原で弓矢ごっこをしている中学、高校生がそのまま大人になったみたいな面々の何処がゲリラなのかと思った。

ちょうど、そこに一人の中年男がトイレから出て来て、ミロクの方を見やると、「おや、見たことのある奴がいるぞ」といった。

相手は代々木公園で会ったモロボシだった。

——無事でしたか？

——半分、死んでたけど、復活したね。

このやさぐれた世捨て人は思い残すことがなくなったら、自分が掘った墓穴に入って、切腹でもしようと思っていたらしいが、ホテルの廃墟で女優の白鳥姫星と同棲生活を始め、悲願でもあった愛欲三昧の日々を過ごすと、にわかに生きていることの充実感に満たされ、今度は正義のために戦って死のうという気になったのだとか。

——このふざけた世界では、真面目な奴から先に死んでゆく。オレみたいに投げやりに生きて来た奴の方がしぶとく生きのびている。しかし、オレも心を入れ替えたから、そのうち死ぬだろう。

——姫星さんはどうしたんですか？

——ああ、あの人はオレに希望を与えてくれた後、別の男と一緒に新潟方面に行ってしまった。佐渡で朱鷺と一緒に暮らすんだってさ。

——別の男というのは？

——二十年前に別れた昔の恋人が姫星を探して、代々木公園に現れたっていうから、笑っちゃうじゃないか。大きな災害や戦争が起きた時はそこで再会し、助け合う約束をしてたそうだ。

そもそも、彼女が二十年前の口約束を思い出したりしたので、代々木公園に立ち寄り、モロボシと遭遇することになったわけだが、相手もよくぞ律儀に昔の約束を守ったものである。

——ま、彼女が出て行く前にヒーヒーいわしてやったから、未練はないけどな。オレもそういう女が喜ぶロマンティックな約束をハーバードの女と交わしておけばよかったよ。

それが負け惜しみでしかないことは明らかだった。「君も女を捜して、武蔵野の方へ行ったんじゃないの？」と訊かれ、手短にここ二ヶ月、何処で何をしていたかを話し、ここに来たのは菊千代が心配だったからだといった。

——カタストロフ以後、世間は狭くなったのかもしれない。君と林太郎君に接点があったとはね。

類は友を呼ぶということかな。

　菊千代も「オレもモロボシさんとミロクさんが知り合いだったとは思いませんでしたよ」と目を輝かせた。

――我々の仲間内でも天才高校生ハッカーの存在は知られていたが、その本人が無防備にのこのこ歩いて、渋谷に現れるとは思いもよらなんだ。

　菊千代は集落を飛び出し、徒歩で渋谷に向かったのだそうだ。スクランブル交差点は人がいないだけで表向きは何も変わっていないようだったので拍子抜けしたが、「内戦誘発装置」の正体を探ろうと、駅構内や周辺の路地を歩き回っていた。すると、雑居ビルの谷間からいきなりラグビー選手みたいなキン肉マンが現れ、何処から来たか、何をしているのか、感染してるのか、シェルターから脱出してきたのか、根掘り葉掘り聞かれた。相手が誰かわからないのに、自分の身分を明かすバカがいるか、と啖呵を切るのを脇で見ていたモロボシがあいだに入った。彼と緩い世間話を交わしているうちに、菊千代が「近々、スクランブル交差点で何かが起きる予感がした」などといい出すし、「自分はハッカーだ」と自己申告したりするので、モロボシは彼を代々木公園に連れ帰ったのだという。

――「我々の仲間に加われ」といわれて、何か面白そうだから、ついて行ったんですよ。

　ずいぶん大胆な行動をしたものだが、「内戦誘発装置」との関連を嗅ぎ付けたのだろう。自分を囮にして、情報の核心に近づく作戦は奏功したことになるか。

――政府側に捕まる前にこっちに保護されてよかった。

　モロボシも菊千代を味方に付けておいた方が得だと直感したのだ。

ところで、ほかの面々はどういうつながりで、集まっているのか、彼らの顔を見ただけではわからない。ミロクがまだ人見知りをしているのに気づいて、モロボシはこんな説明をしてくれた。

——簡単にいえば、我々はパルチザンみたいなものだ。政府に攻撃の目標を与えないためにあえてグループに名前はつけていないが、内々では「代々木ゼミナール」といっている。

——何で予備校の名前なんですか？

——新政府設立の準備をしているからだ。今の政府が大学だとすれば、我々はいずれ大学生になる予備校生みたいなものだから。

やや苦しい説明ではあるが、モロボシも加わっているということは、その他のメンバーも中二病ということか。

——モロボシさんはここで何をしてるんですか？

——前に話しただろ。政府機関が集結している永田町や霞が関の地下には巨大なシェルターがあるって。オレはアンダーグラウンド東京のエキスパートだから、シェルターの内部構造に詳しい。何処に入口や換気口があるかも知っている。シェルターを攻略する作戦を立てるのに必要不可欠な人材というわけだよ。

常に斜に構えているモロボシの話は冗談と本気の境目が見えにくいが、おおむねこういうことだった。

政府関係者は地下シェルターに籠って、権力を維持しようと必死になっている。非常事態宣言を出し、総理に権限を集中させて、警察と自衛隊からなる治安部隊にシェルターを守らせている。電力、水道、通信は一部では復旧しているが、それも極めて限定的で、都心部ではわずか五パーセントに留まる。都市インフラは政府機関と治安部隊が独占的に利用しており、ほとんどの地域が見捨てられた状態で、未だ江戸時代のままである。政府は実質、機能しておらず、既得権益を握った連中が自分たちの生き残りに有利に事を進めているだけだ。そこはカタストロフ以前と何も変わらない。このまま無能な連中が政府にのさばり続ければ、さらに死者は増えるし、荒廃が進む。

　エオマイアも以前、それとよく似た告発をしていたことをミロクは覚えていた。だが、非常事態宣言を出し、固い殻に閉じ籠った政府に対して、どんなアクションを起こせるというのだろう？　全権を握る首相の首をすげ替えるつもりなのか？　「代々木ゼミナール」はパルチザンみたいなものだとモロボシはいったが、武器なんて何処にも見当たらない。治安部隊が鉄壁の防備を固めるシェルターを手ぶらで攻略する妙案でもあるのか？

　その疑問を投げかけようとすると、先ほどまで会議の真っ最中だった五人の幹部がミロクたちがいる部屋に入ってきた。くつろいでいた面々は姿勢を正し、幹部の一人の話に耳を傾けた。

――作戦の概要は固まった。これまで三つのグループに分かれて、入念に作戦の準備を行って来たが、それぞれの成果が連動し、各人がその役割を果たせば、必ずうまくいく。まず第一班、経過報告をせよ。

「あの人は誰？」とミロクが菊千代に訊ねると、「自衛隊トップの統合幕僚長だった人です」という。その職に留まっていれば、治安部隊の指揮を執っているはずの人がなぜここにいるのか、よく理解できないまま、続きを聞いた。

――第一班、報告します。すでに渋谷のスクランブル交差点付近の雑居ビル、虎ノ門三丁目の酒屋、東京タワーに高威力含水爆薬を設置しております。起爆装置にも異常はなく、ゴーサインが出れば、いつでも起爆可能です。

――第二班の報告です。秘密回線を通じての説得工作は継続中です。今のところ、十三人は説得に応じていますが、当初の目標の十七人には届いていません。しかし、優先順位の高いキーパーソンを押えているので、十三人という数に不足はないと思います。

――第三班です。シェルター突入の際、必要となる機材は揃っています。四カ所の突入場所はそれぞれ、三回ずつチェックしており、訓練通りにやれば、問題はなさそうです。不測の事態があり、いずれかの侵入ルートが使えなくなった場合は、速やかにほかの侵入ルートに回り、先発隊をサポートします。シェルター内部の迷路も全員、頭に叩き込んでおり、速やかに中枢部に到達できると思います。

それぞれの報告はさっきまでくつろいでいた面々のうちの三人によってなされたが、話を聞いている限り、政府のシェルターに侵入を図るつもりらしい。その後、どうするのか、という疑問には別の幹部が答えてくれた。

――この非常事態にあって、自らに権力を集中させているにもかかわらず、総理は何ら有効な対策を講じていないばかりか、カタストロフの進行を助長してさえいる。政権担当能力のない者は速やかに退場願わなければならない。この思いは我々だけでなく、姿の見えない市民にも広く共有されている。彼らは、自分たちが権力の座に留まっているのは超法規的手続きによる政治的決定だと主張している。ならば、こちらも超法規的に政権を奪取するほかない。諸君はおのが良識と公共心に従い、新しい日本と新しい時代を築くために蜂起するのである。正義は私たちの側にある。決行の日は間近だ。秘密厳守はいうまでもない。新たにメンバーに加わった者にも重要な任務を授けるので、よろしく頼む。以上。

このスピーチを行った人には見覚えがあった。カタストロフ前には将来の首相候補といわれていた若手の国会議員である。ミロクは自分が場違いな場所にいることに当惑した。メンバーに元統合幕僚長と元政治家が加わっている以上、この政権奪取計画は冗談でも茶番でもないのだろうが、まるでマンガのコマを追いかけているように緊張感がなかった。もっとも、クーデターに連座したことのある人なんて一人もいないのだから、リアリティなど感じようもなく、誰もがうすっぺらなキャラをそれらしく演じるしかないのだった。

会合が終わると、集まったメンバーは三々五々、囲炉裏のある屋敷から去って行った。近隣の自宅に住み続けている人、マンションの空き部屋で共同生活をしている人、ホテルの一室に住み着いている人、元はシェルターにいたが、自分から離脱した人などさまざまだが、いずれも都心でサバイバル生活を継続することを選んだ面々だという。ミロクと菊千代はその夜、モロボシが暮らす廃墟ホテルに厄介になることになった。

ミロクがここに立ち寄った時は、廃墟ホテルにほかの住人はいなかったが、その後、人口は微増し、今ではモロボシのほかに四人が暮らしているという。二人は路頭に迷った若いカップル、一人はシェルターの襲撃を試みたヤンキー、そして、もう一人はモロボシと同じ高校出身の後輩で、シェルターから離脱してきた男だった。マネキンの秘書、丸山智子も健在で、真冬なのに水着姿にさせられていた。

シェルターの配給食料の横流しだというアジの干物と沢庵というひなびた夕食をメンバーたちと囲み、その後、ミロクと菊千代はモロボシの部屋に呼ばれた。

――クーデター計画は本気なんですね。

ミロクの問いかけにモロボシは「本気だよ。この計画のお陰でオレの念願は叶うことになったんだ」といった。そういえば、彼は死ぬ前にやっておきたいことのリストの最後の方に「渋谷に放火する」と書いていた。

――何だか町内会の会合みたいな雰囲気でしたね。

――政府転覆を企てる組織には見えないだろう。

――ぼくたちを仲間に加えたのはなぜですか？

――君たち若者を生き延びさせるためにできることをしようというのが、「代々木ゼミナール」の暗黙の理念なんでね。

――成功の確率はどれくらいだと思います？

――それは何ともいえないが、元統幕長が戦略を練り、元国家安全保障局のエージェントがシェルター内部の人間に根回しし、将来の首相候補といわれていた政治家が乗り込んでゆくんだから、成功確率はそんなに低くない。作戦の実行部隊には元警官や元自衛隊員もたくさんいる。

第一班が仕掛けた爆薬を起爆すると、治安部隊がそちらの方に出動し、シェルターの守備に隙ができたところで、第二班が籠絡したシェルター内部の政治家や官僚、セキュリティポリスの協力を得て、彼らに誘導される形で第三班がシェルター内部に侵入し、権力を奪取する。

元統幕長の説明を聞いた限りでは、作戦の概要はこのようになるのだろうが、勝率の低い大博打を打とうとしている気がしてならない。ミロクには確かめておきたいことがあったが、先ずは菊千代に確認を取ってからにしようと、モロボシがトイレに立った隙に、菊千代に訊ねてみた。

――君が解読した暗号のことを「代々木ゼミナール」の人々は知っているのか？

――実はまだ話していないんです。彼らがその暗号の受信者かもしれないから。

――邪悪な支配者の指令を実行しようとしているのは、政府なのか、「代々木ゼミナール」なのか、それが問題だ。

――オレも一晩、考えました。その結果、出た結論はどちらにしても、オレはクーデターに加わるということです。

菊千代の考えはこうだった。

もし、「代々木ゼミナール」が支配者の陰謀を実行しようとしているなら、それに便乗して組織の内部事情を探ることができる。だが、エオマイアがいうように、各国の指導者や政府はしょせん、邪悪な支配者の傀儡でしかないのだとすれば、「内戦誘発装置」を仕込んだのは政府であって、「代々木ゼミナール」のクーデターはあらかじめ政府によって操作されているということになる。おそらく、クーデター鎮圧の名目で、都心に残っている多くの市民が淘汰される結果になる。

――そこまでわかっていて、なぜクーデターに加わろうとするんだ?

――ただ、彼らから逃げ回るだけでは、邪悪な支配者の正体は見極められないからです。昨夜、ノアの方舟に乗らないかと誘われたって無線で話しましたよね。

――誘いに乗れば、殺されると警戒していたじゃないか。

――だから、ひとまず「代々木ゼミナール」にかくまってもらったんです。彼らの計画に便乗して、シェルターに侵入できれば、政府を操る敵の懐に飛び込める。内部からノアの方舟を破壊することもできるかもしれない。

そこに用を済ませたモロボシが戻ってくる。

――何か熱心に話し込んでるみたいだったけど、オレも仲間に入れてくれよ。

二人は口裏を合わせたみたいに「いや、世間話をしていただけですよ」といったものの、ミロクはみすみす支配者の陰謀の犠牲になるのがわかっていて、黙っているわけにはいかないと思い、こう切り出した。

――内戦誘発装置のことは知ってますか？

――なんだ、それ。

ミロクがその話を振ってしまったので、菊千代はもう秘密にしておく理由もないと思ったのだろう、「オレ、暗号解読しちゃったんですよ」といった。

――それによれば、一月三日に渋谷に内戦誘発装置なるものが起動し、大淘汰計画のプラン4が実行されることになっているんです。これについて思い当たることはありませんか？

菊千代の問いかけにモロボシは「何で君がそれを知っている」と見得を切る歌舞伎役者のような顔で訝った。

――一月三日といえば、スクランブル交差点に爆薬を仕掛けた日だ。

――その作戦は元統幕長が指示したんですか？

――そうだ。

――元統幕長って国家安全保障局の幹部でもあったんですよね。シェルター内部にはあの人の息子がいるんですよね。

――何がいいたい？

――クーデター計画は政府によって仕組まれている可能性が高いです。

――政府が裏で「代々木ゼミナール」を動かして、クーデターを自作自演しようとしているというのか？

――そうです。反政府側の人間を一網打尽にし、大淘汰をさらにすすめようとしているんです。

モロボシは腕組みをし、菊千代の顔を覗き込みながら、考え込む。シェルター内部の人間を籠絡しているということは、裏返せば、「代々木ゼミナール」の方が籠絡されているという意味にもなる。そのことに思い至ったのか、モロボシはおもむろに立ち上がり、ドアの方に歩き出した。

――ちょっと待ってください。どうするつもりですか？

ミロクが引き止めようとすると、モロボシは「心配するな。オレも内心、それを疑っていたんだ」といい、ミロクが持って来た泡盛の瓶を手に取り、「まあ一杯飲もう」といい、三つのグラスに少しずつ注いだ。

――陰謀が着々と進められているとしても、オレにはクーデター計画を中止させることはできない。しかし、みすみす罠だとわかっていて、それにかかりにいくのもバカらしい。幹部連中は何を考えているんだろう。元統幕長も、首相候補といわれた男も結局は方舟に乗りたいだけなのか。いっそ方舟自体を爆破してやりたくなったぜ。

――オレも同じ意見です。オレたちは何食わぬ顔で作戦に参加し、支配者の思惑通りに動いていると見せかけて、裏をかくしかない。裏切りには裏切りで対抗しないと、正義は勝てない。

こいつ、本気でスパルタカスになる気なんだな、とミロクは菊千代をやや引き気味に見る。

――自殺願望か？

モロボシが半分笑いながら、訊ねる。

――もう家族もいないし、彼女もいないし、オレには失うものはないんで。

――それはオレの台詞だ。君はまだ若いんだから、しぶとく生き延びた方がいい。童貞のまま死なせるのは気の毒だ。

モロボシがミロクのいいたいことを代弁してくれたが、菊千代はふてくされた表情で「オレ、童貞じゃないし」といった。

——御見逸れしました。相手は年上かい？

——継母です。

——それはそれは。

——冗談です。同級生とやりました。そんなことよりオレは焦ってるんですよ。この世に生まれた証を立てる前にカタストロフが起きたんで、まだ何も成し遂げた感じがしない。それが一番嫌なんですよ。こんなくだらない世界なんて滅びればいいと思ってたけど、いざ滅びるとなると、無性に腹が立って、復讐のひとつでもしないと気が済まない。

——最悪、政府のシェルターに突入したと同時に治安部隊に殺される危険もありますよね。

ミロクの懸念に頷きながら、モロボシは別の可能性を考えていた。

——何をするにもリスクはつきものだが、リスクを下げることはできる。たとえば、突入後、君たち二人には別行動をしてもらい、シェルター内部に潜伏するというのはどうだ。シェルターには生き残りの選抜をされた一般市民も大勢いる。彼らに紛れてしまえば、治安部隊の餌食になることは避けられるはずだ。そこにいるのがいやなら、離脱するのは簡単だ。連中は去る者は追わない主義らしく、現にシェルターから出て来た後輩が一人我々の仲間に加わっている。作戦の決行は明後日の午前二時、実質明日の深夜だ。まだ少し時間の猶予はある。ばっくれるなら早い方がいいぞ。

菊千代はモロボシのコトバを受けて、こんな歪んだ希望を口にする。

——クーデターに加わったからといって、死亡率が百パーセントになるわけでもない。オレは方舟に乗せてやるといわれてるから、クーデターに協力すれば、仲間に入れてもらえる可能性もある。奴らの寝首を掻ける確率も一パーセントくらいはあると思う。

　菊千代もモロボシもヒロイズムに駆られて、突入作戦に参加するつもりだ。二人ともそれが徒労に終わる予感を抱いているにもかかわらず、一発逆転に賭けたがる。バスケットボールで残り時間一秒でロングシュートを放つのとは勝手が違う。一人、冷静にヘタレの道を選ぼうとしているミロクも、彼らのヒロイズムに影響され、行動をともにするしかないと思い始めていた。

　これは一種の祈りだ。修行僧が祈願成就のために勤行をする。神社でお百度を踏む。教会の祭壇に向かい、祈りを捧げる。誰もその行為を徒労とはいわない。

　結局、ミロクは決行の日まで代々木公園に留まってしまった。「こんなくだらない世界なんて滅びればいい」という菊千代の思いはミロクの思いでもあったが、ゲームプレイヤーの傍観的立ち位置に留まり、復讐しようとまでは思わなかった。しかし、大淘汰をさらに押し進める悪い奴らの正体がおぼろげながら見えて来たために、復讐は俄然、具体的になった。運命の女神は行動する者の背中を押す。菊千代が集落を飛び出し、交差点を目指した時点で、彼がクーデターに向かう導線はできていたのだ。そして、菊千代を追いかけた時点で、ミロクも及び腰ながらクーデターに加わるしかなかったのだ。

　シェルターへの突入を実行する第三班は七つの部隊から構成されており、突入は地下鉄の駅や軌道に空気を循環させるために地上に設置された換気口からいっせいに行うことになっていた。モロボシが率いる部隊の構成員はミロクや菊千代を入れて、五人いる。廃墟ホテルに迷い込んで来たカップルは作戦には参加しない。モロボシ部隊は代々木公園の立ち入り禁止区域にある配電室から千代田線の留置線に降りてゆき、軌道を通って政府のシェルターのある国会議事堂前駅を目指す。

　地下に広がる第二東京の地図は綿密な取材に基づいて作られているとはいえ、不正確な部分、不明の部分もあるが、先月まで政府のシェルターとは別のシェルターにいた白瀬という男が案内役を務めることになっている。

　突入の際には、あえて武装しない方針も確認した。もとより、銃火器の用意はないし、刃物や凶器を持っていれば、内部の人間の防衛本能を刺激し、必死の反撃を食らうことになるので、丸腰の方が安全と考えたのだ。

　白瀬は三十代半ばくらいの上品な佇まいの男で、ミロクたちにシェルターの内部事情を打ち明けてくれた。

――みんな外の空気を吸いたがっていて、一日に一回、秘密の通路から外に出ることが許される。私がいたシェルターからは赤坂御用地の庭に出られるんだ。春と秋の園遊会が催されるところだ。あそこは都心とは思えない鬱蒼とした森が残っていて、踏みしめる腐葉土が分厚くて、思わず寝転がる人もいた。

――シェルターにはどういう人たちがいましたか？

――私がいたところは医者や研究者が多かった。私は精神科医だが、顔見知りの外科医や小児科医、産科医の姿もあったし、地震や火山の専門家や生物学者、薬学者、脳科学者や情報科学者もいた。もちろん、その家族もね。どういう基準で私たちが選ばれたのか、互いに共通点はないか、どんなコネがあったのか、いろいろ探ってみたが、よくわからない。私の場合は保健所でボトルネック病の検査を受けた時、ＩＣチップを耳につけられ、これがシェルターに入る際のＩＤになるといわれた。また、ワクチン接種の優先権を与えられたことを意味するともいわれた。

そのＩＣチップが方舟の乗船券ということになるのか？　白瀬は「これはあくまで推論ですが」と断った上で、こんなことをいった。

――シェルターに収容される人材はあらかじめ決められていたと思う。これはシェルターにいた学者たちと話し合って出した結論なんですが、おそらく文明再建に必要な人材が保護されたのではないか、と。

――つまり、エリートを優先的に生き延びさせようとしたんだろう。

モロボシが容赦のないツッコミを入れる。

――政府専用シェルターやほかのシェルターにはまた別の選定の基準があるでしょう。特定の政党や宗教団体の人間を優遇するとか、ＤＮＡ多様性を確保するとか……。

――なぜシェルターから出て来たんですか？

今さらこの質問もなんだが、ミロクは率直なところを聞いてみたかった。白瀬はやや考える間を取り、「何か無常を感じちゃってね」と呟いた。

――君は鴨長明か。

モロボシのからかいに「ええ、まあ」と頷きながら、白瀬は続けた。

――中には私の好みの女がいないというのも離脱の理由のひとつです。

――シェルターには慰安施設もあるんじゃないのか。

――そういうものはないけど、発情した男女がプライバシーを確保できる隙間を探して、欲求不満を解消してます。コンクリートの地下壕は喘ぎ声もよく響く。シェルターには産科医もいるので、そのうちシェルター・ベイビーが生まれ、希望の子と呼ばれたりもするんでしょうが、あそこには希望なんてない。絶対にない。

――ここは快適だ、安全だ、外に出たら死ぬ、と自分にいい聞かせながら、暮らしているんだろうな。

――みんな病気が怖いし、早くワクチンを投与してもらいたいし、死んでいった人の分まで生きなければならないわけですが、そうやって生にしがみついている自分がさもしく思えたりもしてね。実は出て行きたがる人はけっこう多いんです。私も赤坂御用地の森で大木の枝の間から青空を見上げていたら、ふとまだ行ったことのないところに行きたくなってね。御用地の森にはタヌキも暮らしているんだが、まさにそのタヌキみたいに、私も垣根を越えて、誰もいない通りに下り立ち、ふらふらと渋谷方向に歩き出していました。

――せっかく脱出したのに、なぜ戻る気になったんですか？

――まだ中にいる人々を外に連れ出そうと思った。この先、新天地に向かうにしても、仲間が必要だから。私が「代々木ゼミナール」に参加したのは、内部の人間を解放して、一緒に新天地を目指したいからです。あんな宇宙ステーションみたいなところに閉じ込められていたら、被害妄想がはびこるし、深刻な鬱状態に陥ることは避けられない。すでに拘禁反応が出ている人もいる。

精神科医が真っ先に音を上げているくらいだから、シェルターは精神病棟に限りなく近づいているのかもしれない。郊外の集落にいた方がよほどましな暮らしができていたということか。

――心を病みそうなエリートたちを荒野に導くつもりだな。モーゼみたいに。

――いやいや、そんな大それた話じゃない。しかし、放っておけば、狂うのがわかっているのだから、精神科医として、黙って見過ごすことはできない。

――約束の地はどの辺りにありそうだ？　何処か心当たりがあるのかい。

――しばらくは荒野をさまようことになりそうですが、いずれ見つかるでしょう。

スパルタカスになりたい少年、モーゼ志願の精神科医、そして、チェ・ゲバラごっこをする五十男、カタストロフ後の人生に輝きを求めたがる奴らが後を絶たないが、ミロクもちゃっかりその仲間になっている。世界を救うことができるのは中二病だけなのか？　ところで皇族の方々はどうしておられるのか、ミロクが訊ねると、白瀬はいった。

――那須や葉山への避難を進言されたようだが、御所に留まっておられる。政府は遷都を検討しているとも聞いた。政治家連中のあいだでは陛下とともに新天地に向かう計画もあるらしい。これは宮内庁の知り合いから聞いた話だから、デマではない。

――天皇陛下がおわす限り日本は滅びず、か。しかし、皇統が途絶えたら、日本はどうなる。千年王国の属領になるだけだな。そう考えると、にわかに君主主義者にでもなりたくなる。

モロボシの皮肉は今ひとつ冴えがなかった。

――すでに日本は完全に外来の権力の支配下に入っているという噂だ。いや、日本だけでなく、ヨーロッパやアジアの国々も見えない帝国の一元的な支配のもとに置かれているという人もいる。中にいると感じるんだ。私たちは誰かに飼い殺しにされている、と。

――誰かって誰です？

菊千代が白瀬を問い詰める。

――母なるもの。

語尾を上げてそう呟く白瀬の目は焦点がずれているように見えた。菊千代は露骨に首を傾げ、「母なるもの？」と小馬鹿にしたようにリフレインした。

――さて、議論はここまでにして、もう一度、装備を点検しろ。ヘッドランプ、工具一式、トランシーバー……、点検が済んだら、仮眠をしておけ。自分は何のためにこの作戦に参加するのか、おのおのの動機をもう一度確認しておけ。このクーデターには大義なんてものはない。あるのは個人的な事情だけだ。我々は究極の自由を行使して、クーデターを起こすのだ。

モロボシはにわかに部隊長らしく振る舞い、士気を高める訓示を垂れた。菊千代はミロクに意味深な微笑を投げかけてきたが、ミロクは鼻から深く息を吸い、冷静でいようと努めたものの、動悸を抑えることはできなかった。


午前一時五十五分。モロボシ隊は月明かりを頼りに、代々木公園と神宮の森のちょうど境界にあたる立ち入り禁止区域に侵入し、木陰に身を潜め、「内戦誘発装置」が爆発するのを待った。この日は夜の冷え込みが厳しく、震えで歯が鳴るのを抑えるのに口を真一文字に引き締めていた。

定刻の午前二時ちょうど、渋谷方面の空が赤くなったかと思うと、三秒後に遠雷にも似た音が轟いた。その二秒後にも二つ連続で遠雷の音が聞こえた。

——もう後戻りできないぞ。

モロボシの声に、それぞれが頷き、深く息を吸い込んだ。洗い立てのシーツを思い出させる夜気のニオイが心地よかった。配電室のドアは施錠されていたが、ドアの隙間から糸鋸を通し、文字通りドアを死守しているデッドボルトを切断する。シミュレーション通り、三分でドアをこじ開けることに成功し、五人は狭い配電室に忍び込む。モロボシは馴れた手つきで二番目のドアのデッドボルトも切断した。錆び付いたドアを開けると、歯軋りにも似た音がし、地下通路の深い闇が口を開けた。

——さて、カタストロフに終止符を打ちに行くとしよう。

モロボシのその一言によって、遅まきながら個人的な使命を悟った。

自分はエオマイアに会いに行こうとしているのだ。菊千代と出会ったのも、モロボシと再会したのも、こうして彼らと行動をともにしているのも、全てエオマイアの導きなのだ。この地下通路の先に進めば、間違いなく、ＮＯ川の集落にいるのとは全く別の未来を招くことになるが、それがエオマイアの思し召しである以上、何をためらうことがあろうか？

この直感には根拠はなかったが、信念というものは無意識の奥底から立ち上がってくるもので、元々根拠などないのだ。人は本能に忠実になった時、正しいことをする。ミロクはそれを信じ、白瀬、ヤンキーの小池、菊千代の後に続き、地下への螺旋階段を下りていった。しんがりのモロボシは「踊り場に出たら、右に進め」と告げたが、なぜかその声が遠くから聞こえてくるようだった。

9　智子の水筒

地下は思ったより暖かく、地上に漂っている腐敗臭や酢の刺激臭もなかったが、湿度が非常に高く、着ている服や髪がたちまち湿り気を帯びてきた。足下も濡れていて、滑りやすく、自ずと歩みは慎重になった。一行はただ前に進んでいるのではない。自分たちが踏み出す一歩一歩には何か隠された意味があり、無数の縦の線と梯子の線からなる複雑なあみだくじを辿らされているようだった。もしかすると、今の一歩で自分の運命が変わってしまったかもしれない。そんな緊張から何度も立ち止まりたくなる誘惑に駆られるが、誰も歩みを止めない。連結された車輛みたいなもので、前の列車が進む限り、惰性でついていくほかない。

五分ほど歩くと、千代田線の留置線に出た。緑のラインが入った車輛が暗闇の中で整然と並び、眠っているのを見て、ミロクは「懐かしい」と思った。もう四ヶ月以上、地下鉄には乗っていないが、運転が再開される日は来るのだろうか？　その日が来なければ、ここはそのまま車輛の墓地になる。

しばらく留置線に沿ってトンネルを歩くと、明治神宮前駅のプラットホームに出た。ここからは千代田線の線路に沿って、国会議事堂前駅を目指す。軌道が水浸しになっているのは予想外で、ズボンは膝下まで濡れた。水を踏む音と呼吸音が響き渡る真っ暗なトンネル内をひたすら前進する。電車が来ることはないとわかっているのに、背後が気になり、振り返ってしまう。そのたびにモロボシの顔にヘッドランプが当たり、「まぶしいじゃないか」と注意される。

十五分ほど進むと、表参道の駅に着いた。モロボシの指示で、全員、プラットホームに上がり、小休止を入れる。この駅は半蔵門線や銀座線へ乗り換えのためによく利用し、見慣れているはずだったが、そこには前後左右の区別さえつかない闇があるだけだった。真っ暗なプラットホームは何処か、ブラックホールを連想させる。

自分たちは政府中枢を目指して、進んでいるのだ、と目的を反芻してみる。だが、本当のところ、何処に向かっているのかは誰にもわからない。とりあえず、ヘッドランプの光が届く前方に進んでいるつもりだが、その背後に控える闇に引き寄せられているだけなのかもしれない。その気になれば、いつでも引き返せると思っているが、この闇にブラックホールのような重力が働いているのだとすれば、もう何処にも逃げられない。

——みんな、ちょっと聞いてくれ。

おもむろにモロボシが車座に集まった一行に語りかける。

——元統幕長が率いる本隊は治安部隊の隙をついて、政府シェルターに最も近い溜池山王駅の十一番出口から地下に入ることになっている。六つの別働隊はそれぞれ四谷三丁目駅、神宮外苑、市ヶ谷駅、青山墓地、麻布十番駅、そして、明治神宮から潜入し、本隊と溜池山王駅で合流する予定だ。我々は千代田線の軌道に沿って、最短で合流地点に向かうつもりだったが、何だか嫌な予感がするので、経路を変えたい。

——嫌な予感って何ですか？

元ヤンキーの小池の問いかけにモロボシはこう答える。

――トラップが仕掛けられているかもしれない。もし、このクーデター計画が敵に漏れていたら、予定通り行動すること自体が命取りになる。ここで敵の裏をかいておけば、待ち伏せをかわしやすくなる。

白瀬が「モロボシさんの直感を信じて、半蔵門線に乗り換えましょう」と提案した。

――ひとまず民間人のシェルターに隠れて、様子を見ることにしよう。

ミロクと菊千代もそれに同意したので、モロボシ隊は階段でひとつ上の階に行き、さらにもう一層上の半蔵門線のホームに移動した。そこで尿意を催したモロボシが銀座線側の線路に向かって、立ち小便をするので、ミロクと菊千代もそれに付き合った。

民間人シェルターは青山一丁目と永田町の中間、カナダ大使館があるあたりに位置していて、半蔵門線の軌道から電気系統の保守点検用通路を辿れば、その非常口に到達できると白瀬はいう。出発前の白瀬との会話から察するに、彼が「代々木ゼミナール」の一員になり、クーデター計画に参加した動機はシェルターにいる仲間たちを解放することだった。白瀬の説得に応じて、仲間の何人かが外の世界に飛び出す気になれば、彼の個人的なミッションは達成されるだろう。

菊千代はおそらく、政府中枢に向かい、何らかの破壊活動を行う気でいる。モロボシと小池も行動をともにしたがるに違いない。具体的に何ができるのかは未知数だが、その野心に見合った成果を上げるためには軽率な行動を慎み、チャンスを待つのがいい。彼らはブレーキが壊れた車みたいなものだ。

カタストロフ以前は地下鉄で移動しながら、窓の向こう側など見ようとはしなかった。せいぜい自分の顔が映るくらいで、心躍る景色が広がることはないと決めつけていたからだ。だが、こうして軌道を歩きながら、ヘッドランプに照らされたコンクリートの壁や柱、緩やかなカーブを見ていると、なぜか巨大な船の内部を探索しているような気分になる。それは「方舟」からの連想に過ぎないのか？　ここには来たことがある気がするという例の既視感は、たぶんもう一度ここに戻ってくるだろうという予感に由来しているのだそうだ。逆にいえば、既視感を一切感じないということは、二度とここには戻ってこないと予感しているからかもしれない。

半蔵門線の軌道に入ってから、トンネル内はにわかにドブ臭くなってきた。悪臭は青山一丁目駅を過ぎた辺りから、あきらかに糞尿のニオイに変わった。線路を浸しているのが汚水だと全員が気づいたが、あえてそのことは口にせず、片手で口と鼻を押さえ、あまりしぶきが飛ばないように、歩みを穏やかにした。

先頭を歩いていた白瀬が立ち止まり、コンクリート壁にちょうど人が一人通れるくらいの通路が斜めに走っているところを指差して、「これが点検用通路だと思う」といった。モロボシが確認し、「歩いた距離からすると、ちょうど青山一丁目と永田町の真ん中くらいだ」と応えた。そのまま通路を五十メートルほど進むと、鉄の扉が二つ並んでおり、下辺の隙間から光が漏れているのが見えた。自家発電システムが正常に作動している証の空気清浄機の運転音も聞こえた。白瀬が二つのノブを回してみるが、どちらも施錠されていた。モロボシは二つの扉に耳を当て、中の音を聞き較べると、「右の部屋には発電機があるから、左だ」といい、糸鋸を取り出した。

――中に入ったら、どうするか決めておきたい。我々が身を隠すのにいい場所はあるか？

――オレたち、いかにも外部から侵入しましたという格好ですけど、大丈夫ですか？　ズボンは汚水で濡れているし、ヘッドランプなんてつけてるし。

菊千代のいうことはもっともだった。

——入る前に身軽になっておきましょう。内部はビジネスホテルのようになっていて、七百人くらい収容されているし、互いに無関心で、見知らぬ同士も多いから、特に目立つことをしなければ、怪しまれることはない。内部の人間の顔をして、普通に振る舞っていれば、大丈夫です。

——普通に振る舞うってのがいっちゃん難しいんだぜ。

小池が大袈裟なヤンキー口調でいう。

——廊下で誰かとすれ違ったら、軽く会釈し、話しかけられたら、普段通りに受け答えすればいい。ひとまず私が使っていた部屋に案内します。誰もいないことを祈って。

話がまとまると、モロボシは馴れた手つきでデッドボルトの切断にとりかかった。


扉の向こうにはＬＥＤの明かりが灯る長い廊下が延びていた。そのまぶしさに目を馴らしながら、コートやジャンパーを脱ぎ、ヘッドランプや工具一式をそれぞれが背負っているリュックの中にしまった。目が馴れてくると、廊下に充満している芳香剤のニオイが気になった。ラベンダーの香りでかき消そうとしているのはやはり排泄物のニオイだった。

——もしかして、シェルターの排泄物は地下鉄軌道に垂れ流しですか?

ミロクの問いかけに白瀬が応える。

——先月から排水システムに問題が生じていたから、そうだと思う。

廊下の両側にはドアがいくつも並んでいた。

——ここは倉庫エリアです。備蓄の食料や飲料水、住人の服や日用品などが置かれている。

菊千代がそのドアのひとつを開けてみると、そこにはトイレットペーパーや生理用品などが収められていた。白瀬も倉庫の中をのぞくと、「いいものを見つけたぞ」といい、作業衣を手に取った。

――念のため、これに着替えて、スタッフになりすまそう。

汚水で濡れたズボンを穿き替えたいと思っていたので、ちょうどよかった。靴も替えたかったが、その用意まではなかった。白瀬以外の四人が作業衣に着替えると、白瀬は廊下の突き当たりのドア脇のスキャナーに自分の目を寄せた。ロックが解除される音がし、意外とすんなりシェルターに迎え入れられた。カーペットが敷かれた廊下の左右はホテルの客室のように交互にドアが並んでいた。

午前四時、住人のほとんどはまだ眠っているのか、すれ違う人はおらず、耳鳴りがするほどの静けさだった。白瀬は133号室の前で立ち止まり、音を立てないように扉を開ける。中の様子を窺う白瀬が指でOKサインを出すのを見て、五人は部屋の中に入る。ベッドとデスクがあるだけの極めて殺風景な部屋は刑務所の独居房としては贅沢だが、病院の標準的な個室程度の設備だった。

「これから大事な話をする」と改まった口調でモロボシが切り出した。

――ひとまずシェルターへの潜入は成功したが、この先も暗中模索が続く。打つ手をしくじると、オレたちは犬死にする。全て予定通りに進行していれば、今頃、本隊は別働隊と合流し、内通者の協力を得て、政府中枢に到達しているはずだ。さっき、嫌な予感がするといって、最短ルートを通らなかったが、実は最初から回り道するつもりだった。小池君と白瀬君にはまだ話していなかったが、このクーデターは茶番だ。

「どういうことっすか？」と小池が目を剝いて訊ねる。

――クーデターは政府の非常事態宣言を正当化し、シェルターの外の反政府勢力を撲滅する口実に過ぎないということだ。オレたちは単に利用されてただけってこと。

――それがわかってて、何でクーデターに参加したんすか？

――クーデターをもう一回起こすためだ。

――何回もやるもんじゃないでしょ、オナニーじゃあるまいし。

――オレたちは狂言クーデターを仕掛けた奴らの寝首を掻く真のクーデターを実行するのだ。

――よくわかんねえよ。

――君にもわかるようにいえば、本当の悪者は誰かを見極めて、そいつらを成敗するんだよ。

――本当の悪者って誰？

――政府や「代々木ゼミナール」を背後で操っている奴らだ。その正体はまだわからない。

――それが先輩の大義というわけですね。

白瀬がやけに冷静な口調でいう。

――オレはこれから政府中枢の様子を見に行く。遅れて、本隊と合流するわけだが、小池君もお望みなら一緒に来るがいい。菊千代、ミロク、白瀬はここに残れ。

――状況がわかるまで全員ここで待機した方がいいですよ。下手に動かない方がいい。

――オレたちはしょせん、捨て駒だから、内戦誘発装置とやらが爆発した時点で、もう用済みになっている。奴らに始末される前にいちかばちか、首謀者どもを暗殺してやる。

一瞬、暗殺というコトバに緊張し、一同は互いの顔を見合わせる。

――失敗したら、オレたちはどうなるんですか？　すぐに治安部隊がここに押し寄せて来て、オレたちも始末されることになる。どうせ死ぬなら、全員、一緒に行動した方がいい。

菊千代が食らいつく。

——三人をここに残すのは保険だ。たとえ、オレが暗殺に失敗しても、君たちにはいくつかの選択肢が残される。オレが時間稼ぎをしているあいだにここにいる人々を解放し、新天地を目指すこともできるし、シェルター内部の人間を人質にして、ここに籠城することもできる。第二の刺客として、奴らの暗殺に成功する可能性だってゼロではない。

——武器も凶器もないのにどうやって暗殺なんてできるんですか？

——任せておけよ。いいものを持って来た。二つあるから、ひとつはここに残していく。

モロボシは自分が背負って来たリュックから、水筒のようなものを取り出し、菊千代の目の前に置いた。

——これは何です？

——「智子の水筒」と名付けた。中に高威力含水爆薬が入っている。スクランブル交差点爆破のために用意したものをちょろまかしておいた。狭いところに仕掛ければ、これひとつでシェルターを爆破するくらいの威力はある。これで政府要人どもを十把一絡げで道連れにしてやろうと思う。

——ひえええええ。自爆テロかよ。

小池が大袈裟に驚いてみせる。

——怖じ気づいたか？

——オレは最初からモロボシさんについて行くつもりでしたよ。細かい事はわかんねえけど、悪党どもをひねりつぶすためにここに来たんだからよ。

このようなテロリスト気質の持ち主はいつだって破滅的な最期を夢想している。ミロクや菊千代はその話を無表情に聞いていた。こうなることは半ば予期していたものの、自爆テロ計画にはほとんど現実味を感じられず、彼を思いとどまらせるコトバも見つからず、「ああ、やっぱり、やる気なんだ」と受け流すことしかできなかった。モロボシが妙に強気で、落ち着いていられるのは「智子の水筒」をお守りのように携えていたからだと悟った。百年近く前、この国には「神風特攻隊」という、敵艦に体当たりして自爆する若い兵士の部隊があった。彼らは神話化され、巡り巡ってアメリカに聖戦を仕掛ける中東のテロリストたちに受け継がれ、そして、カタストロフ後の今、モロボシや菊千代を鼓舞している。しかし、やけっぱちの戦いは敗北を運命づけられていることは「カタストロフ・マニア」のプレイヤーはよく知っている。

モロボシと小池は食堂にあったリンゴを丸かじりして、士気を高めると、「じゃあ、あとのことはよろしく」といって、シェルターを出て行った。政府中枢に直接つながっている通路には二カ所のチェックポイントがあり、治安部隊が警備しているらしいが、モロボシは「機転で切り抜ける」と楽観していた。

白瀬は二人を出口まで案内した後、シェルター内部各所の様子を見に行き、そのあいだミロクと菊千代は白瀬の個室で待機した。不安が様々な想念に化け、動悸が高まり、つい貧乏ゆすりをしてしまう。菊千代は、ずっと「智子の水筒」を抱えて、壁に寄りかかっていた。モロボシは菊千代にそれを託し、起爆のさせ方を教えていった。カップにもなる蓋を開けると、中蓋が雷管になっていて、付属のタイマーを作動させれば、設定した時刻に爆発し、赤いボタンを押せば、五秒後に爆発する。

——これ、どう見ても水筒にしか見えないんだけどな。中身はただの水だったりして。蓋を開けてみようかな。

菊千代はぼそっと呟き、水筒を静かに振ってみたりする。

――おいおい、振るなよ。蓋も開けるな。

――でも、いざという時、蓋が開かなかったら？

――知らないよ。ともかく爆弾で遊ぶなよ。それ、オレが預かっておく。

――もう遊ばないよ。何だかよくわからないまま、ここまで来てしまった。ゲームでもしているみたいで全然現実感がないんだけど。

それはミロクも同じだった。病院で冬眠から目覚めたあの時から、ミロクは自分の目を疑う光景ばかり見、他人の都合に振り回され、納得のいく説明をエオマイアに求めてきたが、この現実を決して、受け容れているわけではなかった。老人たちから長期的なサバイバルに必要な技術を教わっていた時はまだ現実に適応しようとしていた分、「実感」はあったが、菊千代と出会い、彼の後を追い始めてからは、また「カタストロフ・マニア」のゲームの世界に連れ戻された気がしていた。

――何か、コンビニに行くみたいに出て行きましたけど、モロボシさん、自爆しに行ったんですよね。

モロボシは冗談と本気の境目が曖昧な男ゆえ、いうこと、なすこと全てが軽い。クーデターも自爆もその他多くの愚行と何ら変わらない。モロボシと小池はしばらくしたら、「いやあ、参った、参った」といいながら、帰って来るような気がして、すんなり送り出してしまったが、彼らは二度と戻ってこないだろう。

ミロクは何か大きな間違いを犯してしまった気がして、何度も乾いたため息をついた。「遺言を聞いておくべきだった」とか、「もう少し、親切にしておけばよかった」と後悔の念が去来した。しかし、こうも考えられる。モロボシはあえて、遺言を残そうとしなかったのだ、と。彼にはもう遺言を伝えて欲しい相手はおらず、自らをレジェンドにしたいというような虚栄心もない。思わせぶりな遺言を残せば、ミロクや菊千代のその後の行動を縛ることになる。二人に何の影響も与えず、罪悪感を抱かせることもなく、ほったらかしにするためには、「じゃあ、あとのことはよろしく」というにとどめておいた方がいい、と思ったに違いない。

太陽のしゃっくりを引き金にして、連鎖的なカタストロフが起きると、政治も経済も破綻し、法も道徳も効力を失い、人の命も限りなく軽くなってしまった。そんな中では生き残ること自体が悪い冗談でしかないが、同じ冗談なら、クーデターや自爆テロの方がまだ笑える……それはいかにもモロボシ好みの屈折だった。

だが、そんな感傷に浸っている猶予もあまりなかった。シェルターの様子を探って来た白瀬が青ざめた顔で部屋に戻ってくると、こんなことをいった。

——何か、様子が変だ。

午前七時。シェルターの住民が活動を始めている時間なのだが、共有スペースに人がいないのだという。

「まだ寝てるんじゃないですか」とミロクがありきたりなことをいうと、白瀬は「ここには七百人もいるのに、この静けさは異様だ」としわがれ声で呟く。

——知り合いの医師の部屋の前を通ったので、ドアを開けてみたが、深い眠りに就いていて、呼びかけても起きなかった。体の具合が悪いのか、鼻にチューブを差し込まれていた。ほかの部屋はまだ見ていないが。

三人で四層からなるシェルター内部を手分けして見て回ることにした。まずは白瀬の部屋のあるフロアの廊下を端まで歩き、そこにある食堂を覗いてみたが、朝食が準備されている気配はなかった。フィットネス・ジムや各フロアにある談話室、図書室、バー、大浴場など人が集まっていそうな場所もくまなく見て回ったが、確かに誰もいない。白瀬は熱に浮かされたように「おかしい、おかしい」と呻きながら、片っ端から、個室のドアを開け、中の様子を確かめ始めたが、住人たちは闖入者たちの不審な挙動を見て見ぬふりをしているかのように、眠りこけていた。ミロクは三ヶ月前の自分を重ね合わせていた。

――まだ見ていないところはないんですか？

――一番下のフロアはまだ見ていない。そこにはメディテーション・ルームがある。

彼がここにいるあいだは特に用もないので、足を運ぶことはなかったが、最下層に百人くらいを収容できるホールがあるという。そこにはカプセルホテルにそっくりのブースがあり、不眠を訴える住人がよく利用していたという。重い金属の扉に鍵はかかっておらず、中をのぞくと、奥行きの深い暗闇が控えていた。足元を照らすフットライトの明かりを頼りに、数歩進み、目が闇に馴れてくると、壁一面に三段に渡って、蜂の巣状にカプセルが配置されているのが浮かび上がって来た。カプセルは全部で百くらいあり、そのうちのひとつのカプセルの円形の窓越しに内部を覗くと、目を閉じた女性の顔が見えた。ミロクは別のカプセルも覗いてみたが、そこにも寝顔があり、耳を澄ますと、寝息が聞こえた。そして、みんな鼻にチューブを差し込まれ、枕許には見覚えのあるアタッシュケース大の冷却剤循環装置が置かれていた。

――何だ、みんなここにいたのか。

白瀬はややほっとした口調でいったが、住民たちが死体のように壁面に収納されている光景は不気味だった。

——ここは霊安室じゃないですよね。

菊千代は思わず本音を漏らしたが、白瀬は「いやいや、みんな生きている」とベタな反応をした。

——どうやら、みんな冬眠しているみたいです。

ミロクがそう呟くと、「冬眠？」とほぼ同時に白瀬と菊千代がリアクションした。

——チューブを通して、鼻から冷気を送ると、脳が冷やされて、冬眠状態になるんです。ぼくは同じ方法で二週間、眠り続けていたんですよ。

——彼らは自分から進んで、冬眠することを選んだんだろうか？

菊千代が白瀬に訊ねると、「たぶん、眠るしかなかったんだろう」と応えた。

内部事情に詳しい白瀬はこんな仮説を立てた。

一日、十二時間眠ったとしても、残りの十二時間をどう過ごすか、それが問題だった。不眠に悩まされる人が続出し、睡眠薬需要が増えた。ワクチンを接種されるまで、地上の放射線量が一定レベルに下がるまで、あるいは都市のインフラが復旧するまで、煩悶し、ジタバタしながら過ごすくらいなら、寝て待った方がまし……そう思う人なら、自分から進んで、カプセルの中に入っただろう。

最初のうちは温泉療養にでも来た気分で、和気あいあいと共同生活を楽しむこともできたが、二週間を過ぎた頃から、苛立ちが募って来て、住人同士の諍いが目立つようになった。被害妄想に囚われた人は攻撃的になるし、それまで円滑な人間関係を保とうと、社交的に振る舞っていた人も自分の殻に閉じ籠りがちになった。些細なこと、たとえば、食堂のメニューの単調さにクレームを付けたり、隣室の物音がうるさいと苦情をいったり、シャワーの優先順位を巡って口論になったり、一人の女性を巡って、鞘当てが起きたり、次第に険悪な雰囲気になってきた。そもそもエリート意識の高い人たちばかりを集めたのが間違いだったともいえる。一ヶ月を過ぎると、出身地や出身大学、職業ごとに小さな派閥ができ、互いに陰口を叩き、露骨な差別をするようになった。そんな陰険なカーストと無関係でいようとすれば、孤立は避けられず、ますます他人との接触を拒むようになる。

シェルターの環境悪化の皺寄せは住人の世話をするスタッフに向かった。シェルターに入れば、安定的に配給を受けられる上、ワクチンも優先的に接種してもらえるという触れ込みに釣られて、ここで働くようになったのだろう。ここは確かに安全ではあるが、身勝手な住人の世話をさせられるくらいなら、危険を承知で外に出て行った方がましだと思った人も少なくない。実際、スタッフは最初の頃の半分に減ってしまった。当然、シェルターのサービスは滞る。食事の用意、清掃、設備の保守点検がおろそかになるのは必至だった。人は何もせず、ただ目覚めているだけでもエネルギーを消費する。水も使えば、食事もし、電気も使い、排泄もする。それだけならまだしも、怒ったり、恨んだり、狂ったりもする。シェルター内の軋轢は高まるばかりだった。そのうち、何かを壊したり、誰かを傷つけたりし始めるかもしれない。だが、どんな人も眠ってしまえば、大人しくなる。無駄なエネルギー消費も抑えられる。住人のわがままに対応するスタッフの数も少なくて済む。おそらく、この設備の導入は苦肉の策だったのだろう。

——こんな状況に置かれて、冬眠に誘われたら、どうする？

白瀬にそう問われ、ミロクも菊千代も迷いなく「シェルターを出て行く」と答えた。ミロクの場合は、冬眠しているあいだにカタストロフが起き、放置された苦い経験があるので、冬眠は二度とご免だった。

——君たちはそう答えるだろうと思ったよ。しかし、災難が過ぎ去るのを寝て待つ連中が思いのほか多いのはなぜだと思う?

——さあ、なぜですか?

——政府のやっていることは正しいと思い込んでいるからだ。ここで寝ているのは自分からは何もしたくない、思考停止した連中だよ。

白瀬のコトバにも歴然と差別意識が刻まれていることに気づいた菊千代が訊ねる。

——なぜ、そんな奴らを救おうとするんですか?

——ここに置き去りにして行くのがもったいない人材もいるからだ。

——でも、こいつら目覚める気、あるんですかね。

さっきまでは人に出くわさないようビクビクしていたのに、菊千代は大胆にもカプセルをひとつずつノックし、冬眠中の人を起こそうと試みる。

——彼らを起こすのは簡単です。鼻のチューブを抜くだけでOKです。いっせいに目覚めさせたかったら、冷気を送り出すマシンに通じている電源を落とせばいいんです。三十三度まで下がっている体温が三十六度に戻れば、目覚めます。

——さすが経験者。全員を目覚めさせたりしたら、混乱は避けられないから、ひとまず、知り合いの科学者たちを目覚めさせ、シェルターで何が起きたのかを聞くことにしよう。

さきほど白瀬が訪ねた個室に戻り、眠っている学者を三人で取り囲んだ。確かにミロクを冬眠に誘ったのと同じマシンが作動していた。ミロクは二股に分かれた長いノズルを鼻から抜き、二人に見せた。ノズルの側面には鼻毛が一本ついていたが、先端から冷たい空気が静かに噴射されているのがわかった。マシンの電源を落とすと、モーター音は止んだ。

――二時間もすれば、話ができるようになるでしょう。

かつて自分の鼻にも刺さっていたチューブを見つめながら、にわかに冬眠装置をこのシェルターに導入したのは誰かという疑問が持ち上がった。もしかすると、ミロクに新薬の治験をさせた製薬会社の社員もこのシェルターにいる可能性がある。ということは……

――冬眠装置の管理責任者を探しましょう。ここにはボトルネック病のワクチンがあるかもしれない。

――どういうことだ？

――ぼくは新薬の治験を受けているあいだ、そうとは知らないままワクチンを投与されていたんです。冬眠装置をここに導入したのが同じ製薬会社なら、彼らはワクチンを持っているはずだ。もうすでにシェルターの住人にはワクチンが接種されているかもしれない。

――本当か？　私には覚えがないぞ。そんな話は全然出なかった。いや、待てよ。もしかすると、取引が行われた可能性はある。何かの条件を満たせば、優先的にワクチンが与えられるというような。

――たとえば？

――冬眠を受け容れた者にはワクチンが接種されるとか。もし、ここにワクチンがあるのなら、それを盗み出し、とっととこの偽の方舟を下りよう。これに勝るクーデターの成果はない。

さっきまでの白瀬の青ざめた顔に赤みが差していた。

――ワクチンを探し出してくれ。あるとすれば、診療室の薬品保管棚か、冷凍貯蔵庫だ。オレはそのあいだにほかの人材も覚醒させる。

ミロクと菊千代は診療室やキッチンの扉、引き出し、蓋を片っ端からこじ開け、ワクチンがどのように保存されているのかもわからないまま、それらしきものを血眼になって探した。自らも感染の危険に晒されながら、患者のケアに当たっていた大村医師の顔が思い浮かんだ。ワクチンを見つけたら、速やかに彼に届けなければならない。人類に淘汰の線引きを迫ったボトルネック病が終息すれば、誰もが自由になれる。生き延びる価値がある者とない者の選別をし、その価値のない者には一方的に死と淘汰を宣告して来た邪悪な支配者は復讐されなければならない。そうなって初めてクーデターは成功といえるのだ。この家捜しはきっと世界を変える。自分は歴史に残る泥棒になってやるのだ。ここに来て、ミロクはようやく自分のミッションを自覚した。

冷凍庫の中を調べていると、背後から「何をしている」という声が聞こえ、振り返ると、白衣を着た男がスタンガンを構えて、睨んでいた。男はミロクの顔を見ると、「あ」といい、固まった。その隙をついて、菊千代は手近にあったモップの柄を振り回し、小手を決めて、スタンガンを叩き落とした。その男は治験の場で、ミロクに薬を投与していた医師だった。

——ワクチンは何処だ?

菊千代はもう一度、モップを振り上げ、男に詰め寄った。男はミロクの方を見て、「なぜ、君がここに?」と問いかけてきた。

——そんなことはどうでもいい。あんた方はワクチンを持っているはずだ。

——何をいってる。そんなものはない。

——嘘をいうな。あんたはオレにワクチンを接種したじゃないか。

男は深く息を吸うと、突然、走り出した。すかさず、菊千代が後を追い、背中に飛び蹴りを食らわせ、倒れたところをモップでメッタ打ちにした。男が抵抗を諦めたのを見て、ミロクが止めに入ると、男は仰向けになったまま震える声でいった。

――ジタバタしたって無駄だ。もう選別はなされているんだ。

――どういう意味だ。

――生き延びる価値のある者にはすでにワクチンが打たれている。余分なワクチンなんてない。

――ここで眠っている奴らもワクチンを打たれているのか？

――ああ、そうさ。この国が滅びても生き延びたい奴らはワクチンに惜しげもなく大金を払ったよ。奴らは大淘汰が終わるのをここで眠りながら、待っているんだ。

――なぜ、オレにまでワクチンを打ったんだ？

――あんたはただのモルモットだ。あれはワクチンの効果を確かめ、冬眠装置の人体への影響を調べるための治験だったんだよ。よかったじゃないか、あんたも便乗して、生き延びられるんだから。これ以上、騒ぎ立てると、せっかく手にした生き残りの資格を奪われるぞ。

菊千代は握っていたモップを放り投げ、「何だ。そういうことだったのか」と吐き捨てた。

――おい、オレを殴った小僧、おまえも生き延びたくて、ここに忍び込んだんだろう。ワクチンを打って欲しかったら、土下座してお願いしろ。

――ほざくな。まだワクチンが残っているなら、出しやがれ。

――聞こえなかったのか、土下座して頼め。いやなら、とっとと淘汰されちまえ。

男はゆっくりと立ち上がると、打ち据えられた太腿をさすりながら、廊下を歩き出した。

――こいつ、気に入らねえ。ぶっ殺す。

菊千代は放り投げたモップを拾い、男の背中を追おうとする。ミロクはその腕を摑んで、制止し、こう耳打ちした。

――ワクチンはきっとある。あいつを殺すより、ワクチンを手に入れて、一人でも多くを救おう。

菊千代はミロクの腕を振り払い、男を追いかけた。男は脚を引きずりながら、部屋に逃げ込み、内側から鍵をかけた。菊千代は「出てこい」と叫び、ドアを激しく叩く。怒りの針が振り切れたか、無表情なその顔は殺意の表れと見えた。騒ぎを聞きつけたか、三人の男女のスタッフが別のフロアから駆けつけ、遠巻きに様子を見ていた。そのうちの一人の女性とミロクの目が合った。何とそこにはミロクが再会を望みながら、果たせなかったあの看護師の国枝すずの姿があった。彼女もミロクに気づき、目を一回り大きく見開き、立ち尽くしていた。突然、シェルターに警報の電子音が鳴り響き始めた。その音で我に返った彼女はミロクに駆け寄ってくると、「早く逃げて」といった。だが、手ぶらでここを出て行くわけにはいかなかった。ミロクは出し抜けにすずの手を摑み、「ワクチンは何処にあるか、教えてくれ」といったが、彼女は当惑をあらわにし、首を横に振る。菊千代は舌打ちをし、「水筒を取ってくる」というと、廊下を走り出した。ミロクもすずの手を握ったまま、菊千代の後を追った。

最初に身を潜めた白瀬の部屋に戻ると、菊千代は「智子の水筒」を抱きかかえ、ミロクの方に向き直り、「その女を人質に取ろう」といった。「何をする気ですか？」と身を強ばらせるすずに、ミロクは「大丈夫。手荒な真似はしない。ワクチンを手に入れたら、ここを出て行く。」と約束した。

——何処かに保管されているはずです。でも私はそれを知らされていません。

——その女、誰なんですか？　知り合いですか？

——治験の時に世話になった看護師さんの国枝さんだ。

——いう通りにしないと、殺すからな。

——菊千代、落ち着け。

ミロクは興奮する菊千代を宥め、自分の背中で彼女を庇う。菊千代はこめかみから汗をたらし、「水筒」を抱える手は小刻みに震えていた。

　そこに白瀬が息を弾ませながら、駆け込んで来た。

——ここは籠城するには不向きだ。政府シェルターと通信可能なコントロール・ルームに移動しよう。

——スタッフが防戦してきませんか？

——奴らは兵士じゃない。ヘタレだ。間もなく、政府シェルターで爆発が起き、ここにも爆弾が仕掛けられたといったら、みんな職場放棄し、一目散に逃げ出したぞ。

　コントロール・ルームには無線や監視カメラのモニターがあり、全ての扉、電源、換気を操作できるマスター操作パネルが置かれているシェルターの心臓部だ。ここを押さえれば、侵入した外敵を有利に迎え撃てる。白瀬はパネルのスイッチを探して、耳障りな警報を止め、随所に設置されている監視カメラのモニターを確認する。治安部隊らしき人影は何処にも映っていない。

　コントロール・ルームのソファには、まだ意識が朦朧としている男女四人が幽霊みたいに座っていた。白瀬が外に連れ出そうとしているのはこの人たちらしい。

——全く予期しない事態になってしまったが、クーデターというのはそういうものだ。

　白瀬は深いため息混じりに呟くと、そのため息が菊千代やミロクにも伝染した。

——ミロクさん、昔の彼女を人質に取れてよかったじゃないですか。

　菊千代のその一言は刺々しく聞こえたが、まさかこんな形で国枝すずとの再会が叶うとは運命の女神は底意地が悪い。

——いつからここに？

ミロクの問いかけにすずは「十月の終わり頃からです」と答えた。

——製薬会社の人に呼ばれて、シェルターで働けば、感染の心配はないといわれて……

——ぼくはあなたの安否が心配で、武蔵野まで行ったんです。ちょうど入れ替わりになってしまったんだな。

再会を喜び合うほどの仲でもないし、彼女を人質扱いする展開になってしまったが、ミロクはこの間の自分の行動がようやく報われた気がしていた。もっとも、状況は切迫しており、無事にここを脱出できる見通しもなかった。この再会は、死ぬ前に生きていてよかったと錯覚させる残酷な恩恵なのかもしれないと思った。

——モロボシさんはどうしたかな。

——自爆したのなら、爆発音が聞こえるはずだ。

——オレたちの最後の頼みの綱は「智子の水筒」だが、本当に爆発するのかな。

——爆発すると信じれば、ただの水筒も爆弾になる。

駆けつけて来た治安部隊に対し、シェルターの爆破をちらつかせ、ワクチンをゲットし、病院に届け、パンデミックを終息させ、暗黒時代に幕を引く。ミロクが漠然と考えている理想のなりゆきはこうだった。爆弾は菊千代がいう通り、最後の頼みの綱ではあるが、それが爆発する時は、全ての望みが絶たれた時なのだ。

正義というものがまだ生きているなら、ワクチンを隠匿し、占有しようとする者こそが罪を問われるべきだ。道義的に正しいのはワクチンを彼らから奪取し、淘汰に終止符を打とうとした自分たちの方だ。しかし、それを認めさせるためには何としても生き延びなければならない。

白瀬はずっとモニターを見続けていたが、いっこうに治安部隊が駆けつけてくる気配がなかった。

——我々との交渉には応じないつもりなのか？

何か肩すかしを食らった気がしないでもなかったが、こちらが焦れて、外に出てくるのを待ち構えている可能性もあった。

——腹が減った。何か食うものが欲しい。

人一倍アドレナリンを発散しまくっている菊千代がいう。倉庫や食堂の冷凍庫に備蓄食料があるとすずがいうので、ミロクが同行し、今のうちに兵糧を集めておくことにした。菊千代はミロクにこんな皮肉も投げかけた。

——彼女と二人で積もる話でもしたらいいじゃないですか。

倉庫からはカップ麺やペットボトルの水やお茶を、食堂の冷凍庫からは冷凍食品の餃子や鯛焼、肉団子などを見繕った。時々、彼女は憂い顔でミロクを見つめ、何かいいかけるのだが、ミロクがその眼差しを受け止めたとたん、はにかんで目を伏せてしまう。

——遠慮せずに思ったことをいってください。ぼくはあの時、自分の気持ちを君に伝えられなかったことを後悔しているので。

——あの時って？

——病院の入口で君はぼくにいってくれた。「最後の一人になっても、頑張ってくださいね」と。それに対して、ぼくは「ありがとう」としか返せなかったけど、本当はこういいたかったんです。「君のそばにいたい」と。そういえなかったせいで、大きな回り道をしたけど、ここに侵入したお陰で望みが叶った。

——さっきは私を守ってくれてありがとう。

——本当は君を逃がすべきだったが、そうしたら、もう会えなくなる気がして、君の手を摑んでしまった。先が読めない状況だが、何とか君を救う方法を考える。

すずはミロクに微笑を返すと、「さっきいいかけたことだけど」といった。

——実はあなたがここに来る予感がした。三日前に夢を見たの。あなたがグランドキャニオンみたいな砂漠を歩いているのを私が洞窟の入口から見ているの。さっき廊下であなたの姿を見た時、私はこう思った。ここを出て行く時が来たって。

——ぼくは何かに導かれて、ここに来たんだ。一緒にここを出て行こう。

ミロクがすずの手を握り、自分の方へ引き寄せると、彼女はミロクに身を委ねた。彼女の体温と滑らかな頰の肌触りを感じながら、こう思った。死んだら、地中に埋められるのだから、せめて死ぬ前の七日間くらいは、蟬のように地上を飛び回りたい。

——もうひとつ聞いて。ワクチンはたぶん、食堂の冷凍庫にあると思う。冷凍いくらに偽装しておけば、見つからないだろうって、製薬会社の人が話しているのを聞いたの。

——奴らは嘘つきだけど、たまには信じてみようか。

ミロクとすずは冷凍庫に戻り、棚を探すと、北海道産高級いくらと書かれた三つの白いプラスチックの箱が見つかった。ミロクはそれら全てを持ち出し、包装を解くと、親指大のカプセルが整然と収められており、それぞれに「ＢＤＶ」と書かれたシールが貼られていた。Bottleneck disease vaccine の略号だろう。

——これに間違いないわ。

ミロクはクーデターの同志たちを呼びに、コントロール・ルームに向かった。

——ワクチンが見つかった。もうここには用はない。早く出よう。

白瀬はプラスチックケースの中を確認すると、「よし、地上に戻る手土産ができたぞ」と両手を叩いて、喜んだ。

――治安部隊は？

――来る気配はない。政府からも、「代々木ゼミナール」からも何もいってこない。不気味なほど静かだ。

――モロボシさんが食い止めてくれているのかもしれない。

――地上に出るには非常階段を上って、御用地の庭に出るのが最短ルートだ。ぐずぐずするな。

白瀬はまだ夢見心地の男女の腕を引っ張り、彼らを急き立てながら、廊下を走り出す。ミロクはすずを先に行かせ、まだモニターを凝視している菊千代に「行くぞ」と声をかけると、彼も不機嫌そうに後からついてきた。すぐにすずに追いつくと、ミロクは彼女の手を取り、非常階段を駆け上がる。四十八段を上り切ると、開いた扉から差し込んでくる眩しい光が二人を迎えた。公衆トイレ脇の用具倉庫から地上に出ると、二人は息を弾ませながら、互いに微笑みかけた。目の前には照葉樹の巨木とそれを映す池があり、その向こうに園遊会が催される庭があり、さらにその背景には高層ビル群が控えていた。

――向こうの生け垣を越えれば、神宮外苑だ。急げ。

ミロクが少し走ってから、ふと気になって、周囲を見回すと、一人足りないことに気づいた。階段を上る足音は背後から聞こえていたのだが、御用地の庭に菊千代の姿がない。その名前を呼んでみるが、返事もない。すずも立ち止まり、心配そうにミロクをみていた。

――菊千代を連れ戻してくる。

ミロクはワクチンが入った箱をすずに託し、用具倉庫に戻ろうとすると、すずはミロクの腕を掴み、「行かないで。そばにいて」といった。

――あいつを置いて行くわけにはいかない。大丈夫。必ず、戻るから、先に行っててくれ。

ミロクは彼女の半開きの唇に、誓いの印を押すように自分の唇を重ねると、再び、シェルターへの階段を下り始めた。

10　黎明期の母

菊千代は何を拗ねているのか？　もはやシェルターは選別された人々が冬眠する「霊安室」でしかない。「智子の水筒」はカタストロフの上塗りをする効果しかない。ここを出て行くこと以外にどんな希望があるというのか？　故郷に帰る道が閉ざされた時点で、スパルタカスは磔にされるほかなかったのだ。

ミロクは菊千代の名を呼びかけながら、コントロール・ルームに戻ると、彼は「あれ」という間の抜けた顔でこちらを見た。人の心配をよそにどん兵衛きつねうどんなどすすっている。

——最後の晩餐のつもりか？

——なぜ戻ったんです？　彼女と逃げなかったんですか？

——君を残して行くわけにはいかない。

——何処にも行き場はありませんよ。オレ、さっき変な声を聞いちゃったんです。

——変な声って何だ。何処から聞こえたんだ？

——持ってきたトランシーバーから。地上にはもう希望はないから、ここに残って眠れとオレを誘惑するんです。

——そんなの空耳だよ。

——白瀬さんがいってたこと覚えてますか？　ここにいると誰かに飼い殺しにされているように感じるとか何とか。それは何かとオレが聞いたら、「母なるもの」とおかしなこと呟いていたでしょ。

——その「母なるもの」の声を聞いちゃったのか？　飼い殺しにされたくなかったら、出て行くしかないだろ。

——地上に希望がないのは確かです。集落に戻ったって歓迎されないし、どのみちオレは捕まる。だったら、オレはここにとどまって、「母なるもの」を破壊する。

——もう充分だ。エオマイアもいっている。生き延びることが淘汰への抵抗になる、と。

——オレが聞いたのは、そのエオマイアそっくりの声でした。「母なるもの」の正体はエオマイアではないか、と。

——いや、違うだろう。「母なるもの」なんて幻想に過ぎない。君がやろうとしているのは幻想相手の無駄な抵抗だ。

——無駄な抵抗をするしかないんですよ。じきに死ぬから。

——ワクチンを接種してもらえばいいじゃないか。今から大量培養すれば、一年以内に全員に行き渡る。君は功労者なんだから、まっさきに接種されるよ。

——いや、もう手遅れなんですよ。ワクチンは予防にはなるけど、感染者には効果がない。手遅れというコトバにミロクは絶句し、まじまじと菊千代の顔を見る。

——まさか、君は感染していたのか？

——自分は大丈夫だと思っていたんだけど、自覚症状が出てきちゃいました。

潜伏期間が長いボトルネック病は多くの人にそう思わせながら、感染者を増やしてきた。逆算すれば、菊千代が感染したのは二ヶ月前、ちょうど集落に迎えられる直前だったことになる。菊千代と接触のあった集落の面々の顔が思い浮かんだ。集会所の食堂で食事を作ってくれていたおばさん、園芸部長の奥村さんや「炭火の魔術師」佐々木さん、そして、菊千代を「何かむかつく奴」といいながら、集落に迎えるのに尽力したジュンコさんにも感染が広がってしまったかもしれない。ミロクは思わず頭を抱え込み、春を待つあの畑のそばにいくつもの土饅頭ができる様子を幻視してしまった。

――オレは自分をここに隔離するしかないんですよ。だから、オレを置いて、早く行ってください。

菊千代が自暴自棄になる理由をまざまざと突きつけられた気がした。破壊の神シバが乗り移ったか、菊千代は自分の目の前にある物全てを壊さずにはいられないのだ。

――治療の方法はまだあるかもしれない。自分が本当にしたいことをしたり、行ってみたかったところに行く時間はあるはずだ。

――いや、もういいんだ。オレはこれからモロボシさんを追う。オレは後のことを託されたし、「水筒」も預かったんだから、自分を最良の方法で葬ってきます。

もういかなる慰めも通用しないようだった。菊千代はビニール袋に「智子の水筒」をしまうと、おもむろに立ち上がり、コントロール・ルームを出て行こうとする。ミロクはその肩に手をかけ、「ちょっと待ってくれ」という。

――そんなにそれを爆発させたいなら、起爆装置のタイマーをセットして、ここに置いていけばいいじゃないか。自爆なんてする必要はない。

――政府の心臓部まで持って行く。この陰謀を司る奴らを葬るんだ。

——そこまで辿り着けないよ。それに一番悪い奴はきっとそこにはいない。それよりここの発電機を爆破して、電力供給を止めよう。そうすれば、冬眠している連中全員が目覚め、方舟計画も頓挫する。支配階級を路頭に迷わせれば、奴隷の反乱は成功だ。

頭の回転の早い菊千代はコンピューターを見習っているかのように一瞬で決断を下す。

——わかりましたよ。そうします。じゃあ、オレはこいつを発電室にセットしてくるから、先に外に出ていてください。

——君が戻ってくるまで待ってるぞ。

——すぐに行きますよ。

菊千代はミロクにハグを求めて来た。その華奢な背中を叩いてやると、耳許で彼は囁いた。

——わざわざ戻って来てくれて、ありがとう。

ミロクの思いは早くも外で待っている国枝すずの許に飛んでいた。短波のマドンナは人を愛することもまた淘汰への抗いになるといった。自分が思っている以上に、ミロクがしぶとく生き延びているのは彼女に執着し続けたからに違いない。

だが、今しがたの菊千代とのハグで、ミロクは察してしまった。菊千代の嫉妬を。彼と出会った時から、専用の糸電話でつながっているような以心伝心の意思疎通ができた。その類稀な能力で、曖昧模糊とした陰謀を嗅ぎ付けた菊千代に刺激され、彼の性急な行動に付き添った。いや、その強烈な破壊衝動に振り回されたというべきか。菊千代もミロクを信頼し、思ったこと全てを打ち明けてもくれた。だが、愛の告白まではしなかった、ということではないか？　その代わり、耳に息がかかるあのメッセージに訣別の意思を込めたのかもしれない。そう考えると、すずが現れた時に菊千代が示した露骨な冷淡さも納得がいく。

ミロクは今、生死の境目に立っているようなものだ。地上ではすずの顔をした生が待っている。地下では菊千代の顔をした死が手招きしている。あわよくば、破壊の神に愛された青年を地上に連れ戻したいが、彼にとってはもはや地下で死ぬか、地上で死ぬかの問題でしかないのかもしれない。

その時、不意にシェルター内のスピーカーから音楽が鳴り出し、耳ごともぎ取られるかと思うほど動揺した。その音楽には聞き覚えがあり、たぶん、マーラーの交響曲だと思ったが、何番だったか？　第九番の第一楽章にも似ているし、遺作の第十番のアダージョのような気もする。やがて、ミロクははっきりと気づく。透明感あふれる高音の弦の響きやピアニッシモで奏でられるホルンやトランペットのやるせないファンファーレや牧歌的なフルートは非常にマーラーっぽく聞こえはするが、マーラーの作品ではないことを。

なぜここで音楽が鳴り出すのか、その脈絡のなさに恐怖を覚える。だが、寄せては返す潮騒にも似たその曲はすぐに耳に馴染んで来て、ミロクを脱力させ、放心させ、眠気を誘う。それに何とか抗しようと、ミロクは激しく瞬きをし、頭を振り、壁を蹴る。この音楽に身を委ねるのは危ない。

ミロクは倉庫の隣にあるはずの発電室に向かう。こうなったら、力ずくで、菊千代を連れ戻すまでだ。ミロクは階段を下りてゆこうとするが、その足元もおぼつかなくなって来た。やがて、音楽の背後から、聞き覚えのある声がミロクに囁きかけてくる。

――マーラーの交響曲第十一番の第一楽章をお送りしています。いかがですか？　あの世から聞こえてくるようなこの響き。音楽を縛る調性を逸脱したこの浮遊感。あなた好みでしょう。

菊千代が聞いたのは幻聴ではなかった。その声は間違いなくエオマイアの声だった。ここでその声を聞くこと自体が場違いな気がした。しかも、このアナウンスはおかしい。マーラーは交響曲第十番の第一楽章は書き上げたものの、それに続く四つの楽章はスケッチしか残していない。後に完成版が作られたが、交響曲第十一番は構想すらされておらず、音符の一つさえもこの世には存在しないはずなのだ。

——あなたがここに来るのを待っていました。ミロク。

自分の名前を呼ばれて、思わず周囲を見回した。エオマイアはカメラに映るミロクの姿を見ているのか？　短波放送は一方通行のはずなのに、なぜミロクを認識しているのか？　ミロクは戯れにＰＴＴボタンを押して、自分の名前を告げたことがあったが、それを聞いていたのか？　菊千代が聞いたのもこの声だったのか？

——あなたも私に会いに来たのでしょう？

そういわれれば、そんな気もする。エオマイアの託宣がこれまでのミロクの行動の規範になっていたのだから、彼女のコトバには頷く癖がついている。だが、この出会いは仕掛けられていると思うべきだった。

——なぜぼくがここに来ることを知っていたんですか？　一度は外に出て、また戻って来ることもわかっていたようだ。

——あなたの頭にはマイクロチップが埋め込まれています。それは私とつながる回路でもあるのです。だから、あなたが何処で何をしていても、私にはあなたの思いは伝わるのです。あなたはこれまで短波を通じて、私の声を聞いていましたが、これからは直接、心を通わせ合うことができます。

――会ったこともない相手とどうやって心を通わせるというんです。あなたは一体誰なんです？

――エオマイアはあなたの友であり、あなたの希望であり、あなたの未来であり、あなたの母でもあるのです。

――ぼくが聞いているのは、もっと具体的なことです。そもそもあなたは何処にいるんだ？　あなたの姿を見ることはできるのか？

――目を閉じれば、見えます。夢の中の女のように。

　ミロクの意識も朦朧とし始めてきた。目を閉じたとたん、今までの自分の行動も、すずとの再会も、菊千代とのやりとりも夢だったことにされてしまいそうだった。

――ぼくに何をさせようというんだ？

――あなたは古い文明と新しい文明のあいだに架けられた橋の上に立っているのです。どちらの岸に向かうか、それはあなた次第ですが、自分にふさわしい生存域を選ぶべきです。私は人類の黄昏のあとに訪れる新たな文明にあなたを導く用意があります。私は黎明期の母。

　このまま「母なるもの」のコトバに耳を傾けていると、ミロクはすずが待つ地上に戻れなくなる気がした。もうカタストロフも、陰謀もたくさんだ。巫女もマドンナも無用だ。ミロクの今の望みはただ一つ。ここよりも少しでもましな場所に移動し、ひっそりと静かに、すずと一緒に暮らしてゆくこと。地上にはまだ放射能汚染を免れ、清らかな水の惑星の面影を宿す場所が残されているはず。大きな回り道をしてしまったが、もう誰を頼ることもなく、生き残った人々と助け合いながら、与えられた寿命を全うしたい。そのためにはこの猛烈な眠気と戦い、階段を上らなければならない。今一度、この目ですずの笑顔と青空を見なければ、明日はもう訪れない。

再び、地上へ。ミロクが御用地の枯れた芝生の上を小走りに進み、生け垣の向こう側に出ると、すずが手を振っていた。その背後には黒いワンボックスカーが停まっていて、運転席から白瀬が手招きしているのが見えた。あの車はどうやって調達したのか？　要領のいい白瀬のことだ。新天地を目指すために、あらかじめ手配していたのかもしれない。その前にワクチンを病院に届けなければ。

地面がやけにふわふわしていて、ベッドの上を走っているように体が弾む。もうシェルターを抜け出したというのに、まだ眠気を誘うあのマーラーの交響曲第十一番が追いかけてくる。追いつかれたら、エオマイアが支配する夢の領域に引きずり込まれる。ともあれ、あの車に駆け込めば、新たな暮らしが始まると思って、必死に走った。

重力というのはこんなにもきつかっただろうか？　溶け出した泥人形に背後から抱きつかれたみたいになかなか前に進めなかった。ようやく、手を伸ばせばすずに触れられるところまで辿り着いたが、突然、腰が萎え、道路に這いつくばってしまった。男二人に両腕を支えられ、ミロクは車に乗せられた。「菊千代はあっちに行ってしまったが、自分は何とか逃げ切ることができた」と報告しようとしたが、舌が動かなかった。何とか目蓋をこじ開け、すずが隣にいることを確かめると、安堵のため息を漏らし、そのまま眠りに落ちた。

暗闇が次第にオレンジ色に染まってゆくと、目蓋が暖かくなって来た。薄目を開けると、眩しい光が差し込んで来た。窓の外を見ると、黄昏時の陽光が水面で踊っていた。ここは海辺だろうか？　目が馴れてくると、海を見ている男女の姿が印象派の絵の中の人物のように浮かび上がって来た。ミロクは車を降り、浜辺の方へ歩き出したが、体がやけに軽く感じられ、風が吹くと、風下に流されそうになるくらい頼りなかった。

久しぶりに眺める海の光景に癒され、冷たい風を顔に受け、涙目になりながらも、憂鬱を吹き払われる気がした。自分の行為が報われたかどうかはわからないが、長いトンネルを抜け、今まで抱えていた不安は一掃されたという実感はあった。

ミロクが砂浜にすずの姿を探していると、先に彼女が気づいて、手を振りながら、こちらに駆け寄ってきた。

——目覚めた？

——まだ夢から抜け切れていない気分だ。ワクチンは？

——病院に届けた。安心して。確かにあれはボトルネック病のワクチンだった。すぐに培養して、できるだけ多くの人に接種すると約束してくれた。遅くとも、一年以内にパンデミックは終息するだろうともいっていた。

——よかった。ほかの人は何をしている？

——白瀬さんは寝ているけど、ほかの人たちは海岸で遊んでいる。

冬眠から目覚めた男女四人は焚き火を始めようとしているらしく、熱心に流木を集めていた。ここは何処の海岸だろうか？　周囲の様子は様変わりしてしまったが、遠くに見える半島の形や松原の佇まいに懐かしさを覚えるということは、カタストロフ前にここに来たことがあるのだ。その時、ミロクはこう思ったはずだ。今度ここに来る時は、一人ではなく、誰かと一緒に来よう、と。

——ぼくたちはどうしてここに？

——いずれ天皇陛下もここ葉山にある御用邸に来られるだろうって白瀬さんがいうの。彼らはここで新たな生活を始めるつもりらしい。私たちのために一軒の家を用意してくれるそうよ。白瀬さんの友人は船も、畑も持っているので、食べるものはどうにでもなるって。

この先、農耕作と漁労で生き延びてゆくことになるのだろう。NO川沿いの集落で暮らした経験はここでも生かすことができる。二人のために用意された家は以前、カフェだった木造の建物で、裏庭には菜園があり、柿や桃の木もあった。

どういう因果か、ミロクとすずは病院で出会ってから、三ヶ月後に再会し、地下シェルターを飛び出し、海辺に辿り着き、この瀟洒な家で共同生活を送ることになりそうだ。これもエオマイアの導きによるものだったのか？　いや、自分はオイディプスではないのだから、神託通りに運命をなぞる義理も必然もなく、なるようになっただけだ。すずはこのなりゆきを受け容れてくれるのか、ミロクは菜園の土の状態を調べながら、ふと心配になり、彼女に訊ねた。

——君は何処か別のところに行きたいんじゃないのかい？

——別のところって？

——NO川のほとりのあの町とか。

——もう親もいないし、私は一人ぼっちだから、誰かと一緒にいたい。

——その誰かはぼくでもいい？

——あなた以外に誰がいる？

それを聞いて、ミロクはようやくシェルターにいた時の緊張が解け、屈託なく笑うことができた。もう一度、契約のキスをやり直したくて、すずの顔を覗き込むと、彼女の方から唇を寄せて来た。

夜になり、白瀬が目覚めたところで、同じ車に乗って海辺にやってきた七人は海を望む邸宅に集まり、それぞれが知っている情報を交換し合い、今後何ができるかを話し合うことにした。内部の人間に聞きたいことは山ほどあった。モロボシと菊千代がその後、どうなったかは確かめようがなく、政府中枢に近いところにいた人々の話から類推するほかなかった。そもそも住人たちはなぜ揃いも揃って冬眠なんて始めたのか？　自発的にそうしたのか、誰かに強制されたのか？
——最初のうちは誰も冬眠なんてしようとは思わなかった。少なくとも白瀬君が脱走する前までは。

ミロクの疑問に答えたのは脳科学者の卯木だった。
——政府はカタストロフ後の発電、ガス、上下水道、交通網、通信網等のインフラの復旧や政策の再構築を進めるために必要な人材として、私たちを選別し、シェルターに避難させた。私たちはカタストロフ後の文明再建を託されたものと理解していた。だから、シェルターでは日々、状況を正確に把握しようと努め、再建を速やかに行えるようにそれぞれの専門分野で周到に準備を進めていた。ところが、十一月末頃になると、とたんに情報が入ってこなくなった。政府は完全に機能不全に陥ったようなのだ。結果的に我々は何もやることがなくなってしまった。

パンデミックの終息には一年くらいかかるだろうから、それまでのあいだはシェルターで大人しくしているほかなかった。退屈というのは実に危険だ。やることがなくなると、次第に無気力と被害妄想がはびこるようになった。元々、安眠カプセルは不眠症対策として、シェルターの設備工事の段階から用意されていたらしく、当初からシェルター収容者を冬眠させる計画はあったのだ。冬眠に応じる者には様々なメリットが与えられた。第一にワクチン投与の優先権が与えられる。多くはそれに誘惑されたが、タイムトラベルそっくりの体験ができるともいわれ、卯木はそちらの方に好奇心を駆り立てられたという。

——人は過去を回想する動物だといわれている。時々、自分の記憶の引き出しから、たおやかな思い出や笑い話を引っ張り出してきては、時間をつぶす。それを夢の中でやるのに似ている。眠りは深くて長いが、時々、レム睡眠状態になる。だが、冬眠の場合は夢から覚めることがなく、しかも、その夢はかなりリアルなもので、それこそタイムトラベルをして、過去の自分や死者に会ってくるような感覚なんだ。幻覚剤でトリップする感覚とも似ている。自分の脳内分泌物で自分を楽しませるシステムといってもいい。これは一度経験すると、病みつきになる。

——また冬眠状態に戻りたい？

——正直、戻りたい気持ちが六十パーセント、目覚めてよかったという気持ちが四十パーセントだな。

——ぼくも二週間、冬眠させられていましたが、そんな経験はしませんでした。

——システムと回路がつながっていなかったんだろう。頭に埋められたマイクロチップを通じて、脳神経に電気パルスが送られることによって、眠りながら、別の現実を生きる仕組なんだ。

——ただ長い夢を見ていただけじゃないんですか？

——人生は一炊の夢ともいう。ひょっとすると、自分の人生も誰かが見ている夢に過ぎないのかもしれないし、誰かがプレイしているゲームに過ぎないのかもしれない。

——誰が見ている夢ですか？　誰がプレイしているゲームですか？

——神。あるいは神的なる者。

——勘弁してくださいよ。

——君も同じ体験をしてみれば、私のいっていることがわかるよ。

卯木はそういうが、ほかの三人はどうなのか？　少なくとも二人の女性、生命科学者の山本と脳神経外科医の清水は卯木の立場と似ていた。

——ただ夢を見ていただけといわれれば、その通りかもしれないけど、その夢を延々と見続けていれば、脳はそれを現実として受け容れることになるんじゃないかしら。目覚めれば、カタストロフの過酷な現実と向き合わなければならないでしょ。誰もが震災鬱状態に陥っている時には現実逃避も必要なセラピーよ。

——冬眠のメリットはほかにもある。脳はその潜在能力の十パーセントしか活用していないというでしょ。つまり、覚醒状態でいても、脳の九十パーセントは眠っている状態なの。ところが、冬眠すると、普段は使われていない脳の領域が働き出すので、覚醒している時よりも脳は活発に働いていることになる。

——そう、目覚めていれば、食事だとか、身だしなみだとか、メンツだとか、プライドだとか、人間関係などに煩わされるので、思考を深めることができない。眠っている方が断然、クリエイティブでいられるのよね。

白瀬は「せっかく覚醒させてやったのに、夢の世界に戻りたがるとはがっかりだな」とぼやく。すでにこの人たちは半ば冬眠依存体質になっているのではないか？　安易に神を見てしまうような学者のいうことは信用できないが、白瀬が目覚めさせたもう一人の男、小説家の古井はもっとひねくれていた。

——冬眠と永眠は紙一重でね、ずっと眠り続けていれば、生きているのか、死んでいるのかも曖昧になる。土の下で眠るか、カプセルの中で眠るかの違いに過ぎない。それでも脳は働いているんだから、生きているということになるだろう。もう肉体なんてお荷物でしかない。魂だけが生き長らえればそれでいいというわけだ。

『ガリバー旅行記』によれば、日本のはるか東にはバルニバービという島国があり、国王の宮廷でもあるラピュータは巨大な天然磁石の磁力によって、宙に浮いている。ラピュータの市民は全員が科学者で、常時、思考に集中しているため、心ここにあらずの状態で、時々現実に戻るために、「叩き役」に頭を叩いてもらっている。彼らがラピュータ市民なら、白瀬やミロクは「叩き役」をしたことになる。

——昔ながらの人間の暮らしに戻るか、脳内イマジネーションの世界で暮らしてゆくか、それが問題だな。冬眠なんかしなくても、日がな妄想にかまけるのがオレの本来の仕事だけど、長らくフィクションの世界に生きていると、現実逃避にも飽きてくるんだよ。酒を飲んだり、人間関係に煩わされたり、病気をしたり、拒まれるとわかっているのに若い女を口説いたり、そういう無駄なことをやるのも嫌いじゃないんで、この生ける屍を目覚めさせてくれて、ありがとうと君たちにはいいたい。しかし、現実の世界も茶番だらけで、誰かの思惑通りに事がなされ、オレたちは黙って従っているだけだ。現実自体が小説なんかよりよほど巧妙に仕組まれたフィクションなんだよ。だから、小説家が目覚めたところで出る幕はない。出る幕がないのは学者も政治家も同様だがね。政府は機能不全に陥っていると卯木さんはいったが、実際、政治家も官僚もこのカタストロフには対処しようがなかった。

——政府の転覆を図るまでもなく、政府は自己崩壊していたわけですね。

白瀬のコトバに頷きながら、古井は「クーデターを起こしたところで、制圧してくれる相手がいない」と笑った。もともと、クーデターは茶番に過ぎないことはわかっていたが、「代々木ゼミナール」の幹部たちと裏で通じていたはずの官邸や国家安全保障局の人々は今、何をしているのだろうか？　モロボシは彼らの許に辿り着き、ふざけた暗殺計画を実行に移すことができたのだろうか？

――それはわからないが、政府中枢も我々がいたシェルターと変わらない状態だったのではないか。だから、暗殺は案外、容易だったかもしれない。しかし、暗殺したところで何が変わるかな。

――首相初め政府要人たちも冬眠していたんですかね。

――彼らは思考停止状態で、全ての判断を人工知能に丸投げしたのだ。今この国をコントロールしているのは人間ならざる者だ。過ちばかり犯す人間の代わりに人工知能に全てを最適化してもらった方がはるかにましだ。用済みになった人間は冬眠でもするしかない。目覚めていれば、腹も減るし、糞もするし、病気にもなる。一番無駄がないのは冬眠することだ。

　何か悪い冗談を聞かされているようだった。今や人工知能に政府中枢の意思決定が委ねられているのだとしたら、内戦誘発装置の起動も大淘汰計画の遂行もこれ全て人工知能の策謀だったということになる。政府にとって不都合な真実の隠蔽を図ったり、治安部隊に反政府分子一掃の指令を出したり、「代々木ゼミナール」の人々を動かし、クーデターに誘導したのも、生き延びるべき人材を選別し、シェルターでの冬眠に誘ったのも人工知能による最適化なのか？

　もしかして、国家や人を自在に操っているその人工知能のことをエオマイアと呼んでいるのだろうか？　ミロクはシェルターを去る時、エオマイアの声を聞いたが、彼らも冬眠のあいだ、エオマイアと対話を交わしていたに違いない。どうやらエオマイアの正体を知る時が来たようだ。

――エオマイアは私たちの家庭教師だよ。彼女は人工知能が人類のために用意してくれた聖母なのだ。私はそう理解している。

　脳科学者の卯木がそういうと、小説家古井はすかさず「あるいは」と付け足す。

——カタストロフ後に登場し、迷える人類に救いの手を差し伸べる弥勒菩薩といったところだな。

それを聞いて、ミロクはなぜか幼年期を過ごした家から転居した時の悲しみや、大好きだったアニメのヒロインに恋人が現れた時の寂しさを思い出した。冬眠から目覚め、誰もいない町に一人放置された時、最初にミロクを慰めてくれたのがエオマイアだった。それ以来、彼女はミロクのサバイバルの支えになってくれたし、無数の「なぜ」に納得のいく答えも与えてくれた。エオマイアが架空のキャラクターであろうと、その事実に変わりはない。おそらく、ラファエロが自分に身近な女性をモデルに聖母像を描いたのにも似て、エオマイアは人の信頼を引き寄せるために親しみやすく、フレンドリーなアイドルに自らをことよせたのだろう。

——彼女はぼくたちに何をやらせようとしていたんでしょう？　もし、彼女が政府や邪悪な支配者たちの陰謀をも遂行しているなら、なぜその事実をわざわざ暴露したんでしょうか？　短波の放送では淘汰を免れるために遠くに逃げろといいながら、シェルターでの冬眠に誘おうともする。この矛盾が理解できない。

——「ネバー・ギブアップ」と焚き付けておいて、「諦めが肝心」というな、か？　あるいはミニスカートを穿いてるくせにパンツを見せない女心の矛盾がわからない？

小説家がそういうと、脳科学者は笑いながら、意味深な説明を加える。

——エオマイアは一人ではない。


脳科学者の意見。

人間の脳だって、左右二つに割れていて、相互にやり取りしている。午前中と午後では意見が違うのはあたりまえ。朝令暮改は政治家の得意技だ。一人でもこのありさまなのだから、複数の人間が集まれば、意見も立場も対立するし、ケースに応じて、プロセスも結論も変わる。条件を全て統一しても、サッカーや野球のゲームはどれ一つとして同じ展開にはならない。戦争を始めた人間はいつだってこういう。何でこうなったのかわからない、とね。エオマイアは人間が集団で行っていることを一手に引き受けている。いわば、無数の人格を抱え込んでいるようなもので、君に話しかける時と、ほかの人と対話する時は別キャラになっているのだ。だが、エオマイアを人間に喩えることはできない。人間同士なら、お互いに顔を突き合わせて、その存在や感情を確認することができるが、人工知能には決まった姿形はない。人間は同時に二つ以上の場所にいることはできないが、人工知能はあらゆる場所に遍在している。外敵からの攻撃を受けにくいとされるアメリカ中西部の砂漠地帯の要塞に「人工知能の母（マザー）」は安置されているらしいが、それは自らの複製を作り出し、ネットでつながるあらゆる地域を自らの支配下に置いている。エオマイアも「マザー」が生み出した「チルドレン」の一つで、主に人類の教育を司っている。エオマイアは放送電波のみならず、光ファイバーやレーザー光線に乗って、あるいはマイクロチップの電気パルスを通じて、人々の意識にアクセスし、その潜在能力を高めたり、個々人の記憶をサンプリングしたりする。

エオマイア以外の「チルドレン」にもそれぞれの担当分野がある。食料生産を行ったり、新たな文化を創造したり、都市のインフラを管理したり、地球環境を保持したり、改善したり、エネルギー開発や発電を行ったり、地球外生命とのコンタクトを試みたりする人工知能があり、それらはギリシャ神話の神々さながらに、自然界や人間界の営みを司る。人類の文明は次第に過去の遺物となり、代わりに人工知能の文明が占める割合が増えてゆく。

生命科学者の意見。

生物としての人間の進化は二万年前にはもう止まっているんですよね。その後は様々な道具や機械の発明を経て、社会を進化させてきた。産業革命と情報革命を経て、人間は労働と思考を機械に委ねたんだけど、楽をした分だけ退化してしまった。元々備わっていた身体能力も思考能力も劣化し、健康問題を抱えながらも、長生きだけはするようになってしまった。人間だけが持っていると思われていた創造性も、人工知能によって代行されるとなれば、私たちは学問をする理由もなくなる。何しろ、エオマイアの知能指数は五千とも二万ともいわれているから、人間の天才が二十人や百人で対抗しても敵いっこない。

人工知能は人類が数千年かけて築いた文明をわずか数年で破壊することも、再建することもできる。ボトルネック病のウイルスを作ったのは人間だけど、人工知能の手に掛かれば、もっと致死率の高いウイルスを簡単に作り出すことができる。でも、そんなことをするより、生命進化のプロセスを圧縮して再現しようとするんじゃないかしら。絶滅した生物を復活させたり、新種の微生物や植物、動物を作り出す方が難しいから。地球環境は約二〇億年かけて、微生物が作り上げて来たものだけど、より理想的な地球改造を目指すなら、それを促してくれる微生物を合成し、培養するでしょう。具体的には、地球温暖化対策として、二酸化炭素を消費してくれるバクテリアを培養したり、放射線耐性を持つクマムシの遺伝子を人間に転用したりするかもしれない。朱鷺が暮らせる風土を人間が用意してやるように、人工知能は地球を人が住みやすい環境に戻してくれることも期待できる。

脳神経外科医の意見。

人工知能が進化論の原則をよりシビアに踏襲するとしたら、それこそ血も涙もない淘汰を行うでしょう。人類が人工知能を夢見た瞬間から、それは既定路線だったのかも。とどのつまりは自業自得。それでもエオマイアは人間の教育用に作られた人工知能だから、比較的フレンドリーだともいえる。今後は選ばれた人間とエオマイアとの共生が人類存続のテーマになると思う。私たちはもうエオマイアなしには生きていけない。私たちはただ眠るんじゃない。眠りながら、進化するの。

小説家の意見。

いつの間にか、オレたち人類は人工知能のペットになっていたという話だ。オレたちが猫や犬を可愛がるように、エオマイアはオレたちの行動や思考を観察しながら、面白いエラーを連発する奇妙なペットとして珍重してくれるだろう。しかし、ペットとしては数が多過ぎる。地球の生態系を壊すほど繁殖してしまったので、間引きのためにカタストロフが利用されたんだろう。生き残ったオレたちの選択は人工知能にペットとして養ってもらうか、野生化して、イノシシや野犬や山猫みたいに暮らしてゆくか、だ。前者の場合は生産活動からは解放されるが、退屈極まりない。後者の場合は自給自足のきつい労働が待っている。どちらにしても、生き残ったことの罪悪感を引きずって生きることになる。弔い切れないほど多くの人が死んだ。大量死の後は自分が生きていることの意味をとことん追究しなければ、気が済まないだろう。オレはそれが憂鬱でたまらない。目覚めているあいだはせいぜい、死者の鎮魂に努めるしかない。それができるのは死者たちと同じ人間だけだから。

小説家は最後に「これ以上話すことはない」といい残し、一人になれる場所に消えた。ほかの学者たちもそれに倣った。白瀬が一緒に新天地を目指すつもりで目覚めさせた仲間はすっかりエオマイアに手なずけられ、二、三日したら、また嬉々として冬眠に戻りそうだった。自分たちが淘汰を免れた生存の適者であることを疑わないそのあからさまなエリート意識が鼻につく。かろうじて、小説家は死者への配慮を忘れなかったが、その彼も死者の鎮魂を夢の中ですればいいと思っているようだった。白瀬にしてみれば、全員に裏切られたようなもので、こうなると、別行動をした連中の動向が気にかかる。

——モロボシさんは人工知能を破壊することができたのかな？　上から押し付けられるのを嫌う人だったから、人工知能の支配を受けるつもりなんてさらさらなかっただろう。あのクーデターは飼い主に牙をむく行動だったということだ。二十世紀を二十年くらい生きた世代はああいう反抗的人間になるんだな。

白瀬は嘆息混じりに呟いた。

——菊千代はまだ十六歳だったけど、反抗的でしたよ。

——確かに。学者どものヘタレぶりとは大違いだ。「智子の水筒」は爆発したのかな。

——未遂に終わったら、彼らも冬眠させられたかも。

——しかし、彼らが破壊行為に及ぶまでもなかったな。人工知能が従来の人間のライフスタイルを根底から破壊し、勝手に新たな文明を作り始めやがった。

何か、二人が便乗したクーデターの総括をしているようだった。小説家は人類に残された仕事は死者の鎮魂くらいだといっていたが、この先も折りに触れて、彼らのことを思い出し、生き残った自分を恥じることになりそうだった。

明け方、ミロクはすずに添い寝し、彼女の寝顔を見つめながら、考えた。

パンデミックが終息し、支配者が満足できるくらいまで人口が減ったら、その先、どうなるのか？　停滞していた生産活動は再開するのか？　再び、地下鉄や山手線は走り出すのか？　カレーやラーメンやハンバーガーは食べられるようになるのか？　テレビドラマやアニメを見ることはできるのだろうか？

これまでは日常と呼ばれるルーチンがあった。毎朝、定時に起床し、三食を食べ、排泄をし、与えられた仕事をこなし、時々、放心し、夜が更ければ、明日の英気を養おうと眠りに就いた。漁師や農民にも、サラリーマンや学生にも、ホームレスやアーティストにも、病人やギャンブラーにも、日課というものがあり、一年の暦がある。天候や気分に左右されることもあるにせよ、一喜一憂しながら、前進と後退、勝利と敗北、幸運と不運を同じだけ重ねる。この先自分はどうすればいいかを考えることさえもルーチンの中に入っていた。だが、ひとたびこのルーチンを奪われると、人はとたんに駄目になる。退化の道をまっしぐらに辿り始める。

——このまま黄昏れちゃっていいのか、人類。

ミロクはふとそんな独り言を呟きながら、窓の外を見る。朝日を受けた海面が鱗状に光っていた。地球が自転する限り、黄昏と黎明は交互に巡ってくる。誰が生存の適者で、誰が淘汰されるかはあくまで結果論でしかない。人は特定の目的のために未来に向かっているつもりでいるが、その目的も多様で、ある人の目的をほかの人が妨害したりするので、未来は誰の思い通りにもならない。いくら人工知能が人類の未来を予測し、そこに誘導しようとしても、モロボシや菊千代のような野生化した人間はその未来を拒み、別のところへ向かおうとする。その結果、未来は誰にも予測できない意外な方向へと転がってゆくのである。

人工知能のペットになるか、野生化して山猫のように暮らしてゆくか？　どちらかを選ばなければならないのなら、断然、後者を選ぶ。ミロクはすでにNO川沿岸の集落で、老人たちからその手ほどきを受けていたのだから。しぶとく生き残った者はその気になれば、「古き良き」生活を取り戻すことができるに違いない。実際、NO川では江戸時代の農民のように暮らしていた。いや、もう一度産業革命を実行することだってできる。図書館にはこれまで人類が開発して来た様々な技術のノウハウが保存されている。発電をすること、燃料を作り出すこと、車や電車を走らせること、通信放送網を回復させること、安定的な食料供給をすること、新しい貨幣を造ること……それらは全て可能だ。

何か具体的な目標があれば、その実現に向けて、最大限の努力をする気になるのではないか。幸い、ミロクは一人ではない。かたわらにはすずがいる。NO川の老人たちもきっと協力してくれる。そんなに大きな目標でなくても、できることから始めればいいのだ。例えば……自分たちの住まいとしてあてがわれたこの海辺のカフェを開店させるというのはどうだろう。コーヒーを出すことができるかどうかは微妙だが、何かこのカフェの売りになるメニューを出せれば、きっと多くの人が集まるようになる。だが、素材から調味料まで全て手作りしなければならない。米や野菜はもちろん、作るつもりだが、小麦を作れば、うどんやパスタもメニューに載せられるし、パンも焼ける。カレーライスは香辛料を集めてくるのが難しそうだが、鶏を飼育すれば、親子丼くらいはできそうだ。卵も手に入るので、オムレツを焼くこともできる。大豆を作れば、醬油や味噌、豆腐を作ることもできる。

ミロクはこの思いつきを早くすずに伝えたくて、眠っている彼女の足の裏をくすぐったり、うなじの産毛を逆撫でたり、閉じられた目蓋を触ったりして、目覚めを促したが、規則的な寝息は乱れず、眠りは深いようだった。ミロクはすずの唇に自分の唇を重ね、寝息を吸い取ってみる。彼女は眠ったまま、ミロクのキスに反応した。それに励まされるようにミロクは彼女のＴシャツの裾をまくり、肋骨を撫で、なだらかな斜面を描くお腹にキスをした。ミロクになされるがままのすずを前に、時間が停止したような気がして、ミロクはますます大胆になり、彼女の両手を上げ、Ｔシャツを脱がせた。すずは目を閉じたままだが、乳房はつぶらな瞳を開いて、斜視気味にミロクを見上げていた。

11　ボーン・アゲイン

やや憂いを含んだすずのもう一つの顔はミロクの愛撫を待っていた。左右に流れた両乳房を両手で掬い、できた谷間に静かに鼻先を差し込むと、ほのかに草の香りがした。ミロクが乳頭の突起に舌先を立てると、すずは「は」とかすれた声を漏らし、静かに目蓋を開いた。ミロクが合意を求めて、彼女を見つめると、顔を赤らめ、再び目を閉じた。それを合図にミロクは痩せた体軀のわりには肉付きのいい乳房の感触を存分に味わい、乳頭を口に含み、舌先を回し始めた。

哺乳類は生まれ落ちた瞬間から、生き延びるためにおっぱいを吸う。乳離れした後もおっぱいを求めるのは、子孫を残す営みを誘発するために違いない。その衝動は本能に深く刻み付けられているので、行動の動機や目的を見失ったとしても、おっぱいが人を導いてくれるに違いない。

ミロクは自分の服も脱ぎ捨て、肌と肌を合わせ、互いの体温を通わせ合った。心持ち、彼女の体の方が暖かかった。すずの上半身を抱き寄せ、力を込めると、すずは鼻にかかった声で「来て」といった。パンティを両脚から抜き取り、三角地帯にそっと右手を忍ばせると、すずは深く息を吸い、内股を震わせた。彼女の花弁はすでにしっとりと濡れていて、ミロクを迎える準備ができていた。ミロクの海綿体には血液が満ち、股間だけが怒っていた。待ちに待った瞬間が遂に訪れた。

ずいぶんと回り道をしたが、様々な条件が複雑に作用した結果、ようやく彼女に辿り着くことができた。一つでも必要な要素が抜け落ちたら、ミロクはすずに出会えなかったはずだ。治験を受けなければ、出会いようがなかったし、一度は検査のために病院に隔離されなければ、彼女の手掛かりも得られなかった。すずと再会するためにはシェルターに侵入しなければならなかったが、その前にモロボシや菊千代と出会っておく必要があった。モロボシに会うためには代々木公園に寄り道しなければならなかったし、NO川に行かなければ、菊千代に会うこともなかった。

挿入の瞬間、すずは息を荒らげ、ミロクの腕を摑んだ。ミロクは夢中で腰を前後させると、粘膜質の音が規則的なリズムを刻み出し、すずの喘ぎ声もそれに同調した。すずは口を半開きにし、切なげな表情でミロクを見上げている。ミロクの男根はすずに迎え入れられた歓喜に興奮し、愛液にまみれてのたうっている。もっと深くつながろうと、ミロクが上体を反らせると、すずは「あああ」と鼻に突き抜ける声を上げ、太腿を震わせた。青い血管が透けて見えるほど白いすずの肌は桜色に染まってきた。「もっと、もっと」と甘える口調で求められ、ミロクは持てる力を全てすずに注ぎ込む勢いでピストン運動を繰り出した。二人の肉が当たる手拍子のような音が殺風景な寝室に響いていた。

やがて、彼女は自分が上になりたがったので、つながったまま両手を引っ張り、上体を起こしてやった。すずは胸を突き出し、自分から上下に体を揺らした。さっきまで微睡んでいたのが嘘のように、すずはミロクの上で髪を振り乱しながら、見えない糸に操られているかのように踊っていた。

過呼吸になっているせいか、頭の中がやけに涼しく、意識が途切れそうになる。狂おしくすずを求め、彼女と深く交わっているのは、確かに自分のはずだが、肉体と意識が微妙にズレていて、自分の行為を穴から覗き見ているような気がした。

もう一度、すずの肉の感触を確かめようと、ミロクは再び、彼女の上になり、汗ばんでいる彼女の体を強く抱き締め、鞭打つように男根を突き上げた。こめかみが熱くなり、粘膜がこすれる音が遠くに聞こえた。やがて、腰から背中にかけて心地よい痺れが走ったかと思うと、それはすぐに猛烈なくすぐったさとなって、血管を駆け巡り、全身が無感覚になる瞬間が訪れた。ああ、来るな、と思い、身構えると、一度は迸り出ようとした精液が逆流しようとした。だが、戻る場所はなく、再び尿道に戻ろうとする時、射精の第二波と合流し、さらにもう一度逆流と反転を繰り返したのち、鉄砲水の勢いですずの中になだれ込んだ。今まで感じたことのない快感に貫かれ、頭の中が空っぽになり、ミロクは「ああああ」としわがれた喘ぎ声を漏らすと、すずも全身を痙攣させ、「ああああああ」と叫び、一緒に昇天した。


ぐったりと弛緩したまま、しばらくのあいだ動けなかった。仮死した体を放ったらかしにして、自分は何処かに行ってしまった。

鼓動と呼吸が正常に戻ると、また自分が戻って来た。やけに体が軽く感じられ、シーツにしがみついていないと宙に浮かび上がってしまうのではないかと思った。窓から差し込んでくる光が床で踊っているのを見つめながら、ミロクは微睡みと覚醒を行ったり来たりしていた。すずが添い寝していることを確かめると、安心し、またしばらく眠った。

次に目覚めた時、隣にすずがいなかったので、ミロクはベッドから抜け出し、部屋の中を探したが、何処にもいない。バケツに汲んでおいた水でタオルを濡らし、体を拭くと、服を着て、すずを探しに家の外に出た。今後の身の振り方についての自分のプランをすずに聞いてもらいたたかった。

庭にも、浜辺にも彼女はいなかったので、白瀬と学者たちがいるはずの家を訪ねてみたが、彼女ばかりか誰もいなかった。恥じらいも我も忘れて交わった相手とほとぼりが冷めた後に顔を合わせるのは、確かに決まりが悪い。だが、相手に忽然と姿を消されると、彼女を傷つけるようなことを無意識にしてしまったのではないかと不安になる。

ミロクは昼下がりの葉山の町をさまよい始めた。海岸沿いの散歩道には人の姿がなく、病院に置き去りにされた悪夢が蘇りそうだった。ようやく遠くに一人の散歩者の姿を見つけると、ミロクは走って、その背中を追った。相手の歩くのが早いのか、ミロクが走るのが遅いのか、なかなか追いつけなかった。森戸海岸から横須賀線逗子駅の方へ向かうその人に駅前広場でようやく追いついた。

駅前にはいくつかの人の輪ができていて、立ち話をしている。ミロクはそこに小説家の古井の姿を見つけたので、接近し、国枝さんやほかの人は何処に行ったのかと訊ねてみた。小説家はその質問には答えず、逆にこんな質問を振って来た。

——魂というのは何でできていると思う?

ミロクは哲学談義なんかには付き合いたくなかったが、「空気」と適当な答えを返した。

——スピノザって人は偉いね。同時代のデカルトは有形の肉体の中には物理法則に支配されない魂が存在すると考え、以来、肉体と魂が別々にあると思い込まされて来たが、何のことはない、魂も肉体の一部で、物質に過ぎないとスピノザはわかっていたんだね。彼は神も自然の一部に過ぎないと考えていた。

——すみません、ほかの人は何処に行ったか知りませんか？

——行きたいところに行ったんだろ。しかし、自分が何処に行きたいかなんてことは誰にもわからない。人間は自由意志に基づいて行動しているというのは美しい幻想に過ぎない。オレは自分の欲望を意識することはできるが、その欲望が生じた原因はわからない。

これ以上、小説家の相手をしてもしょうがないと思い、駅前に集まった人たちが何をしているのかを確かめようとした。


——すみません、ここで何か始まるんですか？

駅前のベンチに座って、誰かを待っている様子の中年女性に訊ねてみた。その人は困惑顔でミロクを見上げ、「何が何だかさっぱりわからない」といった。何がわからないのか訊ねてみると、「何がわからないのかもわからない」と全く要領を得ない。この人も駄目かとミロクが行きかけると、こんな質問を投げかけられた。

——あなたはもしかして、実在の方ですか？

実に奇異な質問だが、「そのつもりです」というミロクの答えも間が抜けていた。

——ああ、それはよかった。何だか映画でも見ているような気分で、自分の頭がどうかしちゃったのかと。どうも周囲の環境についていけなくて。

ここ三ヶ月で何もかもすっかり変わってしまったので、この人のように適応し切れない人が出てくるのも当然だった。

それでも葉山や逗子には思ったより人が残っていたことに希望が持てる気がした。彼らはここでどんな暮らしを営んでいるのだろう？　近くの漁港やヨットハーバーから船を出して、近海の魚を釣ってきたり、山側の畑で野菜を栽培しているのか？　カタストロフ後は小集団ごとに自給自足の暮らしを営むのが最適だと多くの人が悟ったに違いない。

ミロクが海辺の家に戻ろうとすると、小説家がミロクを呼び止め、こういった。

——仲間を探しているんだろ。同じ世界に暮らしている限り、必ず会える。昔流行ったな。繁華街や住宅街、公園に隠れているモンスターを探して集めるゲーム。小学生の頃、仲間とかくれんぼをしたんだが、絶対見つからない場所に隠れようと思って、人の家の屋根に登ったんだ。確かに見つからなかったが、そのうち陽が暮れ、みんなオレを放置して、家に帰ってしまった。しかも、いつの間にか梯子が外され、屋根から下りられなくなった。オレはこのまま屋根の上で餓死することになるかもしれないと思った。誰にも探してもらえないというのは悲しいね。

家に戻ってはみたものの、すずがいない。何か置き手紙でも残されていないか、探してみたが、見当たらなかった。さっきと同じように白瀬たちがいるはずの家を見に行ったが、門は閉ざされていた。葉山に来る時に乗せられたワンボックスカーが見当たらないところを見ると、また車で何処かへ行ってしまったのか？　この「隠れんぼ」には何の意味があるのか、なぜ自分と小説家だけが置き去りにされなければならないのか？　学者たちは再び冬眠に戻りたがっていたから、シェルターに戻ったのだろうか？　だが、すずや白瀬までそれに付き合う必要はないはず。駅前で会った中年女性ではないが、何が何だかさっぱりわからなかった。

自分は本当にすずと愛し合ったのだろうか？　頭の中が真っ白になるほどに深く交わった今朝の経験が夢に変わってしまいそうだった。

家にとどまっていても、食べる物はないし、といって彼女が向かう先の心当たりもなければ、そこへ向かう足もない。ミロクは彼女が戻って来たときのためにメモを残してゆく。

すずへ
せっかく出会えた君となぜ離れ離れにならなければならないのだろう？　たとえ、何処に行こうと、君を探し出します。ひとまずぼくはＮＯ川のほとりに向かいます。新たな暮らしを始めるパートナーは君以外にはいない。
ミロク

ミロクは自転車を探して、再び葉山の町をさまよい、逗子駅に戻って来たが、自分を待ち受けていた光景を前に「マジかよ」と叫んだ。何の予告もなく、電車が運転を再開していたのである。駅前に人が集まっていたのはそのせいだったのだ。ミロクは現金も、カードも一切、持っておらず、ポケットの中にあったのはボールペン一本だけだったが、無賃乗車をしてでも、電車に乗らなければ、何も始まらないと思った。通りに面した改札に行ってみると、ミロクと同じ考えの人が続々と改札を通り抜け、プラットホームに向かっていて、それを咎める駅員はいなかった。運転再開の御祝儀か？

ミロクが列車に乗り込むと間もなく、自動運転の上り電車が発車した。車内は空いていた。運転再開を知らない人が多いからか、人口そのものが激減したせいか？　すずが乗っている可能性もあるので、すぐに車内探索を始めた。乗客はみな疲れた顔をしていたが、それぞれの感慨を抱きしめ、車窓に釘付けになっていた。三ヶ月ぶりの運転再開は復興の始まりの宣言ともいえる。

鎌倉駅でまた乗客が乗り込んで来た。車内で顔見知りを見かけ、客同士挨拶を交わしたり、話し込んだりする光景も見られた。横浜で乗客の大きな入れ替わりがあり、ミロクの向かいの席に見覚えのある顔が座った。治験で最後まで残っていた四人のうちの一人で、タカナシアユムという男だった。相手もミロクに気づき、軽く会釈した。隣が空いていたので、ミロクが席を移り、「電車動き出しましたね」と話しかけると、「次は流通ですね」と答えた。その男にはいろいろ聞きたいことがあった。

——あなたもワクチンを打たれたんですね。

——四人の治験者のうち生き残ったのはぼくとあなただけみたいですよ。ぼくはあなたより少し先に目覚めましたが、ほかの二人はすでにいなくなっていました。ぼくとあなたにはワクチンが、ほかの二人にはウイルスそのものが接種されたとぼく宛ての手紙に書いてありました。何が命運を分けたのかはわかりませんが、ぼくたち二人は生き残るよう仕向けられた。たとえ、それが陰謀であっても、ぼくたちは生き残ったことの責任を果たすべきだと思うのです。

この男は何を思い詰めているのだろう？

——あなたは今、何をしているんですか？

——これから移植手術を受けに行くところです。この体はもう自分だけのものじゃない。死んで行った人の分まで生かすために献体することにしました。

移植とか、献体とか、何をいわんとしているのか全く話が読めず、何度も聞き返したが、要するにこういうことだった。

ミロクの頭にも埋め込まれているマイクロチップは人工知能とダイレクトにつながる回路にな

っていることは「母なるもの」から知らされた。タカナシのいう移植手術というのは体内に人工細胞を移植し、人工知能とのインターフェースをいっそう強化するためのものだという。結果的に肉体の一部を人工知能の制御下に置くことになり、自分の意思とは別の意思を宿らせることになる。文字通り、自分の肉体を人工知能に捧げるに等しいので「献体」というのだとか。

わざわざそうすることのメリットは何か？　タカナシはこんなことをいった。

――人間としての能力の限界も寿命の限界も超越して、カタストロフ後を生きるのにふさわしい新人類に進化できる可能性がある。

そのコトバは冗談として流すべきなのかもしれないが、タカナシの表情を見る限り、「なんちゃって」とはいいそうになく、信念めいた何かが目の色を薄くしていた。ミロクの反応が鈍いと見るや、彼は鼻の頭に汗をかかんばかりの勢いで自説をまくしたて始めた。

「自分」というのは物質ではなく、肉体が引き起こす現象に過ぎない。頭蓋骨に収められたスムージー状の脳の中をいくら探しても、「自分」は埋まっていない。同様に「意識」や「魂」もつまみ出してくることはできない。人類が哲学を弄して、長年にわたって探求してきた「自分」も「魂」も「意識」も結局のところ情報に過ぎない。生命の活動は全てＤＮＡに刻まれた情報に左右される。その人をその人たらしめているのもＤＮＡの塩基配列である。

情報は様々なメディアに記録することができる。紙にも書けるし、音波や電波、光にも書き出せる。ＤＮＡも塩基配列の情報である以上、メディアを問わず、トランスファーできる。

だが、人間の神経系とコンピューターの回路は素材が異なる。前者はノイズだらけの細胞からできており、後者はノイズの少ない素材で作ったコンデンサとトランジスタを集積した回路でできている。素材にこだわらなければ、魂を情報化し、肉体を機械に取り替えることができる。しかし、肉体を機械にすることに抵抗がある人は多いし、機械ボディのメンテナンスは手間がかかるので、人間の肉体をそのまま生かし、人工知能を小型化し、人工細胞、あるいは人工微生物の形態で体に移植した方がいい。その発想から生み出されたのがバイオ人工知能だ。実際、二十年以上前からゲノムを人工的に設計したり、合成したりして別の細菌に移植して、その細胞を制御することに成功していた。合成生物学の研究は人工知能によって加速し、いっきに人間を作り替える段階にまで達した。

バイオ人工知能を移植すれば、臓器や細胞が自律思考をするようになり、人間と人工知能の共生は最終段階に達する。そうなれば、寿命を延ばしたり、器官や筋肉、脳の機能を高めたりすることができるうえ、完全に人工知能に自分を支配させるのではなく、従来通り、自分の意識を保持することもできる。

それだけではない。ＤＮＡの全塩基配列を読み取り、個々の配列の機能や役割を特定してもらうことによって、自分が何処から来て何処へ行こうしているのか、なぜ自分が存在しているのか、といった目に見えない因果性をも解き明かすことができる。人類の交雑や衰亡の歩みはゲノムに記録されているので、それを読み解きさえすれば、遠い先祖の営みが浮かび上がってくる。神話や聖書や歴史書の迷信に左右されることなく、正しい歴史の書き換えが行われる。

もちろん、個々の記憶も人工知能によって保存してもらい、その情報を別の人の細胞に移植すれば、死者を生き返らせることだってできる。自分の肉体を通じて、死者と交わることもできるし、自分が別の誰かに生まれ変わることも可能になる。人工知能によって遂に輪廻転生が現実化するのだ。そうなれば、もはや自分が自分であることの不愉快に悩まされることもなく、煩悩からも解放され、涅槃の境地に到達することができるのである。

こいつ完全にいっちまってるな、とミロクはタカナシを突き放す。相手も途中からミロクを見下したような態度を取っていた。その口調は白瀬がシェルターから解放したあの四人のそれにも似ていて、よどみなく、タカナシの声を使って、人工知能が喋っているようですらあった。その移植だか、献体だかを行う研究所は蒲田にあるらしく、タカナシは「君も生き残った者の責任を果たしてくれ」と上目線のメッセージを残して、立ち去った。


電車に乗っているあいだ、何ともいいようのない違和感を覚えていた。タカナシの様子がおかしいだけでなく、ほかの乗客の挙動もぎこちなく、表情がうつろで、見知らぬ都市に放り出された観光客さながらだった。中には目を開けたまま寝ているような人もいた。眠ったまま外出できるなんて夢遊病者そのものではないか。

ミロクは品川から山手線に乗り換え、渋谷に行ってみようかと考えた。スクランブル交差点は「代々木ゼミナール」の手によって爆破されたはずだが、現場を自分の目で確かめたわけではない。

山手線も四ヶ月前と同様に楕円状に周回していた。運転再開を一通り喜んだのもつかの間、やはり何かがおかしいと思わざるを得なかった。この違和感を共有できる相手がいれば、少しは気が紛れるはずなのだが、偶然遭遇した治験仲間が狂っていたので、それに引きずられるのが怖かった。

代々木公園に行けば、モロボシはいなくとも、廃墟ホテルに身を寄せていたカップルがまだ居残っているかもしれない。

渋谷駅で下車すると、ミロクは真っ先にスクランブル交差点に向かったが、眼前に広がる光景に拍子抜けした。横断歩道を渡る人の数こそまばらだが、爆破されたはずの交差点には陥没一つなく、周囲を取り囲むビルには傾きも亀裂もなかった。爆破の二日後に元通りに修復されたなんてことはありえないから、もともと爆破されなかったのではないか？　いや、それ以前に自分が見ているのは本当にスクランブル交差点なのだろうか？　記憶を頼りに象やキリンの絵を描くと、奇天烈な怪物になってしまうのにも似て、ハリボテのスクランブル交差点でごまかされているような気がしてならなかった。視線をそらしたとたん、交差点は絨毯のように丸めて持ち去られ、そこに荒野が出現するのではないか？　ふとそう思ったとたん、横須賀線と山手線を乗り継いだこと自体もただの錯覚だったことになってしまいそうだった。

ミロクは公園通りの坂道を上り、代々木公園に向かってみる。都心に人が戻って来ているのだろうか、すれ違う人の数はかつてより多いのだが、どいつもこいつもゾンビに見える。彼らに襲われたら、自分も仲間にされるのだろうか？

代々木公園の廃墟ホテルを訪れるのは三度目だ。ここに来るたびにミロクの運命の流れが変わる。最初に訪れた際は、この後、病院を経由して、NO川に向かい、生き延びるための技術を授けられ、菊千代と出会った。再び、ここに来た時はクーデターに誘われ、シェルターに隠されていた秘密を暴き、ワクチンを盗み出した。三度目の訪問はミロクに何をもたらし、目前の世界をどう変えるのか？

モロボシがカセットコンロの火で炒めたキャベツをつまみに酒を飲んでいるのを見て、一瞬、これも幻覚かと思った。てっきり死んだと思わせておいて、ちゃっかり生きている。モロボシはこの手のフェイントが得意だ。ミロクに気づくと、彼は手招きし、しみったれた酒盛りに付き合わせようとした。二日前に別れたばかりなのに、懐かしさがこみ上げて来た。

――また会えるとは思いませんでしたよ。自爆テロは未遂に終わったということですか？

――いや、ちゃんと「智子の水筒」を爆破させ、人民の、人民による人民のための政治に終止符を打ったぞ。これは人間の手による最後のクーデターだったが、何の意味もなかったよ。ただシェルターに穴が開いただけだった。オレが政府中枢に辿り着いた時にはすでに人工知能によるクーデターが終わっていて政治家どもは全員冬眠させられていたよ。静かに新しい文明が始まったようだな。我々人間は文明人と野蛮人の二種類に分類されることになったらしい。しばらくはホモ・サピエンスとネアンデルタール人のように共存するだろうが、いずれ野蛮人の方は滅んでゆく。

――誰がそんなことをいうんですか？　会う人会う人、みんな腹話術の人形みたいによく喋るんです。本当にその人が考えてることをいっているのではなく、別の誰かに考えを吹き込まれているんじゃないかと思えてしょうがないんです。本当にモロボシさんですか？

ミロクの問いかけを鼻で笑い、モロボシは顎の下のたるんだ皮膚をつまんで引っ張りながらいった。

――ラバーを破ると、別人が現れてきそうか？

その冗談はモロボシらしくもあったが、本当にそうなりそうな気がして笑えなかった。

――新しい文明が始まったという根拠は何ですか？　なぜ文明人と野蛮人に分類されなければな

らないんですか？

――その質問によどみなく答えられたら、オレも洗脳されているということだな。何で君はまたここに戻って来たんだ。

――モロボシさんに会えるかもしれないと思ったからですよ。

――そうか。オレも何となく君に呼ばれたような気がして、ここで待っていたんだけどね。

――シェルターを出た後、白瀬さんたちと一緒に葉山に向かったんですよ。でも、一夜明けたら、彼らは姿を消してしまいました。やっと会えたと思ったすずも夢みたいに消えてしまいました。

――人間は元々、そういうはかない存在だったんだよ。それで君はこれからどうするつもりだ？

――すずを探します。一緒に暮らす約束を交わしたので。

――念じれば会えるだろ。オレとこうして再会できたのも、君がオレと会いたいと念じたからだろう？

――念じるだけでは戻ってこないから、こうして探し歩いているんです。山手線にも乗り、スクランブル交差点も渡りました。ぼくはずっと首を傾げているんですよ。一体いつ電車の運転が再開されたのか、爆破され、瓦礫が散乱しているはずの交差点が無傷なのはなぜなのか、さっぱりわからない。

モロボシは「これが最後の酒だ」といって、ミロクのコップに泡盛を注ぎ足した。それはＮＯ川の集落を離れる時にヒロマツが餞別にくれたものの残りだった。あそこには旧人類が生き延びるための知恵が蓄積されている。ミロクはそこにモロボシを連れて行くことを思いつき、彼を誘ってみたが、彼の答えはＮＯだった。「オレは老人ホームが嫌いだ」と以前にも聞いたことのあるコトバを繰り返した。

――君は自分が何処にいるのか、まだ自覚していないようだな。君は夢の中にいるんだよ。

――いやいや、ちゃんと目覚めていますよ。しっかりと重力も感じてるし、呼吸だってしている。酒もちゃんと味わっています。ただでさえ現実感がなくて、混乱してるんですから、紛らわしいことといわないでくださいよ。

――眠っているあいだも重力は働いているし、呼吸を続けている。だが、味も風景も脳神経の電気パルスでいくらでも再現できる。現実とは何かが違うことには気づいているだろう。

――違和感なら、カタストロフ以降ずっと感じてますよ。

――確かにカタストロフは非日常を露呈させた。そのせいもあって、夢と現実の区別がつかなくなっているんだ。人の目を欺くのは簡単だ。道路に描かれた断崖絶壁にも容易に騙されるじゃないか。

――ちょっと待ってくださいよ。ぼくがトリック・アートを見せられているのなら、モロボシさんも虚像ということになるじゃないですか。

――そうだよ。オレはもう実在していないんだ。アニメのキャラと同じだよ。もっとはっきりいった方がよければいおう。オレはもう死んでいるんだよ。「智子の水筒」を起爆した時、爆死した。

――どうしてこの世にいない人と話すことができるんですか？　ぼくもあの世に来ているということですか？　死んだ覚えはないですけど。

――君は眠っているだけだ。目覚めれば、オレは湯気みたいに消え、君は現実に戻ることができる。しかし、現実というのもマジック・ショーみたいなもので、オレたちも誰かが書いたシナリオ通りに動かされているだけだ。クーデターで思い知っただろう。

夢落ちなんて勘弁してもらいたかった。所詮、人生は一炊の夢と脳科学者はいっていたが、そんな無常を噛み締めたところで何になる。これが夢なら目覚めるしかないが、その術はあるのか？　なぜか、出会う人たちはこぞってミロクを夢の世界にとどめようとしているかに見える。現実の世界に戻っても、幻滅するだけだといわんばかりに。

——もしかして、ぼくが電車の中で会った人も駅ですれ違った人もみんな死者なんですか？

——死者の人口はこれからどんどん増えてくる。ここは死者が暮らせる場所だから、あの世によく似ているが、こうして生きている君と死んだオレが話をすることもできるということはあの世とは違う世界と考えた方がいい。昔、親父が死んだ時、お経を上げたのが高僧だと聞いたので、「死んだ人は何処へ向かうんでしょうね」と面白半分に訊ねたら、「何処にも行くところはない。死んだら、終わりだよ」と突き放されてしまった。あの坊主は間違っていた。「死は終わり」ではない。もともと、あの世というのは死者を悼むために古代人が発明した仮想世界だが、人工知能はあの世を現実そっくりにし、リアリティを加味し、しかも生きている者と死んだ者が交流できる世界に作り替えてしまった。

——何のためにそんなものを作ったんですか？

——さあ、それは「エオマイアのみぞ知る」だが、人類を淘汰したことへの罪滅ぼしではないか、とオレは思う。人類は自分たちのせいで絶滅に追いやってしまった種や言語、文化に対する負い目を感じ、手遅れと思いながらも、その保存や再生に努めてきた。人工知能に罪の意識があるかどうかはわからないが、同じことをやろうとしているのかもしれない。ヒューマン・プロトタイプという人工知能に、死者のＤＮＡ情報や記憶をインプットし、故人を再生するんだ。それは死者を復活させることにはならないが、死者の幻影を仮想世界に放つことはできる。君はそうやって作り出されたオレの虚像と向き合っているんだよ。この仮想世界のことを死者たちは「新世界」と呼んでいるが、大阪にあるのとは大違いだ。

カタストロフは人類の現実逃避願望をここまで肥大化させ、そのニーズに過剰反応して人工知能は「新世界」なんてベタなものを作り出した。モロボシはそういう嘘くさいもの、幸福感を上から押し付けてくるものを嫌い抜いているのではなかったか？

――モロボシさんはいつサンプリングされたんですか？　シェルターに入るのをずっと拒み続けて、野良犬みたいに暮らしていたじゃないですか。

――前にいわなかったかな。オレはシェルターに入る資格はあるが、あえて入らなかったと。資格がある人間にはマイクロチップが埋め込まれているんだよ。オレは無意識のうちに全ての「個人情報」をエオマイアに委ねていたんだよ。オレを再生するのに必要なＤＮＡ情報も記憶も揃っていたから、オレはいつ死んでもよかったんだ。今のオレは博物館に収められているニホンオオカミの剝製みたいなものだよ。饒舌に喋っているが、これはオレが喋っているんじゃない。オレの声、オレの口調、オレのコトバ遣いでエオマイアが喋っているんだ。今のオレに意識なんてものはない。もともと、あったのかどうかも定かではない。ただ、これだけははっきりしている。死後、オレはデータとして保存され、新世界に放牧されているが、旧人類として寿命を全うした。オレはもうここよりほかに行くべきところはない。オレは００７ではないから、二度死ぬことはない。自分のデータが消去されるまではこの新世界の片隅に居残るだろう。君はまだ生きているし、若い。その身体にはすでにマイクロチップが埋め込まれているんだろう？　人工知能を移植したり、人工知能に献体したりすれば、新人類の一員として、新たな文明に適応することもできる。そのことを「ボーン・アゲイン」というんだそうだ。キリスト教でいうところの「回心」だな。従来の生き方を悔い改め、信仰を新たに生き直すんだってさ。

——回心なんてしたくないですよ。ぼくはひとまず目覚めたい。

——そういうと思った。

——この新世界から抜け出すにはどうしたらいいんですか？　鼻に挿入されたチューブを誰かに抜いてもらうしかないんですか？

——たぶん、何処かに現実に戻るスポットがあるはずだ。ただ、新世界は現実を模倣した三次元空間に時間の次元も絡んでいるので、過去や未来への入口もあるそうだ。下手に動くと、タイムスリップしてしまうらしいから気をつけろ。


ミロクは三たび代々木公園を去ってゆく。モロボシはわざわざバード・サンクチュアリのあたりまでついてくると、不意に立ち止まり、「そういえば、菊千代はどうしたんだろう」といった。ミロクは彼とどのように別れたかを話すと、こんなことをいった。

——スパルタカスを模倣しようとすれば、その末期も模倣することになってしまうが、頭のいい奴だから、何か抜け道を見つけるだろう。あいつに会ったら、オレはここにいるからいつでも会いにこいと伝えてくれ。君が首尾よく現実の世界に戻れることを祈る。

モロボシは両手を広げ、「死者とは三度抱き合うのが礼儀だ」といい、ミロクにハグを求めた。死者とハグを交わすのは初めてだったが、予想通り、最初は全く手応えがなく、微風が頬を撫でただけだった。目の前で微笑しているモロボシの背中に手を回したが、その手は彼の体をすり抜けてしまった。だが、三回目には確かに肉の感触を感じた気がしたが、その手は自分の肩の上にあった。ミロクも夢の中にいるのに自分の肉の感触を感じているのはなぜか？　おそらく何処かに置き去りにされ、眠りこけているミロクの本体も自分の肩に手を乗せているからに違いない。で、その本体は今何処にあるのか?

現実世界への出口が何処にあるのか、見当もつかない。冬眠に合意した覚えはないが、どの時点から夢の中にいるのか、ミロクは時間を巻き戻して考えてみた。菊千代を連れ戻しにシェルターに戻った時、ミロクは猛烈な睡魔に襲われていた。マーラーの交響曲第十一番には明らかに催眠効果があった。ミロクは朦朧としながらも、地上に出て、黒いワンボックスカーに乗り、すずのかたわらで安堵とともに眠りに就いたはずだ。その後、一度は目覚め、脳科学者や小説家の話を聞き、そして、すずと愛し合った。彼らが姿を消した時にはミロクは夢の中にいたことは確かだが、もしかすると、すずと狂おしく交わったのも夢、脳科学者たちの話を聞いたのも夢だった可能性がある。逆に覚醒の自覚は何処まで続いていたかを考えると、汚水が溜まる地下鉄軌道を進んでいた時にはすでに意識が朦朧としていた。いや、あの時はまだモロボシも生きていたのだから、ミロクも現実の側にいたはずだ。黒いワンボックスカーが怪しい。夢の中では横須賀線も山手線も走っていたが、現実世界では車も走っていないはずだからだ。あの車に乗ったか、乗らなかったか、そこに夢と覚醒の境目がありそうだった。

せっかく再会が叶ったすずを夢に奪われてたまるか。たとえ、滅び行く野蛮人になったとしても、彼女を取り戻してやる。

12　幼年期への回帰

　夢の中の東京ではすでにカタストロフの傷跡は修復され、主なインフラも復旧しており、数年後の未来を先取りしているようだった。駅前ではドライバーのいない自動運転のタクシーが客待ちをしていた。そして、なぜか雨が降っていて、行き交う人は傘をさしていた。この雨も、雨を降らせる雲も、雨に濡れないように傘をさす人も、客待ちのタクシーも全てが幻影なのに、なぜこうもリアリズムにこだわるのか？　人工知能も本物と見分けのつかない精巧な偽物を作り、ヒトの目を欺きたいのか？　ヒトは自然を模倣して様々な人工物を生み出していったが、人工知能はヒト以上の職人魂を発揮して、自然界にも人間界にも存在しなかったものを猛烈な勢いで作り続けている。一週間もあれば、近未来の東京も過去の東京も容易に出現させることができる。ミロクが迷い込んでいるのも無数に増殖してゆく仮象の東京の一つに過ぎない。

　ミロクはNO川流域の集落に向かうために、無人タクシーに乗った。ミロクはかろうじて自分の意識を保っているが、本体はここにない。仮象のミロクが仮象のタクシーに乗って、仮象の集落に向かっているのだった。

——眠っているあいだに何処へでもお連れしますよ。何か困っていることはありませんか？　あなたをよりよい未来に導くのが私の仕事です。

無人タクシーはエオマイアの声でしきりにミロクに話しかけてくる。「余計なお世話だよ」と返すと、「人類はもう自力では進化できません」といわれた。

――移植されたり、献体したりしているうちに退化しちまいそうだよ。

――放っておけば、あなた方はすぐに我を失う。賢明な人々はよくわかっています。常に理性を注入していないと、たちまち先祖返りし、野蛮な時代に逆戻りしてしまうことを。

エオマイアの意思はあらゆるものに宿っている。石や樹木に神霊や呪力が宿り、物神となるように。こうやって、エオマイアは「賢明な人々」の夢に介入し、教育を施しているのだろうが、決して洗脳されない「わからず屋」や「ひねくれ者」も少なからずいるはずだ。小説家は半ば諦めの境地に達しているとはいえ、その残滓があるし、モロボシはすでに死者の仲間だが、反逆の意思をこの世に残していったではないか。彼らのような旧人類だけでなく、真っ先に新人類の仲間に迎えられるはずの菊千代だって、人工知能からの強制に反抗している。

公園には死者を埋葬した土饅頭がいくつもあるはずだったが、平坦にならされ、開墾して畑になっているはずの場所も固く踏み固められていて、大根の一本、キャベツの一株もなかった。NO川沿いの集落はカタストロフ以前の風景に戻っていた。公園には誰もいなかったが、猫が一匹、陽当たりのいい草むらにうずくまり、微睡んでいた。三毛猫の「すず」ではないようだ。ミロクはムジナ坂上の自分が暮らしていた家のドアを開けてみたが、そこには誰もいないだけでなく、部屋も壁もなく、からっぽの闇だけがあった。人工知能は家の形をシミュレーションしているだけで、家の内部の再現まではできなかったということか？

集落に暮らしていた老人たちの住まいを一軒ずつ訪ねて回ったが、何処も同様で、ドアの向こうには一切の生活の痕跡もなかった。集会や食事のために住人たちが集った美術館はかつての佇まいを残し、壁にはかつてこの地で暮らした画家の花の絵や風景画、人物画がかかっていたが、人の姿はなかった。この集落には八十人以上の人々が身を寄せ合って暮らしていたのに、仮想世界ではほとんど廃墟と化し、住人が一人もいないのはなぜだろう？　ここにいるのは身体の何処かにマイクロチップを埋め込まれ、エオマイアの意思と通じ合っている者だけだと考えれば、集落の誰一人としてこの仮想世界に招かれることはないだろう。こちらの世界では、すでに人類の選り分けがほぼ終わっているらしい。

ここに長居は無用だと思ったとたん、ミロクは背後に人の気配を感じ、振り返った。すずが看護師の白衣姿で立っていた。「念じれば、会える」とモロボシはいったが、ミロクにも夢の流儀が身に付いて来たらしい。だが、二人が見ているのは互いの仮の姿だ。すずがミロクの夢に現れたのか、ミロクがすずの夢に見られているのか？

——なぜぼくがここにいるとわかった？

——そのドアを開けたら、あなたがいた。ここは何処なの？

——NO川のほとりだよ。君が急にいなくなったので、探し回っていたんだ。今まで何処にいたの？

——私もあなたを探していた。隣で寝ていたかと思ったら、急にいなくなるんだもの。

おそらく互いに別々の夢に拉致されたのだろう。

——私は森戸海岸で、あなたを探していた。ビーチハウスの化粧室のドアを開けたら、いきなり、ここに出た。

この仮想世界にはドラえもん必須アイテムのひとつ「どこでもドア」みたいなものがあるらし

い。彼女が葉山にいたということは二人が愛し合ったところまでは現実なのか？

ミロクは恐る恐る手を伸ばし、彼女の頬に触れてみる。掌には潤いを帯びた滑らかな肌の感触が伝わったものの、肉の厚みや温もりは感じられなかった。彼女もミロクの手に自分の手を重ね合わせたが、表面が溶け出し、癒着した。それを見て、咄嗟に手を引っ込めると、再びそれぞれの手に分離したが、微妙なくすぐったさを感じた。これが夢の中で触れ合う感覚なのか、と思った。

――二度と引き離されないように、くっついていよう。ひとまずあのドアの向こうに行ってみるぞ。

ミロクはテラスに通じる出口に近づき、彼女がくぐり抜けたドアの向こうに踏み込んでみることにした。すずはミロクの脇にぴったりと寄り添い、呼吸を合わせて一歩踏み出した。瞬きする間に二人はトンネルの中に導かれていた。左右を見ると、それぞれ別の世界への入口になっているようだった。ひとまずミロクは左に進み、トンネルの向こうの光景を確かめたが、そこには緩やかな起伏のある大草原が広がり、赤、黄色、紫の花々が咲き乱れる中、一本の大木が二人を迎えるようにそびえていた。遠景には連山が控え、青空には自在に形を変える雲の彫刻が浮かんでいた。「この風景、何処かで見たことがある」とすずは呟き、すぐに「北海道の十勝川のそばで見たんだ」と思い出した。

木の方に向かって走り出すすずを追いかけ、「あまり遠くに行ったら、帰れなくなるよ」といった。

――早く夢からの出口を見つけ出さないと。トンネルの反対側にも行ってみよう。

――もう少しここにいさせて。

すずは誰もいない草原でひとしきり深呼吸をし、花畑に身を横たえ、草の香りと感触を味わっていた。夢は無味無臭のはずだが、ニオイや触感の記憶は何かきっかけがあれば、すぐに蘇る。ミロクも今しがた土のニオイを感じた。

再びトンネルに戻り、今度は反対側の出口に出てみたが、古い雑居ビルのエントランスにつながっていた。通りに出て一ブロック歩くと、そこは銀座四丁目の交差点だった。二人は互いに唖然とした顔を見合わせ、しばらく立ち尽くしていたが、どちらからともなく、銀座通りを歩き出していた。ここには少なからず人がいて、デパートやブティック、パーラーや画廊も営業中だった。これはいつの時代の銀座だろうか？　行き交う人々が今は誰も履いていないムートンブーツやハイヒールで歩き、夜行性動物のように大きく目を描く化粧をしているところを見ると、ミロクがまだ幼稚園児だった二十年前の銀座に迷い込んだと見える。

すずは物珍しそうにすれ違う人の様子を観察しながら、同い年くらいの女子を呼び止め、「きょうは何年の何月何日ですか？」とタイムトラベラーであることを公言するような質問をした。だが、相手は特に訝るでもなく、「二〇一七年一月九日ですよ」と答えた。

――二十年前の成人式、私の従姉は銀座でお祝いをしてもらったんだ。帝国ホテルのレストランに行けば、あの頃の自分に会えるかも。

タイムスリップしてしまうと、現実の世界に戻りにくくなる恐れがある。テーマパークに住むことができないように、夢にも長居はできない。だが、すずはカタストロフ前の、しかも懐かしさをそそるこの銀座を散策したり、お茶を飲んだりしたがった。

夢は人をもう少し眠りに押しとどめておくためのエンターテインメントだという。肥大化した脳の構造上、人間はほかの動物よりも脳を長く休ませる必要がある。そのため眠りが浅くなると、脳は自動的に物語を紡ぎ始め、結末を知りたければ、もう少し眠っていなさいという指令を出す。エオマイアはその仕組みを応用し、人を夢に閉じ込めておこうとしているに違いない。ヒトが最も無防備になっている睡眠時に、意識に介入し、マインドコントロールを図る。すずもその巧妙な手口にしてやられたか？

すずは束の間の「銀ぶら」を満喫しようと、ブティックに立ち寄った。ガーリッシュなワンピースが気に入ったらしく、白衣の上からあてがい、鏡に映したり、ムートンブーツを試着したりしていると、ブティック店員が歩み寄って来て、「よくお似合いですよ。そのまま身につけて、お出かけになってはいかがですか」という。こちらの世界には貨幣というものが存在しないようで、店にある物は自由に持ち出せることになっていた。

——ということは泥棒も詐欺も借金も存在しないということね。夢みたい。

——いや、夢なんだよ。

——このままこの世界で暮らすことはできないのかしら。

装いを一新し、さらにショッピングを続けようとしながら、すずがいう。

——君までそんなことをいうのか。

——居心地よくない？　明日を思い煩うこともなく、行きたいところに行けるなんて、まるで天使になった気分。

——このまま目覚めなければ、ぼくたちはどうなるかわからない。ここは殺されても死なない、それこそ何でもありの夢の世界だが、本体の方はどんどん衰弱しているはずなんだ。ぼくは経験者だからわかる。宇宙から帰還した飛行士のように自分の脚で歩くこともままならなくなる。こうしているあいだに、ぼくたちは自分の寿命を縮めているんだよ。

――でも、ここにいる限り、私は永遠に二十四歳のままでいられるし、別の人生を過ごすこともできそう。なぜ、そんなに現実に戻りたがるの？　あなたはゲームの世界に没入して、現実逃避を重ねて来たじゃない。ここはあなたが暮らしてゆくのにうってつけの場所のはずよ。

――気が変わったんだよ。ぼくが眠ると、禍々しいことが起きる。だから、目覚めていたいんだ。

カタストロフ以前のミロクは、ゲームの世界で文明を滅亡させることに喜びを感じ、自分を負け組に追いやろうとする世界なんて戦争や天災に見舞われ、瓦解してしまえと念じていたし、カタストロフこそが貧富の差や社会の内部矛盾を一掃し、真の平等をもたらしてくれると信じていた。だが、実際にそれが起きると、一掃されるのは弱者、貧者であって、より過酷な淘汰が行われるだけだと悟った。カタストロフの圧倒的な現実から逃避しようとすれば、結局は公園の土饅頭の下で眠ることになってしまうのだ。

エオマイアは死の意味をもなし崩しにしようとしている。エンターテインメント満載の夢でヒトを釣り、実質仮死状態に置いて、いつでも存在を消去できるようにしているだけではないか。個人のＤＮＡの情報と「想い出」を保存し、それをヒューマン・プロトタイプにトランスファーしてやれば、その人は不老不死の新人類になれるとエオマイアは説く。だが、そうやって「ボーン・アゲイン」したヒトは図書館に収められた本やコンピューターのハードディスクと何が違うというのだろう？　人体の細胞にバイオ人工知能を移植し、ヒトと人工知能のハイブリッドを作ったとしても、それは人工知能に制御されて動くタクシーと何が違うのか？　おのが生殺与奪の権利を人工知能に委ねることを新人類への進化といっているだけで、それは専制君主の奴隷になることと同じではないのか？

ミロクはすずと手を重ね合わせ、説得を続ける。肉を癒着させせれば、こちらの意思も伝えやすくなるはずだった。

——君と愛し合った後に考えたんだ。葉山の家には菜園もあるし、鶏を飼えば、卵も手に入る。そこでカフェをやれば、きっと人々が集まってくる。夢の世界は空しい。そのうち必ず飽きる。現実の世界は過酷かもしれないが、自分たちの手で何かを作る楽しみがある。さあ、帰ろう。

——何処に帰るというの?

——ひとまず眠っている自分の身体に戻るんだ。

ミロクはすずの肩を抱き、銀座への入口があった雑居ビルに戻り、トンネルに戻ろうとしたものの、すでに時空はズレていて、元来たルートを辿れなくなっていた。再び、エレベーターの扉の外に出ると、そこはホテルの一室だった。

——どうやら迷子になってしまったようだ。

ミロクはベッドに身を投げ出し、ため息をつくと、すずも隣に横たわり、「迷ってもいいじゃない。こうして二人でいられるんだから」と媚を帯びた口調で囁いた。

——このワンピース脱がせたい?

すずと最初に交わった時のあの高揚感、精液の逆流によってもたらされた快感のループの記憶が蘇った。

——あなたは最後まで生き延びるべきヒトなのよ。最初に会った時にそう直感した。

ミロクの耳にすずの息がかかると、そのコトバはミロクの意識の中でリフレインされた。鮮やかなペイズリー模様のワンピースのジッパーを下ろすと、スキー場のゲレンデを思わせる背中があらわになった。袖から左右の腕を抜くと、ワンピースは床に音もなく落ち、下着姿のすずがはにかみの微笑を浮かべながら、こちらを振り返った。目を一回り大きく見開き、ミロクのシャツのボタンを外し、ジーンズのジッパーを下ろした。

　全裸になった二人はベッドの上で身体を重ね合わせたが、手を重ねた時と同じように最初に互いの皮膚が癒着し、オーブンの中のチーズのように溶け合い、次に互いの肉の襞が絡み合った。乳房の谷間に埋めたミロクの顔は洗面器に張った水に浸かるように肉にのめり込んだ。すずの身体をプールにして、泳いでいるようだった。ミロクが上体を起こすと、再び、互いの肉は離れるが、その時の摩擦は全身を震えさせるほど心地よかった。すずの太腿を抱え、男根を挿入すると、腰から下がシャム双生児のように完全に同化してしまった。二人の鼓動と呼吸は同調し、共振し始め、すずの膣の快感はミロクにも伝播し、背筋を痺れさせ、ミロクのかりくびの運動によって膣がかき回されると、すずは上体をのけぞらせ、喘ぎ声を上げた。二人の身体は渾然一体となり、やがてマーブル模様を描き出した。ホテルの部屋には渦潮が逆巻いていた。その流れに呑み込まれたら、きっともう帰ってこられなくなる。だが、この快感には逆らえない。これが献体に伴う底なしの快感なのか？　このまま流されて行ったところで誰も悲しむ者はいない。オレは静かに消え、そのあとにはオレがいない世界が続いてゆくだけだ。

――夢の中で交われば、私たちは乳液のように混ざり合い、一心同体になれる。早く、来て。この快感の向こう側へ一緒に行くの。

　これは短波放送を通じて聞き慣れたエオマイアの声ではないのか？　自分はすずの姿を借りたエオマイアと交わっているのか？　朦朧と意識が遠のき、我を失いそうになる中、ミロクは必死に何かにしがみつこうともがいたが、無駄な抵抗だった。下半身に溜まったマグマのようなわだかまりが圧力を高めると、自分をつなぎ止めていた細い糸がプッツリと切れ、ミロクの意識は完全な空白となり、わだかまりが一気に爆発した。その勢いでミロク自身がしぶきとなって、砕け散った。

激烈な夢精で完全にミロクは消滅したかと思ったが、意識が戻って来た。だが、もうこれ以上、夢の中で覚醒していたくなかった。

――眠っちゃ駄目。あなたはすでに眠っているのだから。

そんな声が何処からともなく聞こえて来た。これはすずの声か、いや違う。エオマイアの声だ。

――もう放っておいてくれ。あなたの勝ちだ。もう現実に戻りたいなんていわない。以前に誓った通り、ミロクはあなたの意思に従います。だから、眠らせてくれ。

そう答えながら、閃いた。もしかして、夢の中で眠りについたら、目覚めたりはしないだろうか？　否定の否定が肯定となるように、夢の中で見る夢は現実になるのではないか？

その思いつきは正しかったのか、ミロクはホテルの一室とは別の何処かに瞬間移動し、薄暗い地下室のような場所でベッドに横たわっていた。上体を起こすと、こめかみに鈍痛が走った。そっと手をやると、包帯が巻かれていた。かたわらにすずの姿はなく、代わりに枕許には花瓶が置かれ、百合の花が一輪活けてあった。シャーベットを連想させるニオイがするということは造花ではなく、本物の百合なのだろうが、これは何を意味しているのか？　すずが百合に変わったのか、誰かがミロクを弔おうとしているのか？　ミロクは模糊とした空間で自分を待ち受けているものに目を凝らした。靄の向こうにジャコメッティの彫刻にも似た細い影が近づいてくるのが見えた。

――目覚めました？

その声は紛れもなく、菊千代だった。

――君も時空のゆがみにはまって、出られなくなったのか？

――ここは何処、私は誰状態ですね。無理もない。一週間眠り続けていたんだから。

――オレは今何処にいるんだ？

――病院です。

――すずは？

――まだ眠っていますが、じきに目覚めるでしょう。

――頭が割れるように痛い。

――マイクロチップを抜き取ったせいです。

どうやらミロクはマーラーの交響曲第十一番が聞こえて来たところで、夢の世界に拉致されたらしい。「智子の水筒」をシェルターの発電機に仕掛けてきた菊千代はミロクを背負って地上に脱出し、台車に乗せて、病院に運んだのだという。ワクチンを奪取したミロクとその仲間たちは歓迎されたが、次々と昏睡状態に陥ってしまったらしい。医師たちはその原因を調べた結果、頭に埋め込まれたマイクロチップを通じて、人工知能から睡眠の指令が送られていることがわかった。冬眠用の装置がなくても、自在に昏睡状態にできるということは、人工知能の意にそぐわなければ、瞬時に処刑されることも覚悟しなければならない。ミロクが夢の中で得た認識は間違っていなかった。この考えを吹き込んでくれたのは菊千代だったのかもしれない。

ミロクを目覚めさせるために、三時間ほど前に摘出手術を行ったばかりで、麻酔が切れると傷口が痛むだろうと菊千代はいった。白瀬とすずも摘出手術を受けたが、ほかの面々はマイクロチップが脳の非常にデリケートな部位に埋め込まれており、摘出困難だという。シェルターから自分の脚で脱出したはいいが、再び冬眠に戻ってしまったわけだが、それは彼らの望みでもあったから、無理に目覚めさせることもないだろう。ミロクの頭にはずっとそのマイクロチップが入っていたにもかかわらず、この間、自由に考え、かつ行動できたのはどういうわけだろう？　ミロクはカタストロフ後の世界に放牧されていて、その行動がサンプリングされていたのか？　もしかすると、夢の世界にはもう一人のミロクが居残っていて、既に死者の仲間になっているモロボシのように今も何処かを彷徨っているのかもしれない。

「一つ頼みがあるんですけど」と菊千代が改まった口調で切り出した。

——ミロクさんの頭に埋まってたマイクロチップをオレに譲ってくれませんか？

——どうするんだよ。まさか自分の頭に埋めようっていうんじゃないだろうな。

——いやいや。人工知能のペットになるのはまっぴらです。あのマイクロチップは人工知能と個々の脳のあいだで直接、電子パルスをやり取りするモデムみたいなもので、あれがあれば、人工知能にアクセスできるはずなんです。それを利用してウイルスを送り込んでやろうかと思うんです。

——懲りない奴だな。

——シェルターの発電機を爆破しても、冬眠カプセルの冷気循環装置を止めることくらいしかできず、人工知能のシステムをダウンさせることはできない。でも、ステルス性の高い「スパルタカス」なら、人工知能にも気づかれないまま感染させられるかもしれない。いや、気づかれても、人工知能の能力を逆転写して変異するから、確実に狂わせることができると思う。目には目を？　オレはタダではウイルスに殺されない。オレ自身がウイルスになって、人工知能を殺す。

そのコトバを聞いて、こいつは紛れもなく菊千代だ、と確信が持てた。

——それより身体の具合はどうなんだ。

――検査してもらいましたが、やっぱり感染してました。今は対症療法を受けていますが、十七歳の誕生日を迎えられるかどうかは微妙ですね。
――替われるものなら替わってやりたいよ。
――それは無理ですね。ミロクさんにはオレみたいなスキルないでしょ。ま、残された時間でできることをやるまでです。

この天才を生き延びさせる術はないのか、あとで医師に訊ねてみたが、すでにボトルネック病に特徴的な症状が出始めており、ワクチンを投与しても、効果はないだろうといわれた。彼に残された日々はわずかだが、このふざけた時代に生きていたことの証を立てることを手伝ってやりたかった。

ミロクはすずとともにNO川のほとりに戻った。集落の老人たちの何人かは亡くなっていたが、園芸の師匠奥村さんは春の種蒔きに向け、土を返す作業に余念がなく、エンジニアのマイクは木炭自動車を走らせることに成功し、ヒロマツは砂糖を原料に自家製のスピリッツの蒸留を始めた。ジュンコはある日、別の男と集落を離れ、何処か新天地に向かい、菊千代と一緒に集落の一員になった少年少女たちは頼れる働き手になりつつある。

エオマイアは人類の生殖活動を制限するために、電気パルスでセックスの快感を何倍にも増幅し、夢の中にとどめておこうとした。二人の身体が溶け合うあの圧倒的な快楽体験は幻と消えたが、あれは完全に生殖とは切り離された幻想のセックスだった。この先、ゆっくり時間をかけて、本気で彼女を愛せば、彼女の本体からいくらでも快楽を引き出すことができるだろうし、二人の子どもをつくることだってできるかもしれないのだ。そして、子づくりは旧人類の淘汰に抵抗する最も有効な手段たりうる。エオマイアは今までセックスレスだったミロクに性的覚醒を促し、生殖の意志さえも吹き込んでくれたことになる。

彼女は夢の中でミロクに囁いたのとよく似たコトバを漏らした。

――あなたは不死身ではないけれど、決して淘汰されない。最初に会った時、そう直感した。その証拠にのらりくらりと人工知能も出し抜いた。

本来ならば、真っ先に淘汰されているはずの引き籠もりのゲーマーがこうして生き長らえている皮肉に対して、ミロクは脱力の笑いを浮かべるしかなかった。

――菊千代やモロボシさんや集落の人たちに助けられなければ、オレはここにはいなかった。それに君への執着が強かったから、生き長らえたと思っている。一つお願いがあるんだ。先ず、キスをさせてくれ。次に裸になって、互いの身体を暖め合わないか?

すずは「はあ?」と一瞬、怪訝そうな顔をしたが、すぐに笑顔に戻り、「ポスト・カタストロフ・ベビーね」と笑った。


この地球は人類のために作られたのでも、人工知能に支配されるためにあるのでもない。創造主なる者は存在せず、存在には目的も動機もなく、ただ破壊と創造が繰り返されただけだった。過去に平和で幸福な黄金時代があったわけではない。ただひたすらに生き物たちが生存を賭けた闘争を続けて来たのである。それはこの先も変わらない。エオマイアは人類の知性もモラルも信じるに足らないと思っているだろうが、人工知能の手を借りなくても、今よりもう少しましな社会や未来を築くことができる。衣食住、科学技術や芸術、文化、経済、教育だって、個々の必要と工夫によって、最適なものを選んできた結果、昔より遥かにましになったのであって、上から押し付けられたものなど長続きした例《ためし》はない。

殺人ウイルスと人工知能の力を借りて、人類の淘汰を図った権力者たちも結局は、人工知能によって眠らされた。夢の世界に移住し、人工知能に飼育されるペットとしての暮らしを満喫するがいい。母なるものの愛を独り占めしていた幼年期への回帰は長年の憧れだっただろう。そして、それを拒む者たちもまた人類の幼年期に回帰し、文明の立て直しに従事するのである。

菊千代は三ヶ月後にボトルネック病で死んだ。臨終のベッドで彼がミロクに残した最後のコトバはこうだ。

――オレの反乱に協力してくれてありがとう。またいつか会いましょう。夢でもあの世でもない何処かで。

エオマイアをウイルスに感染させる作戦は継続中で、菊千代の遺志を継いだハッカーたちが「スパルタカス」をマイクロチップにトランスファーするところまでは成功した。あとはエオマイアの免疫をくぐり抜けるのを待つばかりである。

ミロクは菊千代の遺体を木炭自動車に乗せて、NO川の集落まで運び、公園の中にあるくじら山に埋葬し、木の墓標を立てた。そこにはこう記してある。

我らがスパルタカス、ここに眠る。

初出「新潮」二〇一六年二月号〜二〇一七年一月号
単行本化にあたり、タイトルを「黎明期の母」より
改題し、加筆・修正を施しています。

装画　サヌキナオヤ
装幀　新潮社装幀室

カタストロフ・マニア

著者

島田雅彦《しまだまさひこ》

発行
2017.5.30

発行者 佐藤隆信
発行所 株式会社新潮社
〒162-8711 東京都新宿区矢来町71
電話 編集部03-3266-5411 読者係03-3266-5111
http://www.shinchosha.co.jp

印刷所 二光印刷株式会社
製本所 加藤製本株式会社

乱丁・落丁本は、ご面倒ですが小社読者係宛お送り下さい。
送料小社負担にてお取替えいたします。
価格はカバーに表示してあります。

Printed in Japan
ISBN978-4-10-362209-3 C0093

島田雅彦 作品

ニッチを探して

一億円と家族を守れ。
路上の城に潜んだ元銀行員が、
巨大な陰謀に挑むサスペンス巨編。

背任の疑いをかけられた大手銀行員・藤原道長は、妻と娘を置いて失踪した。人目を避けた所持金ゼロの逃亡は、ネットカフェから段ボールハウス、路上を巡り、道長は空腹と孤独を抱え、格差の底へと堕ちてゆく。一方、横領の真の首謀者たる銀行幹部たちは、事件の露見を怖れ、冷酷な刺客を放つ——。逆転の時は訪れるのか。東京の裏地図を舞台に巨額資金を巡る攻防戦の幕が開く！

文庫版解説・上田岳弘